Tom Zola

STAHLZEIT BAND 7

ABWEHRKAMPF BEI WITEBSK

DER ANDERE WELTKRIEG – EINE ALTERNATIVE GESCHICHTE

EK-2 MILITÄR

Ihre Zufriedenheit ist unser Ziel!

Liebe Leser, liebe Leserinnen,

zunächst möchten wir uns herzlich bei Ihnen dafür bedanken, dass Sie dieses Buch erworben haben. Wir sind ein kleines Familienunternehmen aus Duisburg und freuen uns riesig über jeden einzelnen Verkauf!

Mit unserem Label *EK-2 Militär* möchten wir militärische und militärgeschichtliche Themen sichtbarer machen und Leserinnen und Leser begeistern.

Vor allem aber möchten wir, dass jedes unserer Bücher **Ihnen ein einzigartiges und erfreuliches Leseerlebnis** bietet. Daher liegt uns Ihre Meinung ganz besonders am Herzen!

Wir freuen uns über Ihr Feedback zu unserem Buch. Haben Sie Anmerkungen? Kritik? Bitte lassen Sie es uns wissen. Ihre Rückmeldung ist wertvoll für uns, damit wir in Zukunft noch bessere Bücher für Sie machen können.

Schreiben Sie uns: info@ek2-publishing.com

Nun wünschen wir Ihnen ein angenehmes Leseerlebnis!

Heiko, Jill & Moni
von
EK-2 Publishing

Berlin, Deutsches Reich, 26.11.1944

Die Luftwaffen der Westmächte konzentrierten die Bombardierungen seit Ende September auf die Verbündeten des Reiches. Derzeit traf es vor allem Italien hart. Rimini, Mailand, Cortona und La Spezia waren in Schutt und Asche gelegt worden. Die Hauptstädte der Achse wurden weiterhin verschont, die grausame Taktik des alliierten Luftterrors zeitigte dennoch eine einschneidende Wirkung auf die Stimmung in der Bevölkerung. Während die zielgerichteten und angekündigten Angriffe gegen deutsche Städte vorwiegend in der Wehrmacht zu Fällen von Ungehorsam und einem bedenklichen Absinken der Kampfmoral führten, schlugen die Bombenangriffe gegen italienische Ziele vor allem auf die Moral der Zivilbevölkerung durch. Mussolini, der politisch ohnehin auf wackeligen Beinen stand, geriet ins Hintertreffen. In Rom hatte sich im Oktober ein großer Volksaufstand ereignet, den deutsche und italienische Soldaten brutal hatten niederknüppeln müssen. Mehr als 200 Tote waren das Ergebnis. Immer öfter und in immer heftigerem Ausmaß leisteten die Gegner Mussolinis Widerstand, politischen wie militärischen. Rebellen griffen Posten der italienischen Armee an, verübten Anschläge auf Gönner Mussolinis oder richteten ihre Wut direkt gegen die verhassten Deutschen, die von vielen Italienern längst als Besatzer statt als Freunde empfunden wurden. Deutsche Militärkonvois, die durch die Alpen nach Süditalien an die Front fuhren, mussten zunehmend gegen Angriffe gesichert werden. Erstmals seit Kriegsbeginn hatte es die Achse mit großflächigen Partisanenaktivitäten auf hauseigenem Territorium zu tun.

Der alliierte Bombenterror gegen derzeit italienische Ziele ging indes mit unverminderter Härte weiter. Mussolini hatte seinen deutschen Verbündeten zwar die Treue geschworen, doch was nützte das, wenn er das eigene Land nicht mehr unter Kontrolle hatte? Der Duce wurde bereits als »Bürgermeister Roms« verspottet, weil seine Befehle oftmals nicht mehr über die Stadtgrenzen hinaus umgesetzt wurden. Halder, und mit ihm viele deutsche Militärs, wurden allmählich nervös ob der Lage in Italien, und immer öfter landete eine Akte mit dem Namen »Fall Achse« auf den Schreibtischen der Herren im OKH und OKW.

Italien lag in Trümmern. Sizilien und Sardinien standen unter feindlicher Kontrolle, der Süden wurde durch den fortdauernden Krieg zunehmend in eine Mondlandschaft verwandelt ... und oberhalb der Frontlinie verschwand

Woche um Woche eine italienische Stadt. Die Abwehr glaubte herausgefunden zu haben, dass Eisenhower auf eine weitere Verschärfung der Lage in Italien spekulierte, an deren Ende ein landesweiter Aufstand der Bevölkerung verbunden mit dem Kriegsaustritt Italiens stehen würde. Daher forcierte er die Luftangriffe gegen den Stiefel, doch alle paar Wochen wurde auch eine österreichische Stadt Ziel der feindlichen Bomberstaffeln. Die Idee hinter dieser perfiden Strategie war dieselbe wie in Italien: Eisenhower hoffte, die Moral der Bevölkerung zu brechen und sie zum Aufstand gegen die eigene Regierung zu bewegen. Und mit Österreich schien er sich neben Italien ein weiteres lukratives Ziel ausgesucht zu haben. Selbst die Gestapo schätzte, dass 30 bis 40 Prozent der Einwohner Österreichs dem Deutschen Reich eher feindlich gesonnen waren. In London und Washington herrschte die Hoffnung, auch die Österreicher gegen Berlin aufzuwiegeln.

Reichskanzler Halder zitterte vor Wut, wenn er daran dachte, wie sich die Dinge seit dem Frühsommer entwickelt hatten – von dem Siegestaumel über die abgeschlagene Invasion in der Normandie jedenfalls war nichts mehr übriggeblieben. Die Existenz Deutschlands war dieser Tage vielleicht gefährdeter denn je, die des Kaiserreichs Japan ebenso. Alles stand auf Messers Schneide.

Einmal mehr hatten sich im großen Kartenraum des Kanzlerbunkers, jenem hässlichen Betonklotz im Garten des Schlosses Bellevue, einige hohe Militärs eingefunden. Gerd von Rundstedt, Oberbefehlshaber des Oberkommandos des Heeres, war einer der Anwesenden. Die Gesichtshaut des alten Mannes war fleckig und faltig, die kleinen Augen von dunklen Hautlappen umgeben. Das weichende Haupthaar war ordentlich zurückgekämmt. Zeitzler war ebenfalls vor Ort, außerdem Rudolf Schmundt, Chefadjutant der Wehrmacht beim Kanzler, und ein Kriegstagebuchschreiber.

Der Kanzler trat an von Rundstedt heran. Das scharfe Rasierwasser des Offiziers kroch ihm in die Nase. Der kleine, rundliche Zeitzler, genannt »Kugelblitz«, betrachtete die Lagekarte der Ostfront, auf der sämtliche Korps, Armeen und Heeresgruppen der Achse sowie des Feindes eingetragen waren. Er strich sich über die Halbglatze und zupfte sich an seinem schmalen Oberlippenbart herum, sagte aber kein Wort.

Durch die Absetzung von Brauchitschs und anderer hatte Halder seine Kritiker verstummen lassen, hatte sogar Zeitzler zum Schweigen gebracht. Nun konnte der Kanzler seine Kräfte endlich auf den Krieg konzentrieren.

Halders Gedanken verdunkelten sich. Zeitzler mochte schweigen, doch sein eingesunkener Gesichtsausdruck sprach Bände. Er war nicht zufrieden mit Halders Führungsstil und er war nicht zufrieden mit dem Ergebnis der Operation »Götterdämmerung«. Beim zweiten Punkt erging es Halder ebenso, doch wer hätte diesen kolossalen Fehlschlag vorhersehen können?

»Götterdämmerung« war auf ganzer Linie gescheitert, und nun setzte die Rote Armee zum großen Gegenangriff an. Schon nach dem deutschen Sieg bei Kursk im Jahre 1943 waren die Sowjets umgehend zu gewaltigen Gegenoffensiven übergegangen, hatten ganze Fronten in Bewegung gesetzt, das russische Pendant zur deutschen Heeresgruppe. Nur mit Mühe hatten die überstrapazierten deutschen Verteidiger anno 1943 den gewaltigen Ansturm aufhalten können.

Und nun dasselbe Spiel: Die deutsche Offensive, monatelang in penibler Kleinarbeit geplant und ausgearbeitet, war dadurch zunichte gemacht worden, dass Stalin schlichtweg alle verfügbaren Kräfte erbarmungslos an die Front geworfen hatte. Sicherlich verfügte auch die Rote Armee über exzellente Taktiker, die ausgeklügelte Operationen zu initiieren verstanden, doch in der Regel setzte die Sowjetunion auf pure materielle und zahlenmäßige Überlegenheit.

Auch ein Blick auf die Zahlen offenbarte Halder immer wieder, dass im Ostkrieg Taktik gegen Masse kämpfte. Die Schlacht um Moskau, die mit einem strategischen Sieg der Sowjetunion geendet hatte, hatte die Russen gut eine Million Mann an Gefallenen, Schwerverwundeten und Vermissten gekostet, während auf deutscher Seite »nur« 350.000 Mann an Verlusten zu beklagen gewesen waren – und das, obwohl die Deutschen mit für den Winter nicht ausreichender Kleidung und Bewaffnung im Angriff gegen ausgebaute Stellungen der Russen angerannt waren! Die Schlacht um Moskau war dabei kein Einzelfall, sondern stand exemplarisch für den gesamten Ostkrieg. Nicht selten hatten die Sowjets einen Blutzoll von acht zu eins, zehn zu eins oder höher zu entrichten. Sie schienen dies bereitwillig in Kauf zu nehmen, nur um marginale Geländegewinne zu verbuchen oder einen taktischen Sieg einzufahren.

Halder schluckte. Der Erfolg gab dem Feind nun einmal Recht und sorgte für Verzweiflung auf deutscher Seite. Mochten die Sowjets in einer Kessel- oder Vernichtungsschlacht auch eine oder gar zwei Millionen Mann verlieren, die gigantische Sowjetunion mit über 190.000.000 Einwohnern konnte diese Verluste spielend ersetzen. Mochten die Russen auch 3.000 Panzer einbüßen, nur um 300 deutsche Tanks auszuschalten, sie produzierten mehr als doppelt so viele Kampfwagen wie das Deutsche Reich und erhielten zudem monatlich umfangreiche Waffenlieferungen aus den USA, darunter allein 12.000 Panzer, so schätzte die Abwehr. Die Deutschen derweil mussten sich mit einer Roten Armee auseinandersetzen, die nach anfänglicher Kopflosigkeit straffer organisiert und effizienter auftrat und von Jahr zu Jahr stärker wurde, da sie beständig wuchs. Die Sowjets konnten Verluste in beinahe beliebiger Höhe durch die eigene Produktion und die alliierten Lieferungen binnen Monaten ausgleichen, die Wehrmacht hingegen schmerzte jeder abgeschossene Panzer, jeder ausgebrannte Lkw und jedes abgestürzte Flugzeug enorm.

Auf der anderen Seite des Planeten, in der Mongolei, in China und in Mandschukuo, zeichnete der russisch-japanische Krieg ein ähnliches Bild. Halder hätte verzweifeln können, wenn er an die Lage der deutschen Waffenbrüder dachte. Nur um das Deutsche Reich zu retten, hätten sich die tapferen Japaner selbstlos einem übermächtigen Gegner entgegengeworfen, so meinte er.

Hatte der japanische Angriff anfänglich tatsächlich eine Art Schockeffekt auf die Sowjets ausgeübt, hatte sich die Schlagkraft des Kaiserreichs schließlich als unzureichend entpuppt, um den Russen in Ostasien das Handwerk zu legen. Japanische Divisionen, die sich jahrelang in der Mandschurei oder den besetzten chinesischen Gebieten ausgeruht hatten, sahen in Panzerschlachten und Infanteriegemetzeln gegen die kampferprobten Rotarmisten kein Land und befanden sich auf ganzer Front im Zurückweichen. Was die japanische Presse als »Versetzungen ganzer Verbände« ausgab, war in Wirklichkeit die heillose Flucht vor den Russen.

Die deutsche Winteroffensive »Götterdämmerung« hingegen, die durch von Mansteins Verfehlungen und dessen darauffolgende Absetzung kurz vor Angriffsbeginn schon unter keinem guten Stern gestanden hatte, hatte es von Beginn an nicht geschafft, die gesteckten Ziele zu erreichen. Halder stand noch jetzt die Wut in den Augen, wenn er daran dachte, wie dreist und hinterfotzig dieser unverbesserliche und stetig nörgelnde von Manstein gehandelt hatte ... wie dieser ehemalige Feldmarschall geglaubt hatte, einfach tun und lassen zu können, wie es ihm beliebte. Aber nicht mit Halder!

Der Kanzler hatte die Schnauze endgültig voll vom Ungehorsam seiner Offiziere. Er würde keine weiteren Frechheiten dulden, und wenn er nun den dicken Zeitzler betrachtete, hinter dessen starrer Gesichtsfassade es schon wieder brodelte, der es aber nicht mehr wagte, seine Gedanken zu äußern, so wusste Halder, dass er mit seinem Führungsstil auf dem richtigen Weg war.

Von Manstein war im Vorfeld von »Götterdämmerung« nicht müde geworden zu lamentieren, die verfügbaren Kräfte wären für die gesteckten Ziele nicht ausreichend und jene Ziele selbst nicht zu Ende gedacht worden.

Unfug!, wetterte Halder in Gedanken. Wie es dieser von Manstein überhaupt hatte wagen können, die Beschlüsse des deutschen Kanzlers in Frage zu stellen! Halder lief beim Gedanken an den ehemaligen Feldmarschall rot an, so sehr packte ihn der Zorn. Zeitzler und von Rundstedt ignorierten das Gebaren des Kanzlers, starrten stattdessen stumm auf die Karte. Halders innere Kämpfe, die sich in tonlosen Mundbewegungen, Muskelzucken und leisem Stöhnen und Seufzen äußerten, waren für die hohen Offiziere ein mittlerweile vertrautes Bild.

Von Manstein, dieser Nichtsnutz!, donnerte der Kanzler in Gedanken. Angst hatte der ehemalige OB Ost gehabt, die deutschen Offensivkräfte würden ob der Frontbreite dergestalt weit auseinandergezogen agieren, dass sie ihre Feuerkraft nicht mehr wirksam nach vorne bringen könnten.

Halders Fäuste waren so angespannt, dass sie zu vibrieren begannen, denn unbändige Aufregung breitete sich in seiner Brust aus. Die wegen von Manstein verschenkte Offensive »Götterdämmerung« würde Deutschland noch teuer zu stehen kommen! Von Manstein, der ewige Sicherheitsfanatiker, der erst zufrieden war, wenn die eigenen Truppen dem Gegner zahlenmäßig 100 zu 1 überlegen waren, hatte natürlich unrecht gehabt mit seiner Einschätzung zu Halders Plänen! Dessen war sich der Kanzler sicher. Die durch Halder für das Vorhaben befohlenen Kräfte hätten selbstredend ausgereicht, die gesteckten Ziele zu erreichen! Und die gesteckten Ziele waren de facto durchdacht gewesen! Halder ließ in diesen Punkten keine zweite Meinung zu, und er hatte neben von Mansteins offensichtlicher Sabotage sogar noch eine weitere Erklärung für den Fehlschlag von »Götterdämmerung« gefunden: Die Unterführer der Wehrmacht hatten seiner Meinung nach auf allen Ebenen bewiesen, dass ihnen die Entscheidungsfreudigkeit und der Schneid fehlte, um den vom deutschen Reichskanzler erdachten, kühnen Angriffsplan auszuführen.

Anders ist dieser unerhörte Fehlschlag nicht zu erklären, klagte Halder innerlich.

Eine unbändige, mörderische Hitze überfiel den Kanzler, presste ihm den Schweiß aus allen Poren. Halder zupfte mit einem Mal wie ein Irrer an seinem Krawattenknoten herum – der Kanzler trug seit einiger Zeit immer öfter Zivilkleidung statt seiner Marschalluniform. Er lockerte den Würgegriff seines

Schlipses. Wohltuend war die kühle Bunkerluft, die schlagartig mit seiner schweißnassen Kehle in Berührung kam. Die Offiziere starrten den Kanzler an, ihre Mienen offenbarten ihre Sorgen. Ihre Münder aber blieben verschlossen.

Oh! Die Gedanken an all die Misserfolge machten Halder noch wahnsinnig. Das Schlimmste an der Situation sei, dass er als Reichskanzler die besten und klügsten Befehle geben könne, es aber dennoch nichts nutze, solange seine Weisungen auf jene Inkompetenz stoßen würden, die in der deutschen Wehrmacht auf allen Ebenen en masse zu finden wäre, so glaubte er.

Franz Halder würde am liebsten jeden einzelnen der für das Scheitern von »Götterdämmerung« Verantwortlichen hart bestrafen lassen, doch auch wenn er sich körperlich bärenstark fühlte, so war ihm bewusst, dass er sich politisch noch nicht in der Position befand, sich mit der halben Wehrmacht anzulegen. Die Übeltäter unter seinen Offizieren genossen zu viel Rückhalt und Zustimmung im Offizierskorps, gegen das im Gesamten sich nicht einmal der Kanzler aufzulehnen vermochte ... noch nicht. Seine Machtposition aber wuchs mit jedem Tag; die Absetzung von Brauchitschs und von Mansteins war erst der Anfang.

Der Kanzler seufzte. Er wusste, dass das Reich mit der gescheiterten Offensive eine einzigartige Chance vertan hatte. Die militärischen Reserven der Wehrmacht waren verbraucht worden, ohne einen nennenswerten Erfolg zu erreichen. Nun war einmal mehr der Russe am Drücker, und alles deutete auf einen langen, harten Abwehrkampf hin.

Oh, Erich, du Esel! Deine Schuld war es! Dein Ego hat all meine Pläne zunichte gemacht, und der fehlende Ehrgeiz der deutschen Unterführer gab »Götterdämmerung« dann den Rest! Halder schnaufte erneut.

Vielleicht würde sich Ende 1945 oder Anfang 1946 wieder die Möglichkeit ergeben, zum Angriff überzugehen. Die Voraussetzung war, dass die Verbände der Wehrmacht bis dahin einmal mehr der roten Flut standhalten würden, dass sie einmal mehr Welle um Welle feindlicher Panzer und mit »Uräääää!«-Gebrüll vorpreschender Infanterie abschlagen würden, dass sie einmal mehr das Feuer überleben würden, das der Russe aus hunderttausend Kanonenrohren auf die deutschen Stellungen herniederregnen lassen würde, dass sie einmal mehr das fürchterliche Heulen der Katjuscha-Raketenwerfer und das Dröhnen der Schturmowik-Bomber ertragen würden. Hoffentlich würde die Wehrmacht nach dem bevorstehenden Sturm noch am Dnjepr stehen – und nicht an der einstigen polnischen Grenze oder gar in Ostpreußen.

»Es ist doch nicht die Möglichkeit«, entfuhr es Zeitzler, dessen Augenmerk sich auf die überwältigende Übermacht sowjetischer Verbände gerichtet hatte, die in die Karte eingezeichnet war. Der »Kugelblitz« wies entrüstet auf jene Markierungen, die verdeutlichten, dass die 1. Weißrussische, die 2. Weißrussische, die 3. Weißrussische und die 1. Baltische Front gegen die deutschen Linien schwemmten wie ein Tsunami.

Von Rundstedt und Schmundt zeigten keinerlei Regung.

»17 Armeen«, flüsterte Zeitzler ehrfürchtig. »12 Panzerkorps, fünf davon Garde-Einheiten.«

Das Unternehmen »Götterdämmerung« hatte zwischen Nowgorod und Brjansk durch tiefe Vorstöße den nötigen Raum schaffen sollen, um mit dem Höllenhund II präzise Schläge gegen das feindliche Hinterland zu führen, namentlich gegen Moskau und die Rüstungsmetropole Gorki. Gorki war schon einige Male von den Bombern der Luftwaffe heimgesucht worden, doch vermochten diese die wirtschaftliche Bedeutung der Stadt nicht entscheidend zu schwächen. Trotz der Verlegung großer Teile der russischen Industrie nach dem Osten war Gorki nach wie vor der wichtigste Rüstungsstandort der Sowjetunion. Würde Gorki unter dem Dauerfeuer deutscher Raketen liegen, wäre dies ein schwerer Schlag für die russische Rüstung. Um diesen Plan in die Tat umzusetzen, musste aber erst der nötige Raum geschaffen werden. Der Kanzler wollte um jeden Preis verhindern, dass die Höllenhunde direkt hinter der HKL abgefeuert werden mussten. Zu groß war die Gefahr, die fortschrittliche Waffe könnte unversehrt in russische Hände fallen.

Die Stoßkraft von »Götterdämmerung« war allerdings rasch im heftigen Abwehrfeuer des Feindes versandet. Von Manstein hatte im Vorfeld die zugeführten Wehrmachtstruppen und die Vorbereitungszeit als unzureichend angeprangert. Halder aber war sich sicher, dass das nur Ausflüchte gewesen waren, um die eigene Unfähigkeit zu übertünchen.

Die Erfolge von »Götterdämmerung« jedenfalls fielen marginal aus. Sie verdienten diese Bezeichnung nicht. Auf dem rechten Flügel war der Vormarsch bereits in der ersten Woche ins Stocken geraten, in keinem Abschnitt hatten mehr als 50 Kilometer Boden gewonnen werden können. Als der Russe schließlich zum großangelegten Gegenangriff antrat, war noch keine einzige Rakete abgefeuert worden. Halder hatte angesichts des Scheiterns der Offensive letztlich verfügt, sämtliche Höllenhunde gegen Moskau zu richten.

»Du lieber Gott«, schloss Zeitzler unterdessen seinen kurzen Monolog. »Woher nur holt der Russe diese Massen an Material?«

Halder zog eine Augenbraue nach oben. Die Unwissenheit seiner Offiziere amüsierte ihn bisweilen. »Das fragen Sie noch?«, spottete er.

Von Rundtstedt, vertieft in eigene Überlegungen, blickte auf, ohne in das Gespräch einzugreifen.

»Es ist doch ganz offensichtlich, wo die Bolschewisten all ihr Kriegsmaterial hernehmen«, erklärte der Kanzler mit väterlicher Stimme, ganz so, wie der Großvater seinen Enkeln aus einem Buch vorlesen würde. »Was glauben Sie denn, was für Panzer das sind, die da gegen unsere Linien anrollen?« Halder ließ der Frage eine Pause folgen. Er labte sich an den Blicken der drei Generäle. »Es sind Sherman-Panzer!«, erklärte er schließlich. »General Lee, M10 Wolverine, M24 Chaffee ... und versorgt werden die Biester mit Lastwagen von General Motors. Haben Sie überhaupt eine Ahnung, was der Amerikaner macht, jetzt, wo er den offenen Kampf um Europa verloren hat? Glauben Sie, der Bombenterror ist Eisenhowers einzige Karte im Spiel? Die Amerikaner und die Briten ... die hören erst auf, wenn die bei uns ihr perverses, politisches System installiert haben! Dafür springen die mit jedem ins Bett, mit dem sie es für nötig erachten, sogar mit den Bolschewisten, die sie eigentlich genauso hassen wie uns. Die Westmächte, meine Herren, werden alles tun, um uns abzuschaffen! Die USA und das Empire haben die Versorgung Russlands mit Kriegsgerät massiv ausgeweitet, weil diese Idioten einfach nicht verstehen, dass der Russe am Ärmelkanal nicht Halt machen wird, und dass es von Sibirien aus auch nur ein Katzensprung bis an die Westküste Amerikas ist. Eisenhower und Churchill sind in ihrem Hass gegen uns so blind geworden, dass ihnen alles andere gleich ist!«

Halder rümpfte die Nase, hätte beinahe laut drauf losgelacht. Er verwünschte innerlich die Tatsache, nun nicht allein zu sein, denn er musste bald seine Pillen einwerfen ... wollte bald seine Pillen einwerfen. Am liebsten jetzt gleich. Stattdessen sagte er: »Roosevelt denkt sogar schon laut darüber nach, US-Truppen zur Unterstützung nach Russland zu entsenden! Nein, nein, die werden erst aufhören, wenn das Reich am Boden darniederliegt und die uns alle vor ihre lächerlichen Gerichte gezerrt haben!«

Von Rundtstedt atmete laut aus, ganz so, als wollte er bewusst die Aufmerksamkeit auf seine Person lenken. Er verfiel in eine starrte Denkerpose, hintergründig auf die große Karte der Ostfront blickend. »Die Russen sind auf dem Vormarsch, und ich sehe vor Anfang 1946 keine Möglichkeit für eine erneute Offensive unsererseits«, begann er. Es hatte den Anschein, als wählte er jedes Wort mit Bedacht. »Die Engländer beißen sich auf dem

Balkan fest, der rumänische Marschall leistet dort Großes, das muss ich sagen, aber wie lange werden seine Soldaten den Engländer im Zaum halten können? Der Krieg in Italien zehrt zudem an Deutschlands Kräften, und Mussolini wird früher oder später untergehen, das ist allen bewusst. Hinzu kommen der Bombenkrieg und die Abschnürung auf See durch die westlichen Flotten.« Der alte Generalfeldmarschall rieb sich mit Daumen und Zeigefinger das Kinn. Er blickte schließlich auf. »Vielleicht wird es doch Zeit für eine politische Lösung, solange wir noch eine militärische Größe in dieser Welt sind.«

Der alte Offizier schaute Halder aus kleinen, blitzenden Augen an. Zeitzler tat so, als hätte er von Rundstedts Appell nicht gehört.

»Eine politische Lösung?«, geiferte Halder. »Das lassen Sie mal meine Sorge sein! Die Politik ist mein Feld, das Militär das Ihrige!« Der Kanzler spuckte die Worte geradezu aus. Seine Hände zitterten. Er verbarg sie hinter dem Rücken. Er spürte, dass es Zeit für seine Tabletten war.

»Ich hoffe«, legte Halder schnell nach, »Sie sehen jetzt, warum es so immanent wichtig ist, die Japaner zu unterstützen. Sie sind die einzige Hoffnung darauf, den Russen und den Amerikanern beizukommen. Sollte Japan fallen, wird auch Deutschland nicht fortbestehen können.«

Die Stimmung im Bunker war bleiern. Niemand erwiderte etwas. Halder glaubte, die Gedanken der Offiziere erraten zu können. Er wusste, dass sie in vielen Dingen anderer Meinung waren. Solange sie ihm aber folgten, war es dem Kanzler egal, was die hohen Herren von seiner Strategie hielten.

Halder erlebte selbst hin und wieder Momente der Schwäche und des Zweifels. In solchen Momenten glaubte er plötzlich nicht mehr daran, dass der Endsieg noch errungen werden konnte. Immer öfter traf ihn diese Erkenntnis wie ein Blitzschlag, lähmte ihn und trieb ihm die nackte Angst in die Brust. Er war der Führer des Deutschen Reiches. Ihn würden seine Feinde für alles verantwortlich machen, sollte Deutschland besiegt werden, denn Hitler lag längst unter der Erde. In solchen Momenten der Schwäche und des Zweifels betete Halder zum Herrgott, dieser möge ihm im Fall der Fälle die Kraft geben, sich durch Selbsttötung einem Schauprozess nach Stalins oder Churchills Vorstellungen zu entziehen.

Dann aber waren da auch wieder diese Gedanken, die Halder darin bestärkten, den Weg seiner Nation weiterzugehen ... weiter auf die Kraft und Zähigkeit seines Volkes zu bauen, das in diesem Krieg schon viele großartige Leistungen vollbracht hatte. Eine junge, unerfahrene Wehrmacht hatte 1940

zwei Nationen auf dem Schlachtfeld besiegt, deren Heere als die schlagkräf-
tigsten dieser Erde galten. Und hatte das kleine Deutschland nicht selbst den
russischen Giganten in arge Bedrängnis gebracht? Hatte die Wehrmacht
nicht Unglaubliches vollbracht in den letzten Jahren, in denen sie sich einer
stetigen gegnerischen Übermacht gegenübergesehen hatte? Stand Deutschland nicht mit festem Fuße auf jedem Kriegsschauplatz? Mehr als zehn Millionen Mann unter Waffen, hinzu kamen unzählige Divisionen der Verbündeten. Italiener kämpften Seite an Seite mit den Deutschen, Bulgaren ebenso,
Finnen, Rumänen, sogar spanische Freiwillige, Inder, Araber und andere. Tausende hochmoderne Panzer hielten an allen Frontabschnitten den Gegner in
Schach. Das Deutsche Reich war alles andere als geschlagen, und das deutsche Volk vollbrachte unter dem Druck des Krieges nicht für möglich gehal-
tene Leistungen.

Ja, Deutschland war noch immer stark. Doch durfte Halder nicht dieselben
Fehler begehen wie sein Vorgänger. Halder durfte sich nicht allein auf die
Entschlossenheit und den Willen seiner Soldaten verlassen, denn was nutzte
ein einzelner Gefreiter, der den Willen zum Endsieg in sich trug, wenn eine
ganze feindliche Division gegen seine Stellung anstürmte? Überdies durfte
Halder nicht vergessen, dass nicht nur die Deutschen über Siegeswillen verfügten. Auch der Feind war gewillt, große Opfer zu erbringen, um den Krieg
für sich zu entscheiden – eine Tatsache, die Hitler gerne vergessen hatte.

Halder wusste für einen kurzen Moment nicht mehr, woran er war. War es
doch falsch gewesen, die Wehrmacht wieder in die Offensive zu drängen,
statt durch von Mansteins »Schlagen aus der Nachhand« den Gegner auszu-
bluten? Mit seiner beweglichen Kriegsführung und dem intelligenten Ausnut-
zen von Räumen hatte der ehemalige Feldmarschall Großes geleistet, das
musste Halder unumwunden zugeben. Von Manstein hatte dem Russen Verluste beibringen können, die zehnmal höher lagen als die der Wehrmacht.
Doch reichte das aus, die Sowjetunion zu bezwingen? Reichte es aus, die Armeen des roten Giganten aufzureiben und immer wieder aufzureiben? Oder
würde Deutschland früher oder später wieder in die Offensive gehen müssen,
um den Russen ihre Kriegslust zu nehmen? Halder wusste es nicht. Er wusste
es wirklich nicht. Viel brennender war doch die Frage, ob Deutschland überhaupt noch einmal in der Lage sein würde, im Osten die Initiative zu übernehmen. Auch darauf hatte der Kanzler keine Antwort.

Nasskalter Schweiß rann ihm von der Stirn. Er spürte deutlich, wie seine morgendliche Medikamentendosis an Wirkung verlor. Starke Zweifel bestürmten seinen Verstand, ließen ihn zaudern.

»Die deutsche Wehrmacht muss sein wie ein Fechter«, überlegte der Kanzler schließlich mit zittriger Stimme.

Von Rundstedt und Zeitzler blickten verdutzt auf.

»Sie muss in der Lage sein, auch einmal auszuweichen, um dann umso härter zu einem Konterschlag anzusetzen.«

Durch das zerfurchte Gesicht des alten von Rundstedt zog sich mit einem Male ein zufriedenes Lächeln.

»Schlagen aus der Nachhand?«, fragte er.

Halder nickte. »Das Gebot der Stunde«, stellte er klar. »Bis wir erneut in die Offensive gehen können.«

An: Frau Else Engelmann

**(23) Bremen
Hagenauerstr. 21**

Liebe Elly,
es tut mir sehr leid, daß mir in letzter Zeit die Worte fehlen, um Dir einen schönen Brief zu schreiben. Ich kann im Moment nicht nach Hause kommen, Urlaubssperre für alle aufgrund der Lage an der Front. Ich wünsche euch selige Festtage, denn ich denke nicht, vor dem heiligen Christusfest noch einmal schreiben zu können.
Josef Engelmann
Oberleutnant

Dankovo, Sowjetunion, 27.11.1944

Engelmanns Schrift war krakelig wie die eines Schuljungen. Irma, sein Tiger-Panzer, war eben nicht dafür konstruiert worden, darin große Werke zu verfassen. Doch es musste irgendwie gehen. Noch einmal überflog er den knappen Text, den er seinem Geist mühsam hatte abringen müssen. Er war nicht wirklich zufrieden mit dem Geschreibsel, wusste aber auch nicht, was er sonst hätte schreiben sollen. Das Datum vermerkte der Oberleutnant vorerst nicht. Stattdessen faltete er das Briefpapier behutsam zusammen und steckte es in den bereits beschrifteten Umschlag, der hinter seiner an die Turminnenwand geklebten Karte klemmte.

Es goss an diesem Vormittag wie aus Kübeln, da verspürte Engelmann wenig Lust, zur Poststelle zu laufen. Er konnte den Brief auch noch die Tage einwerfen ... irgendwann, wenn sich die Lage wieder entspannt hatte. Derzeit nämlich rumorte es an der gesamten Front. Alles war in Bewegung, der Krieg scheuchte die deutschen Soldaten stetig vor und zurück.

Die Rote Armee war im Abschnitt der Heeresgruppe Mitte verdammt stark – viel stärker als erwartet. Engelmann seufzte bei diesem Gedanken. Er seufzte, weil da so vieles war, das nicht so lief, wie er sich das vorstellte.

Die große deutsche Offensive des Jahres 1944, das Unternehmen »Götterdämmerung«, hatte sich am zähen Widerstand der Sowjets zerschlagen. Sämtliche deutschen Verbände im Operationsgebiet hatten hohe Verluste zu beklagen. Munition und Betriebsstoffe gingen rascher zur Neige, als das Heer und die Industrie sie nachführen konnten, und die Kameraden von der Luftwaffe vermochten es nicht, auch nur abschnittsweise die Luftherrschaft zu erringen. Was im letzten Jahr mit dem Unternehmen »Zitadelle« noch geglückt war, nämlich die Zerschlagung der feindlichen Verteidigungslinien, die Einschließung und Vernichtung ganzer sowjetischer Armeen und letztlich das Erreichen eines taktischen Sieges, war dieses Jahr ausgeblieben.

Am Vortage, dem 25. November, war durch den OB Ost, Feldmarschall Hoepner, der General-Haltebefehl an alle angreifenden deutschen Kräfte ergangen. Das Unternehmen »Götterdämmerung« war somit endgültig gescheitert. Nun galt es, sich dort einzugraben, wo man gerade stand, um wenigstens die minimalen Geländegewinne gegen den Russen zu behaupten. Die 2. Kompanie war durch die harten Kämpfe auf drei Tiger-Panzer zusammengeschmolzen, die alle beschädigt waren. Neben Irma waren das

Perschers und Centkiewicz' Wagen, der nach dem Ausfall von Stendals Tank von dem Reserveleutnant und dessen Besatzung übernommen worden war. In der Wanne des Panzers prangte ein großes Loch, das Funkgerät bereitete hin und wieder Probleme und das Bug-MG war ausgefallen.

Hannes Wölk, Engelmanns Funker, hatte Sicherungsdienst. Der arme Junge hockte auf der Wanne des Panzers und beobachtete in Richtung der feindlichen Linien, eingewickelt in seine Zeltplane wie eine Raupe. Wölk war verwundet, Verbrennungen zweiten Grades an der linken Hand, doch der Junge war noch einsatzbereit, musste noch einsatzbereit sein. Gott, die halbe Kompanie war verwundet, die andere Hälfte war tot. Engelmann selbst hatte sich am Vormittag den kleinen Finger der rechten Hand gebrochen, als er unter Beschuss von seinem Kommandantensitz gefallen war. Perscher schleppte sich mit einer Kopfverletzung samt Gehirnerschütterung durch die Kämpfe, Stendal steckten kleine Granatsplitter in der Schulter.

Die Männer der 2. Kompanie zeichneten ein Bild des Schreckens. Fahle Geisterköpfe entbehrten nahezu jedes menschlichen Zuges, trübe Augen zeugten von der Not und den Schrecken der letzten Wochen. Die Männer hatten aufgehört sich zu unterhalten, hatten aufgehört zu lachen oder Karten zu spielen. Sie kämpften nur noch, und wenn sie nicht kämpften, dann schwiegen sie … und kämpften in ihren Gedanken weiter.

Jahnke hockte für Wölk hinter dem Funkgerät, um halbstündig für eine Minute auf Sendung zu gehen, wie es für die gesamte Kompanie in der Sicherung befohlen war. Der Ladeschütze saß stumm auf seinem Sitz, starrte wie apathisch die Drehknöpfe an.

Eine ganze Zeit verging, ohne dass etwas geschah. Engelmann döste vor sich hin. Das Trommeln des Platzregens und das Grollen weit entfernter Artillerieschläge vermischten sich mit dem lautstarken Schnarchen von Bock und Birne, die im Bauch des Tigers um die Wette sägten. Wasser tropfte durch den Drehkranz ins Innere. Eine feuchte Kälte kroch Engelmann unter die Uniform, ließ ihn am ganzen Körper erschauern.

Der Oberleutnant versuchte wach zu bleiben. Er wollte nicht schlafen, wollte den Träumen ausweichen, die ihn mit regelmäßiger Häufigkeit überfielen. Er war gleichzeitig froh, dass Birne und Bock etwas Schlaf fanden. Im Gefecht waren Fahrer und Richtschütze die wichtigsten Männer im Panzer. Beide mussten ausgeschlafen sein, so gut dies möglich war.

Gelangweilt durchblätterte Engelmann eine ältere Ausgabe des Heftes »Die Wehrmacht«. Der Leitartikel war mit »Der deutsch-japanische

Schulterschluss« betitelt. Der Oberleutnant schmökerte im Magazin, schaute sich die reichlich bebilderten Artikel an und las höchstens hie und da einmal ein paar Zeilen, ohne das Gelesene wirklich aufzunehmen.

Es wurmte ihn, dass er seinen Gefühlen schriftlich keinen Ausdruck mehr zu verleihen vermochte. Er hatte in seinem Leben doch so große und emotionale Werke gelesen! Fontanes »Effi Briest« und »Irrungen, Wirrungen«, Goethes »Die Leiden des jungen Werther«, Hesses »Der Steppenwolf«. Er war doch studierter Literaturwissenschaftler, kannte sämtliche Kniffe und die Stilistik des Schreibens! Und dennoch war er nicht mehr in der Lage, eine einzige Emotion aufs Papier zu bringen! Das war doch einmal anders gewesen! Was war nur los mit ihm?

»Russische Infanterie tritt aus Villa heraus an«, knackte Wölks Stimme mit der stoischen Ruhe eines Frontkämpfers, den die stetigen feindlichen Attacken abgestumpft hatten, aus den Lautsprechern.

»Villa« war der Deckname für eine vorspringende Waldzunge, die aus einem breiten Kastenwald herausragte. Sie lag weit links von den Stellungen der 2. Kompanie, jenseits eines Ackers, der die deutschen Linien von den sowjetischen trennte.

Engelmann betätigte müde die Sicherung des Turmluks, öffnete den Deckel. Ein Schwall Wasser sprudelte ihm entgegen. Daumengroße Regentropfen prasselten ihm ins Gesicht. Engelmann war augenblicklich pitschnass. Er kniff die Augen zusammen, hievte seinen Körper auf den glitschigen, eiskalten Stahl des Panzerturms.

Mit vorsichtigen Bewegungen kletterte er vom Turm hinunter, indes klatschte ihm der Regen ins Gesicht, als würde er mit einem Feuerwehrschlauch abgespritzt werden. Er fror prompt und musste aufgrund der schrägen Panzerplatten aufpassen, nicht abzurutschen. Behutsam stieg er über das Kabel von Wölks Kopfhörer, das bis aufs Äußerste gespannt war.

Wölk hob seine Zeltbahn an, und Engelmann schlüpfte unter den wasserabweisenden Stoff. Die pitschnasse Uniform klebte wie eine kiloschwere Ritterrüstung an seinem Körper.

»Zwei Strich links von Villa. Sieht mir nach einer ganzen Division der Brüder aus, wenn Sie mich fragen.« Wölk drückte Engelmann das Scherenfernrohr in die Hand.

»Lassen Sie mal sehen«, murmelte der Oberleutnant. Er schob das Fernrohr aus der Zeltbahn, presste seine Augen gegen die Optik und stellte anhand des Rädchens den richtigen Dioptrienwert ein. Dann sah er den feindlichen Ansturm, der im Platzregen nur undeutlich auszumachen war. Hunderte Rotarmisten rannten über den braunen, verschlammten Acker den deutschen Stellungen entgegen. Engelmann meinte, der Wind trüge sogar das »Urääää«-Gebrüll der Angreifer bis an sein Ohr heran. Der prasselnde Regen aber bestimmte nach wie vor die Geräuschkulisse.

Wölk blickte seinen Kompanieführer abwartend an. Die Augen des Funkers waren ganz klein vor Müdigkeit.

»Wir warten«, befahl Engelmann nach kurzem Überlegen. »Wir machen nichts ohne Befehl. Außerdem ist das der Nachbarabschnitt.«

Wölk nickte gleichgültig. Auf einmal schlugen Artilleriegranaten in die anstürmenden Rotarmisten hinein. Pilze aus Erde wuchsen in den Himmel, Körper wurden meterhoch in die Luft geschleudert. Deutsche Maschinengewehrschützen eröffneten das Feuer. Ihre Leuchtspurgeschosse hackten wie feine Blitze in die Angreifer hinein. Dutzende taumelten, stolperten im Beschuss, fielen. Der Rest rannte stumpf weiter gegen die deutschen Stellungen an.

Engelmann schüttelte verächtlich den Kopf, dann verabschiedete er sich von Wölk und kroch zurück in den Bauch seines Panzers. Er war durchnässt bis auf die Knochen, ein ekelhaftes Gefühl. Er schwang sich lustlos auf den Kommandantensitz. Bald schon fror er ganz erbärmlich. Er würde am liebsten die Standheizung anschmeißen, doch dafür reichte der Treibstoff nicht. Und es war aus Gründen der Sparsamkeit auch verboten. Zu allem Überfluss waren die runderneuerten Sitze der Ausführung C hart und unbequem. Engelmann rutschte von einer Arschbacke auf die andere. Es dauerte nicht lange, da strahlten sein Gesäß und seine Wirbelsäule unangenehme Schmerzen aus. Engelmann beschränkte seine Bewegungen auf ein Minimum, denn jede Bewegung ließ ihn unweigerlich wieder die eiskalte, durchnässte Uniform spüren ... und seine Wechselkleidung war in den Außenbehältern verstaut. Er rieb sich durch das blasse Gesicht, fühlte die aus seinen Wangen sprießenden Stoppeln.

Er blickte auf das Zifferblatt seiner Schweizer Uhr. Der Zeiger wollte sich einfach nicht von der Stelle bewegen. Der Stab der Abteilung meldete irgendwann, dass die benachbarte Infanteriedivision im erbitterten Abwehrkampf stehe. Im Luftraum über dem Frontabschnitt tauchten russische Schlachtflieger auf, die dem Wetter zum Trotz auf der Suche nach lohnenden Zielen kreisten. Dann und wann heulten in der Ferne die Stalinorgeln.

Bald intensivierte sich das Feuer der Katjuschas, bis das Kreischen der Raketenwerfer zu einem einzigen, schrillen Ton verschmolzen war, der nicht mehr abreißen wollte. Der Iwan musste ganze Raketenarmeen hinter der HKL in Stellung gebracht haben. Mehr und mehr konventionelle Geschütze stimmten in das tödliche Konzert mit ein. Die Paukenschläge ihrer Abschüsse lärmten mit den Stalinorgeln um die Wette. Engelmann hörte bald nichts mehr vom Regen, der nach wie vor in höchster Intensität gegen die Panzerung des Tigers prasselte. Einzig das Orgeln, das Pfeifen, das Zischen und Donnern der feindlichen Artillerie waren zu vernehmen. Es erschien ihm, als würden tausend Kübel aus Blech eine steinerne Treppe hinunterstürzen. Es war, als würde die Welt im Feuerzauber moderner Waffen zerspringen, nur der Abschnitt der 2. Kompanie blieb verschont. Keine einzige Granate verirrte sich zu Engelmanns Tiger-Panzern. Der Oberleutnant blickte mit Argwohn gegen die düstere Stahldecke des Turms.

Ein plötzlicher Schlag. Ein ohrenbetäubendes Krachen. Engelmann schreckte aus seinem Halbschlaf hoch. Neben seinem Panzer krepierte eine Artilleriegranate. 540 Gramm Sprengstoff entfesselten ihre Wirkung. Der Luftdruck der Detonation stauchte die Männer im Inneren zusammen. Engelmann krallte sich an seinem Sitz fest.

»Scheiß Ari«, meckerte Bock aus den Tiefen des Panzers.

Weitere Einschläge umtanzten Engelmanns Tiger. Wölk riss mit pumpender Atmung die Funkerluke auf, kroch herein und zog den Deckel hinter sich zu.

»Die Russen schießen sich auf uns ein!«, brüllte der patschnasse Landser und kugelte sich bibbernd neben Jahnke zusammen.

Engelmanns Tiger lagen hinter einem flachen Hügelkamm auf der Lauer. Stendal meldete über Funk, dass sich feindliche Infanteristen an der Waldkante jenseits des Niemandslandes blicken lassen würden. Immer wieder sprangen sie in kleinen Gruppen aus dem Dickicht hervor, ehe sie wieder im Schutz der Bäume verschwanden. Engelmann befahl Störfeuer. Stendal gab ein paar Schüsse mit Spreng ab. Die Granaten zogen einen weißen Schweif hinter sich her, vergingen zwischen den vordersten Bäumen und zerfetzten Stämme und Äste. Mächtige Tannen knickten unter dem Druck der Explosionen ein wie Streichhölzer. Die Sowjets ließen sich vorerst nicht mehr blicken. Aber die Artillerieschläge blieben. Das Feuer wurde immer intensiver. Tausende Splitter klopften gegen Engelmanns Irma.

»Wenn eines der Laufräder etwas abbekommt«, stöhnte Birne. »Oder wenn wieder die beschissene Elektronik einen Schlag abkriegt!«

»Mann, Mann, Mann«, lamentierte Bock. »Die Iwans machen nicht alle Tage solchen Rabatz. Das muss was zu bedeuten haben!«

Stunden zogen ins Land. Die gegnerische Artillerie grub ohne Pause den gesamten Frontabschnitt um. Rechts und links liefen feindliche Angriffe. Die über die Äcker strömenden Menschenmassen der Roten Armee waren über die Winkelspiegel deutlich zu sehen. Der Tod hielt reichlich Ernte unter ihnen.

Engelmann hatte sich die Abteilungsfrequenz auf die Ohren geben lassen, rief wieder und wieder Major Boss an. Eine Antwort erhielt er nicht.

Einige rote Schlachtflieger zogen über die 2. Kompanie hinweg, ohne von den deutschen Panzern Notiz zu nehmen. Wieder überquerte die Infanterie des Feindes die Waldkante im Vorgelände der Tiger. Stendal und Perscher gaben Feuer, und wer nicht durch Splitter und Hitze getroffen zu Boden sank, verschwand aus dem Sichtbereich der deutschen Panzermänner.

»Sollten wir nicht ein Stück zurückfahren und sehen, wo sich der Rest befindet?«, fragte Wölk vorsichtig.

»Nein.« In Engelmann arbeitete es. Die Angst, eingeschlossen zu werden, stand wie eine Leuchtreklame über ihm und den Männern. Engelmann funkte wieder: »Ratte, hier Anna, kommen.« Ratte lautete Boss' Deckname.

Keine Antwort.

»Ratte, hier Anna. Bitte um Lagebericht.«

Engelmann wurde nervös. Er hatte seine Befehle. Er konnte sich nicht einfach absetzen. In ihm kam das Gefühl auf, dass ihn das stetige Krachen und Schlagen der Granaten und das Klopfen, Zwitschern und Zischeln der Splitter noch irre machen würde. Er riss den Deckel seiner Luke auf, lugte über den Rand des schützenden Panzerstahls hinaus.

Rechts lagen ungezählte Russen auf den Äckern vor den deutschen Stellungen. Das Abwehrfeuer hatte sie festgenagelt. Links war keine Menschenseele mehr auszumachen. Nur die, die den Sturm nicht überstanden hatten, versanken im Schlamm. Der Acker war feindfrei, von Kämpfen nichts zu sehen. Doch wer hatte gewonnen? Wer saß in den Stellungen der deutschen Grenadier-Division?

Engelmann biss sich auf die Unterlippe, blickte mit angestrengten Augen auf seine Schweizer Uhr, als könne diese ihm eine Lösung für die Situation verraten. Er besaß leider keine Frequenzen von den Nachbareinheiten, da die Kommunikation über den Stab der Abteilung abgewickelt wurde. Das war vielleicht nicht Boss' beste Idee gewesen.

Engelmann tauchte wieder unter Luke ab, ließ sich auf seinen Sitz zurückfallen. Seine Uniform triefte vor bitterkaltem Wasser, das in langen Fäden aus seinen Ärmeln rann. Er funkte Perscher an, der sich äußerst links befand. Ob der was sehen könne. Nein, konnte er nicht.

Die Artilleriesalven waren zuletzt nur noch sporadisch in die Stellungen der deutschen Tiger hinein gekleckert, nun aber zog der Feind sein Feuer plötzlich wieder über der 2. Kompanie zusammen. In schneller Folge klatschten hunderte Granaten in den Stellungsbereich hinein. Die Einschläge lagen dicht an dicht bei den Tiger-Panzern. Die Explosionen donnerten, der Druck zerrte wie eine unsichtbare Hand an den Kampfwagen. Die Splitter hagelten gegen den Stahl, die Wannen vibrierten, als stünden die Tiger auf einer gigantischen Rüttelplatte.

»Wenn hier nicht irgendwo so ein scheiß Ari-Beobachter sitzt, fresse ich einen Besen!«, tobte Bock in aufbrausender Wut. »Die Hunde wissen ganz genau, wo wir stecken! Die fassen ihr Feuer nicht umsonst auf unsere Position zusammen!« Irma wackelte, der scharfe Geruch von Pulverdampf zog ins Innere. Die Innenraumlüftung des Panzers ratterte, kam gegen den Gestank aber nicht an.

»Wir sitzen mitten im Salat, sag' ich!«, brüllte Bock, die Hände an der Optik, »und gleich kommt der Iwan mit der Salatgabel!«

Auf einmal erklang ein schauderhaftes Pfeifen in der Ferne, als würden Furien vom Himmel herabsteigen, um die Menschen zu strafen. Engelmann kniff die Augen zusammen. In seinem Schädel polterten die Einschläge nach. Er presste beide Hände mit aller Kraft gegen die Kopfhörermuscheln.

Er wünschte sich fort. Einfach fort. Raus aus diesem Wahnsinn, der seine Seele zu verschlingen drohte. Im nächsten Augenblick bereits regneten die Raketen der Katjuschas auf die 2. Kompanie hernieder. Sie detonierten, zerbarsten, splitterten, zerwühlten das Land. Ein gigantisches Fragment schlug lautstark gegen die Außenhülle des Panzers. Der Aufschlag klingelte in Engelmanns Ohren nach.

»Herein!«, stöhnte Bock erbost.

Zwei Minuten lang hielt der beinahe ununterbrochene Hagel feindlicher Raketen an, zwei Minuten, in denen die Erde um die Tiger-Panzer herum aufgebrochen, die Landschaft umgeformt wurde, als würde der Herrgott persönlich mit mächtigen Fingern das Land umgestalten. Als das Heulen der Orgeln verklang, als die letzten Einschläge vergingen, mischte sich das Prasseln des Regens ins Piepen in Engelmanns Gehörgängen.

»Ratte, hier Anna. Bitte um Lagebericht!«, sagte Engelmann ins Kehlkopf-mikrofon. Er konnte kaum mehr die Augen offenhalten. Trotz des Adrenalins, das durch seine Adern rauschte, wollte er plötzlich nur noch eines: Schlafen! Schlafen, schlafen … und raus aus dieser Hölle. Engelmann erhielt abermals keine Antwort. Er vergrub das Gesicht in den Händen, war kaum mehr fähig, einen operativen Gedanken zu fassen. Er wusste nicht, was rechts und links von ihm geschah. Er wusste nicht, ob seine Kompanie bleiben oder weichen sollte. Er wusste überhaupt nichts mehr.

Engelmann musterte Jahnke durch seine Finger hindurch. Der junge Ge-freite starrte seinen Chef aus großen, unsicheren Augen an. Angst spiegelte sich in ihnen … blanke Angst, die Engelmann in diesem Maße noch nie bei seinem Ladeschützen wahrgenommen hatte. Jahnkes Mund stand offen, die mit Stoppeln besetzten Wangen zitterten. Seine Hände ruhten auf drei Pan-zergranaten, die er sich zwischen die Beine geklemmt hatte. Der Zeigefinger Jahnkes umtanzte unruhig die schwarze Kappe einer Granate. Die Atmung des Jungen ging ungleichmäßig.

Beschämt drehte Engelmann den Kopf weg. Der Gefreite Jahnke kämpfte seit 1943 an seiner Seite, hatte den Sturm auf Tula und die Schlacht um die Normandie mitgemacht. Als der Putsch der »Neuen SS« die 16. Panzer-Divi-sion heimgesucht hatte, war Jahnke im Urlaub gewesen. Engelmanns Lade-schütze und letzter Vertreter der »alten Truppe« war ein einfaches Gemüt. Moralische Werte interessierten ihn höchstens am Rande. Jahnke wollte le-ben, wollte den Krieg überstehen. Und bis dato hatte er sich in der Obhut Engelmanns gut aufgehoben gefühlt. Engelmann hatte seine Männer noch aus jeder gefährlichen Situation herausgehauen.

Der Soldat musste im Krieg natürlich jeden Tag mit dem eigenen Tod rech-nen, dennoch trug ein jeder Landser den Glauben in sich, den ganzen Mist zu überstehen. Allein dieser Glaube befähigte Millionen Menschen, sich wieder und wieder in Lebensgefahr zu begeben. In Jahnkes Fall schien Engelmann zu einer Art gedanklicher Lebensversicherung geworden zu sein … jene Sicher-heit im Hinterkopf, die es leichter werden ließ, sich der Gefahr des Kampfes auszusetzen.

Zur Stunde jedoch haderte Engelmann mit sich, haderte mit den gültigen Befehlen und seinem operativen Verstand, der ihm Alternativen zu den Be-fehlen zuflüsterte. Engelmann war ratlos, und diese Ratlosigkeit stand ihm ins Gesicht geschrieben. Und sie hämmerte auf Jahnkes guten Glauben ein wie ein Drucklufthammer.

Es war das erste Mal in Engelmanns militärischer Laufbahn, dass er nicht fähig schien, eine Entscheidung zu treffen. In der Vergangenheit hatte er einige falsche Entscheidungen gefällt, das mochte sein, doch er hatte stets Entscheidungen getroffen. Eine falsche Entscheidung war immer noch besser als gar keine Entscheidung. Nun jedoch zauderte Engelmann, statt sich klar und deutlich für das Bleiben und Verteidigung oder für das Ausweichen zu entscheiden.

Jahnke bibberte am ganzen Körper. Und Engelmann ertrug den Anblick seines Ladeschützen nicht. *Siegfried Jahnke!* Der Gefreite Jahnke war für Engelmann so etwas wie ein alter Freund … im Gegensatz zu Bock, Birne und Wölk, zu denen er noch immer keinen richtigen Zugang gefunden hatte. Vielleicht auch gar keinen Zugang finden wollte. Engelmann spürte den Blick Jahnkes auf sich lasten. Er wollte etwas sagen, öffnete den Mund, wusste nicht, was er sagen sollte, presste die Lippen wieder aufeinander, warf die Stirn in Falten. Der Geruch von giftigem Pulverdampf fraß sich in seine Nebenhöhlen. Die Lüftung knatterte, der Regen prasselte. Engelmanns Kopf war leer. Er hätte sich Jahnke am liebsten vor die Füße geworfen, hätte sich bei ihm in aller Form dafür entschuldigt, dass er nun auch noch ihn enttäuschte … nachdem er bereits alle anderen enttäuscht hatte.

Engelmann riss sich zusammen, konzentrierte sich auf die Lage, dachte plötzlich wieder fieberhaft nach. Ja, eine Entscheidung musste her! Ein Gedanke zuckte wie ein Blitz durch seinen Geist.

»RUSSISCHE INFANTERIE!«, schrie Stendals Funker urplötzlich durch den Äther. »Direkt voraus, 1.800, auf Waldkante!« Wölk wiederholte. Engelmann schnappte sich das Scherenfernrohr, schlug den Lukendeckel auf und beobachtete nach vorne.

Da! Ganz deutlich! Rotarmisten! Der Regen hatte an Intensität verloren und gab den Blick auf die weite Ebene voraus frei. Zu Hunderten traten die Sowjets mit vorgehaltenen Gewehren und Maschinenpistolen aus dem Dickicht, trampelten über den mit Trichtern übersäten Acker, der zwischen ihnen und den deutschen Panzern lag. Ohne sich taktisch zu bewegen, ohne auch nur irgendwie das Gelände auszunutzen, marschierten sie mit stumpfen Gesichtern über das Feld, so, als würden sie im friedensmäßigen Felddienst den Weg zur Essensausgabe antreten. Die Rotarmisten mussten nass sein bis auf die Knochen.

Ein Kommissar stolzierte wie ein Gockel zwischen den Männern umher, brüllte mit bedrohlich erhobener Pistole Befehle. Die blaue Reiterhose, glattgestrichen wie ein Spiegel, und die Schirmmütze mit der roten Umrandung hoben den Politruk aus der Masse der schmutzigen Soldaten hervor, deren Gesichter von Missmut und Erschöpfung gezeichnet waren. Das Antlitz des Kommissars hingegen leuchtete wie eine Fackel, und seine strammen und vitalen Bewegungen verrieten, dass er gut gegessen und ausreichend geschlafen hatte. Mit Elan trieb er die Männer an, die trägen Schrittes den deutschen Linien entgegen marschierten. Engelmann wusste, was das zu bedeuten hatte: Der Feind würde kämpfen wie ein verwundetes Raubtier, würde fechten bis zum letzten Blutstropfen – nicht unbedingt aus Überzeugung, sondern aus Angst: Vermutlich hatte der Kommissar MG-Trupps im Hinterland postiert, die bei Fluchtversuchen das Feuer auf die eigenen Leute eröffnen würden. So sehr sich die Rote Armee in den vergangenen Jahren taktisch und strategisch auch weiterentwickelt haben mochte, die wieder massenhaft eingesetzten politischen Kommissare lähmten diesen Fortschritt. Sie setzten auf Fanatismus und stumpfes Anrennen gegen feindliche Stellungen, wo Arglist und taktisches Vorgehen die Wahl der Mittel sein sollten. Sie ließen Welle um Welle in das deutsche Feuer hineinlaufen, ohne mit der Wimper zu zucken, denn in ihren Köpfen herrschte der unbedingte Glaube vor, nur die Sowjetunion und mit ihr der Sozialismus könne aus diesem Konflikt als der Sieger hervorgehen, ganz gleich, wie viel Menschenfleisch dafür zermahlen werden musste.

Sicherlich spielten in dieses Verhalten auch die Nachwehen des Kommissarbefehls hinein, der seinerzeit regelmäßig dafür gesorgt hatte, dass die Politruks ihre Männer bis zum Letzten hatten kämpfen lassen, aus Angst davor, von den Deutschen gefangen genommen und hingerichtet zu werden. Das OKW hatte den Kommissarbefehl zwar noch 1942 wieder außer Kraft gesetzt, doch je nach Truppenführer vor Ort mussten die russischen Kommissare und andere als bolschewistische Triebfedern identifizierte Rotarmisten weiterhin um ihr Leben fürchten, sobald sie kapitulierten.

Engelmanns linke Hand sendete Schmerzimpulse aus. Seine Gedanken rasten.

»Stendal!«, bellte der Oberleutnant ins Kehlkopfmikrofon, nachdem er sich auf die Kompaniefrequenz hatte zurückschalten lassen.

»Hört.«

»Vorfahren bis auf den Scheitel der Kuppe. Feuern aus allen Rohren! Gebt den Russen Zunder, bis sie wieder im Wald verschwunden sind!«

»Verstanden, Anna. Vorfahren, feuern.«

Benzinmotoren brüllten auf.

Also bleiben und Stellung halten, dachte Engelmann. Indes beobachtete er über die Winkelspiegel, wie sich Stendals Tank die verschlammte Bodenwelle hinauf wühlte. Die Raupen drehten stellenweise durch. Der Wagen verlor kurzzeitig den Halt, als er über einige querliegende, klitschnasse Baumstämme polterte. Die Ketten bekamen das Holz erst nicht richtig zu fassen, schabten die Rinde ab. Dann schoben sie das 60-Tonnen-Gerät doch über das knackende Holz.

Stendals Wagen feuerte einige Sprenggranaten ab, die Scheußliches unter der angreifenden Infanterie anrichteten. Doch der Kommissar trieb die Männer weiter.

Stendals Maschinengewehre setzten ein, und in rascher Abfolge schoss die Acht-Acht seines Tigers weitere Sprenggranaten in den sowjetischen Vormarsch hinein. Die Waffenwirkung mähte die Rotarmisten nieder, als würde eine unsichtbare Sense unter ihnen wüten. MG-Geschosse prallten flach auf den Boden und stiegen als Querschläger in den Himmel auf.

Die Russen aber waren zahlreich, sehr zahlreich. Mehr und mehr stürmten aus dem Wald und auf den Acker. Gleichzeitig zeigten sich auch weitere Kommissare.

Engelmann warf einen Blick auf seine Armbanduhr. 14.00 Uhr durch. Sie würden also noch eine Zeit lang *Büchsenlicht* haben, was gut war, denn die Sperber-Zielgeräte waren allesamt ausgefallen.

Es knallte infernalisch. Funken, groß wie Kinderarme, sprühten über Stendals Vorderwanne. Das abgeleitete Geschoss surrte heulend in den Himmel hinauf.

»Panzer«, hauchte Bock erschrocken und presste die Augen gegen die Optik. Dann brüllte auch Stendal es durch den mit heftigem Störrauschen belegten Funkkanal: »VERMUTETE PANZER! 1.800, im Kastenwald!«

»Bring uns vor, Birne!«, stöhnte Engelmann, die Augen an den Winkelspiegeln.

»Zu Befehl!« Der Fahrer trat aufs Gaspedal. Der Tiger ruckte an, der Motor kämpfte. Die Ketten gruben sich in den Schlamm, als der schwere Stahlkoloss den Hügelkamm hinaufkletterte.

Stendal lag unter Beschuss. Bunte Blumensträuße aus Feuer und Rauch platzten vor und neben ihm auseinander. Braune Säulen schossen in die Höhe.

»Warum schießt der Junge nicht?«, knurrte Engelmann. Irmas Ketten erfassten einen umgestürzten Baum. Das Holz knackte, Splitter fetzten von den Laufrollen weg. Im nächsten Augenblick stand der Tiger auf dem Scheitelpunkt des Hügels. Der Regen war in ein feines Nieseln übergegangen. Der Acker voraus hatte sich in einen Sumpf verwandelt.

Und dann sah der Oberleutnant, warum Stendal noch keinen Schuss abgegeben hatte. Neben den Rotarmisten, die sich in Granattrichtern verkrochen hatten und das Panzergefecht wohl abwarten wollten, waren keine Panzer des Feindes zu erkennen. Der Beschuss kam aus den Tiefen des gegenüberliegenden Waldes, keine Frage. Engelmann aber machte keinen einzigen Russenpanzer aus, nicht einmal einen Mündungsblitz.

So war es zu oft im Krieg: Man wurde beschossen, wusste aber nicht, woher. Vielleicht hatten die Russen im Schutze des Unterholzes sogar Geschütze in Stellung gebracht. In solchen Dingen war der Feind Weltklasse, im verdeckten Heranführen von Kräften, im Schanzen, im Ausheben getarnter Stellungen.

Plötzlich raste ein Geschoss mit gelbgrüner Leuchtspur aus dem Wald. *Phosphorgranate!* Das Projektil rauschte Stendals Panzer in die Stirn. Binnen eines Wimpernschlages stand die ganze Außenhülle des Tanks in blau-violetten Flammen. Schreie über Funk. Stendal versuchte etwas zu melden. Der Panzer brannte lichterloh. Sie mussten ausbooten! Sofort!

»Perscher!«, plärrte Engelmann, dann ratterte er seine Befehle in den Äther: »Blindfeuer auf Villa und Kastenwald.«

Bei Stendals Tiger sprangen die Luken auf. Männer kraxelten aus den Öffnungen. Die grünlichen Flammen leckten nach ihnen, entzündeten die schwarzen Panzeruniformen. Stendal hielt sein japanisches Schwert in den Händen, warf es in den Schlamm.

»Verdammte Bande mit ihrer Phosphormunition!«, schimpfte Bock.

»Die ist doch verboten!«, echauffierte sich Jahnke entsetzt. »Laut Völkerrecht!«

»Wie naiv bist du, Junge?« Bock stieß einen bitterbösen Lacher aus. »Kannst ja zum Iwan rüber laufen und dich beschweren!« Der Schütze grunzte erregt. »Fragt im Krieg nach irgendwelchen Gesetzen. Als wüsste er es nicht besser!«

»Ruhe jetzt!«, schnauzte Engelmann. Er starrte über die Winkelspiegel auf die Geschehnisse, die just in diesem Augenblick bei Stendals Panzer ihren Lauf nahmen. Die in Flammen stehenden Panzermänner rissen sich geistesgegenwärtig die Klamotten vom Leib, ehe sie sich im Schlamm wälzten. Nur einer – der junge Panzeroberschütze, der Stendals Funkgerät bediente – verlor die Nerven, rannte panisch umher. Stendal war sofort zur Stelle, riss den Jungen zu Boden und löschte ihn in einem matschigen Wasserloch. Ja, das hatte er gut gemacht, der junge Leutnant Stendal. Engelmann musste es unumwunden zugeben. Das änderte aber nichts an der Tatsache, dass Engelmann so seine Schwierigkeiten mit dem *Reserveheini* hatte … mit dieser erzkatholischen Grinsekatze aus Südtirol, die glaubte, ihre minderbemittelte Hauruckausbildung sei mit der eines richtigen Truppenoffiziers vergleichbar.

Der feindliche Beschuss war für den Moment nicht sonderlich heftig. Nur vereinzelte Phosphor- und Sprenggranaten rauschten den Panzern der 2. Kompanie entgegen. Engelmann und Perscher fuhren an Stendals Besatzung heran und nahmen die in Unterwäsche im Schlamm hockenden Männer auf. Es wurde eng in den Panzern, die frierenden Männer wickelten sich in Decken ein. Stendals Funker hatte leichte Verbrennungen erlitten. Engelmann hatte ihn und Stendal aufgenommen. Der Funker hockte in ungemütlicher Haltung hinter dem Fahrersitz und wimmerte leise.

»Ratte, hier Anna. KOMMEN!«, ließ Engelmann Wölk an die Abteilung funken. Eine Antwort blieb abermals aus.

Vereinzelte Gewehrkugeln prallten gegen die Tiger. Funken spritzten, und immer wieder hagelten die Granaten des Gegners auf die Position der deutschen Panzer hernieder. Die Bäume, die um und auf der Bodenwelle standen, zerbarsten unter den Einschlägen.

Weitere leuchtende Phosphorgranaten sausten aus dem Wald gegenüber, jagten den deutschen Tiger-Panzern entgegen. Wo sie aufschlugen, wo das Teufelszeug versprüht wurde, setzte es im Handumdrehen die Umgebung in Brand. Auf dem durchnässten Holz, auf der Erde, ja, sogar auf dem Schlamm bildeten sich Flammen in unnatürlichen Farben, die dem Regen trotzten.

Engelmann befahl, die Tiger hinter den Schutz der Kuppe zu verlegen. Er wusste, dass er auf diese Weise die feindliche Infanterie wieder auf den Plan rufen würde, doch wie sahen die Alternativen aus? Engelmanns Männer waren dem Beschuss mit Brandmunition aus versteckten Stellungen heraus nicht gewachsen. In seinem Geist drängte sich schon wieder die Frage nach dem weiteren Vorgehen auf. Bleiben oder Weichen? Engelmann zermarterte sich sein Hirn über diese Frage. Er funkte Perscher an, gab ihm die Weisung, wieder nach links zu fahren und die dortige Flanke zu überwachen. Bock rollte im Blindflug rückwärts, säbelte dabei einen Baum um, der abknickte wie ein Zahnstocher. Engelmann starrte auf seine Lagekarte, in die er alle Einheiten des Umkreises eingezeichnet hatte. Waren die Nachbarn noch vor Ort? Oder kämpfte Engelmanns Kompanie bereits auf sich allein gestellt? Konnte er die Stellung überhaupt noch halten, mit nur zwei Panzern?

»FEINDBESCHUSS!«, Perschers raue Stimme riss den Oberleutnant aus seiner Gedankenwelt.

»Linke Flanke, Ratsch-Bumm im Verbund mit Sherman-Panzern! Drei … vier Geschütze, vier Panzer, die auf meine Position antreten!«

»Feuer erwidern!«, brüllte Engelmann mit heiserer Stimme. Verbissen starrte er auf die Karte. Wenn an der linken Flanke schon der Feind stand, war die deutsche Grenadier-Division längst abgerückt.

Scheiße! Engelmann schlug die Faust gegen den Panzerstahl, dass ein irrer Schmerz durch sein Handgelenk zog. Sie standen auf verlorenem Posten … doch sie hatten einen Haltebefehl. Major Boss hatte Engelmann eingetrichtert, dass dieser verdammte Hügelkamm der Schlüsselpunkt des gesamten Geländeabschnitts sei. Von hier aus konnte das Vorgelände weiträumig überwacht werden. Die Stellungen der 2. Kompanie mussten unter allen Umständen gehalten werden! Unter allen Umständen – was hieß das schon? Engelmann biss sich auf die Unterlippe, biss heftig zu, schmeckte Blut. Er gab sich dem neuerlichen Schmerz, der seine Lippe pulsieren ließ, für eine Sekunde hin … eine Sekunde, während der er eine Entscheidung weiter hinauszögern konnte. Engelmann wagte es nicht, in Jahnkes Gesicht zu blicken, sondern sah stur auf die Karte. Er grübelte verbissen über seine verbliebenen Handlungsoptionen. Perscher musste auf alle Fälle die Flanke gegen die feindlichen Sherman abriegeln. Der Oberfeldwebel meldete auch sogleich, auf einen Schlag zwei feindliche Panzer ausgeschaltet zu haben. Der Rest der Angreifer gewann wieder Abstand. Engelmann wusste, dass das nicht so bleiben würde. Weitere Phosphorgranaten klatschten gegen die Bodenwelle, entzündeten sie. Eine Wand aus blauen und grünen Flammen baute sich vor den beiden Tiger-Panzern auf.

»Anna, hier Ratte!«, rauschte Boss' Stimme mit einem Mal durch den Äther. Wölk informierte Engelmann, der sich sofort die entsprechende Frequenz auf die Ohrhörer geben ließ. Dem Oberleutnant fiel ein gigantischer Stein vom Herzen.

»Hier Anna!«, brüllte Engelmann seine ganze Freude über die Verbindungsaufnahme ins Mikrofon.

»Großangriff des Feindes im gesamten Abschnitt!«, erklärte Boss. »Grenadiere links- und rechtsseitig deiner Position im Rückzug begriffen. 2. Kompanie fällt augenblicklich zurück auf Linie ›Dresden‹. Dort soll eine neue HKL etabliert und gehalten werden. Das Auffangen der zurückströmenden Grenadiere soll dort geschehen.«

Engelmann blickte auf die farbigen Flächen und schwarzen Linien in seiner Karte. Die Linie »Dresden« lag sieben Kilometer im rückwärtigen Raum. Sieben Kilometer, die dem Feind preisgegeben wurden. Sieben Kilometer, die der Russe näher an die Heimat herangerückte. Einmal mehr war die Rote Armee auf dem Vormarsch, und den Deutschen blieb nichts anderes übrig, als auszuweichen. Irgendwann aber würde einmal der Raum zum Ausweichen aufgebraucht sein. Wie lange sollte dieses Spiel noch fortdauern?

»Weidmannsheil, Hauptmann Engelmann«, drang die Stimme des Majors aus den Lautsprechern.

Wölk, der mitgehört hatte, schaute Engelmann verwirrt an. Der brauchte selbst einen Moment, um zu begreifen, was Boss da gesagt hatte.

»*Hauptmann,* Egon?«, fragte Engelmann nach.

»Wie bitte? … Ach, scheiße.« Ein verhaltenes Lachen drang aus den Lautsprechern. »Tut mir leid, Kamerad, jetzt habe ich die Überraschung vergeigt, nicht? Nun sieh aber erst einmal zu, dass du heil aus der Nummer herauskommst, die der Iwan da veranstaltet. Danach reden wir weiter. Ratte Ende.«

Engelmann würde also befördert werden.

»Wünsche Herrn Hauptmann herzlichste Glückwünsche zur Beförderung!«, brachte Wölk ein wenig gequält hervor. Die anderen schauten überrascht, begriffen dann aber und gratulierten ebenfalls. Engelmann selbst war gar nicht nach Glückwünschen zumute. Er hätte kotzen können. Was war schon ein läppischer Hauptmanns-Dienstgrad wert, wenn der Feind nicht kleinzukriegen war? Wieder eine sowjetische Großoffensive, wieder Rückzug auf breiter Front. Engelmann ging das alles gehörig gegen den Strich.

Außerhalb von Stalinsk, Sowjetunion, 27.11.1944

Es war tiefschwarze Nacht. Ein siegessicheres Lächeln huschte über die Lippen des Kriegsgefangenen Franz Berning. So hatte sich das der Natschalnik Merlo sicherlich nicht vorgestellt!

Tatsächlich hatte niemand der einfachen Gefangenen Berning an die Russen verraten, nachdem der mit seinem Peiniger, dem Adeligen von Hagen, abgerechnet hatte. Und auch von Hagen selbst hatte artig die Klappe gehalten, schien zudem ordentlich eingeschüchtert zu sein. Allerdings hatte Berning seine Rechnung ohne Merlo gemacht, der sofort zum russischen Kommandanten des Unterlagers Nummer 3 geeilt war, um ihn über die Geschehnisse ins Bild zu setzen. Merlo war ein dummer Junge.

Der sowjetische Major hatte Besseres zu tun, als Streitereien zwischen den Gefangenen zu klären. Er vergnügte sich lieber mit Prostituierten aus der Stadt. Allein der Teufel wusste, was Merlo geritten hatte, den Kommandanten des Unterlagers dennoch mit der Sache zu belästigen, denn der reagierte nun, wie es zu erwarten war: Er bestrafte beide, Berning und Merlo. Berning wurden zwei Wochen Sonderschichten aufgebrummt, was bedeutete, dass der Österreicher früher als alle anderen zur Arbeit marschieren und erst weit nach dem generellen Feierabend ins Lager zurückkehren würde. Und Merlo? Merlo, der Dummkopf, hatte Berning über die gesamten zwei Wochen bei dessen Sonderschichten zu begleiten. Als Aufpasser natürlich. Aus diesem Grunde konnte Berning sich ein Grinsen nicht verkneifen.

Natürlich ergab es aus produktionstechnischen Gründen keinen Sinn, eine einzelne Person in der Dunkelheit Waldarbeiten verrichten zu lassen, doch es ging bei den Sonderschichten nicht um Sinnhaftigkeit, sondern einzig um Schikane.

Bitterkalte Windböen schnitten wie unsichtbare Messer durch den Wald. Berning verkroch sich, so weit er konnte, in seinem Wehrmachtsmantel, den er vor Kurzem hatte ergattern können. Über seinem Kopf raschelten die Nadelkleider der Tannen. Mondlicht schien von gefrorenen Pfützen wider, die wie in den Waldboden verbaute Spiegel wirkten. Der Untergrund war hart wie Granit. Berning spürte jeden gefrorenen Erdklumpen, auf den er mit seinen dünn gewordenen Stiefelsohlen trat. Die grausame Kälte kroch wie ein tausendbeiniger Ameisenschwarm an seinen Gliedern empor, nicht einmal der Marsch vermochte ihn noch zu erwärmen. Es dauerte nicht lange, und

Berning begann am ganzen Körper zu zittern. Merlo fror ebenso bitterlich und fluchte unentwegt. In weiter Ferne knackte ein Ast, ein Geräusch, das lange nachhallte.

Bewaffnet mit einer Säge mit rostigem Blatt trottete Berning den mit dicken Wurzeln durchsetzten Waldweg entlang. Es war stockfinster, doch die dicke Schneedecke, die sich über das Umland von Stalinsk gelegt hatte, reflektierte das Mondlicht, sodass Berning die Welt zumindest in Schemen erkennen konnte. Und er sah deutlich Merlos vor Wut zerknirschtes Gesicht, wenn er sich umdrehte. Der Anblick stellte ihn zufrieden. Merlo schien zudem total übermüdet, dabei besaß er als Natschalnik Zugang zu Kaffee. Berning beneidete den dummen Hünen nicht um das Bohnengetränk, denn Koffein war seiner Meinung nach ein Stoff, der nur die Sinne vernebelte. Berning allerdings musste bei klarem Verstand bleiben, musste einen kühlen Kopf bewahren. In den Tiefen seiner Hirnwindungen begannen große Pläne Form anzunehmen, da durfte er seinen Geist nicht mit billigen Aufputschmitteln verschandeln.

Berning schnaubte bei dem Gedanken an Kaffee. Koffein, Stuka-Tabletten, Panzerschokolade, Alkohol und wie sie alle hießen … es waren Drogen, die der gemeine Faschist benötigte, um sich vor der Schlacht ausreichend Mut anzueignen. Der wahre Sozialist aber war von einer natürlichen Zuversicht beseelt, sodass er keiner Mittelchen bedurfte, um im Kriege zu bestehen. Darum funktionierte der Sozialismus in Russland, und funktionierte in diesem Kriegsgefangenenlager gleichzeitig nicht. Berning hatte sich lange Gedanken über diesen Umstand gemacht und war zu dem für ihn einzig logischen Schluss gelangt: Die Sowjets, die im Lager 525 dienten, waren allesamt versoffene und verhurte Kriminelle. Kein Wunder, dass die deutschen Gefangenen nichts von dem friedlichen Geist der Kommune mitbekamen! Im wahren Russland aber, in den großen Metropolen wie auf dem Land, in Moskau, in Gorki, in den Weiten Sibiriens, da musste das Erbe Lenins blühen und gedeihen, da musste das Leben so vortrefflich sein, wie Berning sich den Kommunismus ausmalte.

Nein, nicht Lenin, verbesserte er sich, *Genosse Wladimir Iljitsch heißt das!*

Berning war so zufrieden mit sich selbst wie seit … seit … ja, im Grunde war er so zufrieden wie mit sich wie noch nie zuvor in seinem Leben. Unvorstellbar eigentlich, angesichts seiner Lage. Psychiater hätten an Bernings Hirnwindungen sicherlich ihre helle Freude gehabt. Der junge Österreicher jedoch glaubte, sich auf dem aufsteigenden Ast zu befinden. Er hatte sich seiner

Peiniger erwehrt … und egal, was das Leben ihm bisher auch entgegengeworfen hatte, egal ob Krieg, Pappendorf, Verwundung, Gefangenschaft, schwerste Krankheit, Berning hatte sich stets als stark genug erwiesen, jedes Hindernis zu überwinden. Und so war er sich sicher, er würde auch die Kriegsgefangenschaft überstehen – und danach würde er sein Leben der Befreiung seiner Heimat aus den Klauen des Faschismus widmen!

Die Rote Armee war allerorts auf dem Vormarsch, wie er so hörte. Und die Faschisten standen schon allein deshalb auf verlorenem Posten, weil sie nicht aus freien Stücken in die Schlacht zogen, sondern aus Angst vor der eigenen Regierung. Bei den Russen musste das anders sein, denn der Sozialismus, wie Berning ihn bisher kennengelernt zu haben glaubte, beflügelte die Menschen wahrhaftig. Der Sozialismus brauchte keine Wehrpflicht und keine Wehrstrafgerichtsbarkeit. *Die Menschen des Sozialismus streiten freiwillig und mit reinem Herzen für ihre Sache.*

Noch einmal warf er Merlo, der schräg hinter ihm lief, einen verstohlenen Blick zu. Der dumme Hüne grummelte etwas in sich hinein, die Hände zu Fäusten geballt. Sicherlich würde er seine Wut noch an Berning auslassen. Der war gewillt, den Knüppel Merlos über sich ergehen zu lassen, denn er wusste, dass er geistig der stärkere Charakter war. Merlo dachte wohl, er könnte sich den Russen anbiedern, indem er sich ihnen als Natschalnik zur Verfügung stellte. Der Knabe merkte gar nicht, welche faschistoiden Auswüchse diesen Wächterposten umrankten, und dass er daher früher oder später ebenso von den Arbeitern und Arbeiterinnen der Kommune entfernt werden würde, so wie die Zarenfamilie anno 1917.

Bernings Arm, der die Säge hielt, brannte vor Anstrengung. Der Wind peitschte ihm fürchterlich gegen die eingerissene Gesichtshaut. Seine Lippen waren aufgesprungen, die Finger rau und mit Verletzungen übersät. Zudem hatten sich schon wieder Läuse in seinem Schritt eingenistet, die es sich in seiner Schambehaarung gemütlich machten und einen fürchterlichen Juckreiz auslösten. Berning war an einigen Stellen schon wund gescheuert. Doch auch das ertrug er. In Gedanken errichtete er gewaltige Konstrukte aus Hass, Träumen und Ideologie, die ihn von der Realität ablenkten, so auch von dem pelzvermummten sowjetischen Begleiter, der, mit einer Maschinenpistole in den Händen, den Gefangenen hinterhertrottete, um sie auf ihrem Montagmorgenspaziergang zu beaufsichtigen. Der Mann allerdings schien guter Dinge. Er pfiff von Zeit zu Zeit ein Berning unbekanntes Lied, und war auch sonst sehr freundlich.

Als der kleine Trupp seinen Bestimmungsort erreichte, ein Gelände, das gefährlich abschüssig war, wodurch es regelmäßig zu schweren Unfällen kam, offenbarte sich Berning der Grund für die gute Laune des sowjetischen Bewachers: Zwischen den am Straßenrand aufgestapelten Baumstämmen kam eine junge Russin zum Vorschein, das hübsche Gesicht von einem Kopftuch eingerahmt. Die Frau und der Russe grinsten einander an, umarmten sich, dann verschwanden sie aus Bernings Sichtbereich.

Tatsächlich konnte der Russe die Gefangenen problemlos unbeobachtet lassen. Berning und Merlo waren in ihren zerlumpten Klamotten aus Beständen der Wehrmacht, der Roten Armee und den USA auf 1.000 Meter als »Niemietski plienis«, als deutsche Gefangene, zu erkennen. Einen Propusk besaßen sie auch nicht, jenes kleine Kärtchen, das Kriegsgefangene berechtigte, sich außerhalb der Lager zu bewegen. Ohne solch einen Ausweis war eine Flucht ohnehin sinnlos. Die Leichen derer, die es bislang versucht hatten, hingen zur Abschreckung an langen Pfählen vor den Lagertoren wie Schweinekeulen beim Metzger. In der eisigen Kälte verwesten sie nicht einmal, sondern wurden zu weißen Schaufensterpuppen, die jedem Häftling eine Warnung waren.

»Fang's Arbeiten an, Bolschewik«, raunzte Merlo säuerlich.

Berning begab sich zu den am Straßenrand verstreut herumliegenden Baumstämmen. Seit Tagen war es seine Aufgabe, die Stämme in kleinere Segmente zu zerlegen, damit sie auf die Lastwagen passten. Berning maß dazu den ersten Baumstamm, der so dick war, dass er ihn nicht hätte umarmen können, mit Schritten ab. Alle acht Schritt einmal sägen, so hatte man es ihm eingebläut. Er hockte sich an der entsprechenden Stelle nieder, setzte die für zwei Personen ausgelegte Säge an und begann, sie ins Holz zu treiben. Das Sägen mit dem für einen Mann zu sperrigen Werkzeug gestaltete sich als umständlich. Berning vermochte kaum effizient zu arbeiten, doch darum ging es bei dieser Strafaktion wie gesagt nicht. Wenn er sich ins Zeug legte, würde er vielleicht einen ganzen Schnitt schaffen, ehe die anderen eintrafen. Merlo gähnte lautstark, während Berning wieder und wieder mit der Säge abrutschte und dann jedes Mal das Sägeblatt neu in die Schnittstelle friemeln musste. Er verwünschte die sinnlose Arbeit und in seiner Brust schwelte plötzlich eine unbändige Wut.

Eine ganze Weile verging. Merlo hatte einige Zeit auf einem Baumstumpf gesessen und Berning Beleidigungen an den Kopf geworfen, doch mittlerweile fror der Hüne so erbärmlich, dass er auf der Straße auf- und ablief; indes gingen ihm weitere unflätige Flüche über die Lippen.

Bernings Leib hingegen war von einer Affenhitze ergriffen. Zum einen strengte ihn die Arbeit furchtbar an. Er hatte das stumpfe Sägeblatt mittlerweile zu zwei Dritteln durch den Stamm getrieben. Dank Merlo arbeitete er tatsächlich in einem Höllentempo. Der Natschalnik hatte ihn ein ums andere Mal mit dem Schlagstock dazu »angespornt«. Zum anderen war es dieser innere Zorn, der sich in Berning immer weiter aufbauschte und ihm die Schweißperlen auf die Stirn trieb. Merlos Kommentare, die Stockschläge, diese unsinnige Maloche, die Berning zu leisten hatte, ließen ihn am Ende doch nicht kalt. Bernings Brust drohte vor Wut zu platzen. Er biss die Zähne mit aller Macht aufeinander, seine Finger verkrampften sich. Berning wischte sich den Schweiß von den Schläfen. Er prustete lautstark, so sehr strengte ihn die Arbeit an. Seine Hände, gebeutelt von der unsäglichen Stalinsker Kälte und der mühevollen Arbeit, brannten und pochten. Er blutete am Daumen, konnte nicht einmal sagen, wie es dazu gekommen war. Der warme Lebenssaft sah in der Dunkelheit aus wie schwarzer Lack. Es war so stupide und dumm, bei völliger Finsternis im Wald zu arbeiten. Ohne die reflektierende Schneedecke würde Berning nicht einmal die Säge in seinen Händen erkennen. Er schäumte innerlich. Er blickte schließlich auf, ließ einen Moment von der Säge ab. Soweit er das beurteilen konnte, war der Sowjet noch immer nicht zurückgekehrt.

»Du sollst nicht gucken, Junge«, plärrte Merlo, »du sollst die Scheiße machen!« Die Dumpfheit, die in der Stimme des Natschalniks mitschwang, legte Zeugnis von seinem beschränkten Intellekt ab.

Halt's Maul, Piefke!, donnerte Berning im Geiste, doch sagte er nichts. Seine Finger umfassten gerade wieder das rostige Griffstück der Säge, da spürte er einen irren Schmerz in seiner rechten Schulter, der ihn zusammenzucken und aufschreien ließ. Merlo hatte ihn ein weiteres Mal den Stock spüren lassen.

Da riss Berning der Geduldsfaden. »MANN!«, brüllte er martialisch, sprang auf die Beine und fuhr herum. Der Zorn schoss ihm aus allen Poren, ließ dicke Adern auf seinen Schläfen und am Hals zum Vorschein treten. Es blitzte in seinen Augen. Bernings Körper war aufs Äußerste angespannt. Er hatte die Hände so fest zu Fäusten geballt, dass sich seine scharfkantigen Fingernägel in die Haut seiner Handinnenflächen gruben. Mit pulsierendem Blick stierte er Merlo an, der recht gelangweilt vor ihm stand.

»ICH MACH DOCH!«, schrie Berning.

»Sehe ich nichts von.« Merlo verschränkte die Arme. »Und jetzt arbeite!« Eine Drohung lag in der Stimme des Hünen.

»Ja, ja«, murmelte Berning, der sich wieder der Säge zuwendete. Ihm fielen blumige Worte für diese Situation und speziell für Merlo ein, doch die fraß er lieber in sich hinein. Stattdessen erfasste er den Griff seines Arbeitswerkzeugs und zog das Sägeblatt ein weiteres Mal durch den Schnitt. Das Blatt blieb dabei mehrfach hängen, sodass er es ein Stück anheben und erneut ansetzten musste. Berning stöhnte. Er kochte. Diese verdammte Zweimannsäge, die er allein zu bedienen hatte, steigerte seine Wut ins Unermessliche. Plötzlich spürte er einen heftigen Hieb gegen den Rücken, dass er sich vor Schreck und Schmerz wie ein Igel kugelte.

»Und wenn du mich nochmal anschreist, lernst du mich richtig kennen!«, sagte Merlo.

Berning atmete bewusst ein, dann aus. Seine Fingernägel bohrten sich In die Rinde des Stamms.

»Hast du das verstanden, Sozi?«, dröhnte Merlo mit überschwänglicher Arroganz.

Berning atmete noch einmal ein … und aus. Ganz langsam, ganz bewusst. Die Wut trommelte wie ein Drucklufthammer in seinem Schädel. Noch einmal atmete er ein und aus. Berning versuchte, sich mit aller Macht auf seine Atmung zu konzentrieren.

Ein weiterer Schlag peitschte über seinen Rücken. Ein heißer Schmerz zischte durch seinen Oberleib, ließ ihn aufschreien.

»Ich hab' dich was gefragt, du Hurensohn!«

Berning fuhr herum wie ein Wirbelwind, donnerte Merlo die Säge gegen den Schädel. Der Hüne taumelte unter dem Hieb, seine Augen verdrehten sich für einen Moment. Noch ehe Merlo die Situation hätte erfassen können, warf sich Berning mit seinem ganzen mickrigen Körpergewicht gegen die Beine des Natschalniks. Er verkrallte sich in Merlos Gliedern, rammte ihm die gestreckten Finger in die linke Kniekehle und drückte dessen Füße auseinander. Merlo stürzte, landete rücklings im Schnee. Noch ehe er die Hände zur Abwehr heben konnte, donnerte Berning ihm die Faust gegen die Mundpartie. Merlos Lippe platzte auf. Der Hüne stöhnte. Er verdrehte erneut die Augen. Berning schlug blitzschnell ein zweites Mal zu. Er traf seinen Gegner an der rechten Schläfe. Der Riese brüllte fürchterlich, riss die Arme vors Gesicht.

Berning, der auf Merlo thronte, trommelte mit beiden Fäusten auf dessen Abwehr ein.

»Ich bin kein Hurensohn!«, brüllte er den Natschalnik an, der irgendwelche Laute von sich gab, etwas wie »halt«, »stopp« und »bitte«.

Berning war in eine unkontrollierbare Rage verfallen. Sein Kopf war hochrot angelaufen, seine Augen flackerten boshaft. Er hörte nicht auf, auf Merlo einzudreschen. Seine Hände fühlten sich bereits wie taube Betonklötze an.

Berning vernahm Merlos Wimmern, als er endlich zu prügeln aufhörte. Merlos vor das Gesicht geworfene Arme zuckten. Dem hatte Berning Manieren beigebracht!

»Runter von mir!«, plärrte Merlo mit einem Mal. Gleichzeitig lockerte der Hüne seine Abwehr, zeigte sein verunstaltetes Gesicht. Die Platzwunde an der Lippe blutete stark.

Berning wollte sich tatsächlich gerade erheben, da hämmerte ihm etwas mit solcher Wucht gegen den Schädel, dass er seitlich in den Schnee kippte. Für eine Sekunde war ihm schwarz vor Augen. Als er wieder zu sich kam und seinen Kopf in die Höhe streckte, sah er Merlo. Der Hüne kämpfte sich unter Bernings Beinen hervor, hatte die Finger schon nach seinem Schlagstock ausgestreckt. Es fehlten nur Zentimeter!

»Dir werde ich zeigen, wie man sich benimmt!«, sagte Merlo fauchend.

Flink wie ein Wiesel war Berning zurück auf seinem Gegner, und ebenso flink ließ er die Fäuste fliegen, die er Merlo maschinengewehrartig gegen den Schädel hämmerte. Dieses Mal aber hatte er den Hünen nicht überraschen können, und was die reine Körperkraft anbelangte, war er Merlo klar unterlegen. Mehrere brachiale Fausthiebe durchstießen Bernings Schlaggewitter, brausten ihm gegen Kopf und Oberkörper. Berning zuckte unter den hammerharten Treffern. Er kassierte schließlich einen Schlag auf den Mund. Die Wucht warf seinen Kopf zurück. Berning schmeckte Blut. Merlos gigantische Pranken legten sich in diesem Moment um Bernings Hals. Und drückten zu. Berning versuchte zu atmen. Es ging nicht. Panik übermannte ihn. Berning schlug um sich wie ein Verrückter, doch Merlos Hände lösten sich nicht. Berning kloppte mit aller Macht auf die riesigen Hände ein, die ihn im Würgegriff hielten, bohrte seine Fingernägel in Merlos Haut, kratzte die Handrücken blutig. Doch der Hüne lockerte den Griff nicht. Todesangst traf Berning wie ein Geschoss, ließ ihn aufbrausen wie ein wilder Stier. Das alles aber nützte nichts, denn er vermochte sich nicht aus Merlos tödlichem Griff zu lösen.

»Du kleiner, verschissener Wicht!«, stöhnte der Natschalnik mit blankem Hass in der Stimme. Er war drauf und dran, Berning zu erwürgen.

Panikattacken ließen den Österreicher zucken. In seinem Geist regierten keine Gedanken mehr, nur noch Instinkte. Verzweifelt trommelte er mit den Fäusten auf Merlos Arme ein, krallte sich schließlich an dessen Pranken fest und versuchte, diese von seinem Hals zu lösen. Keine Chance. Merlo drückte und drückte. Panisch rang Berning nach Luft, doch nicht ein Milligramm Sauerstoff wollte in seine Lunge dringen. Ihm wurde schwindelig und heiß. Er wollte schreien, doch brachte nur ein ersticktes Röcheln hervor.

»Dir zeig ich's!«, wütete Merlo.

Noch einmal schlug Berning um sich. Noch einmal lehnte er sich auf im Todeskampf, den er zu verlieren drohte. Noch einmal aktivierte er seine Kräfte, drosch mit allem, was er hatte, auf seinen Gegner ein. Vergeblich. Berning spürte, wie ihm die Kraft aus den Gliedern wich. Seine Arme ruderten unkontrolliert. Mit einem Mal bekam seine rechte Hand den rostigen Griff der Säge zu fassen. Blitzartig hob Berning die Säge an, brachte das Blatt über seinem Gegner in Position, die Griffe mit beiden Händen umfassend. Noch ehe Merlo reagieren konnte, ließ Berning das Sägeblatt auf ihn hernieder sausen. Er erwischte zuerst den rechten Arm Merlos mit den rostigen Sägezähnen, schälte ihm damit einen großen Hautlappen ab. Merlo schrie fürchterlich auf, ließ von Bernings Hals ab und rollte zur Seite. Berning nahm gar nicht bewusst wahr, dass er wieder zu atmen vermochte und sich aufrappelte. All seine Sinne waren einzig auf die Säge fokussiert … und auf Merlo. Noch ehe sein Gegner die Hände zur Abwehr zurückziehen konnte, erreichten die riesigen, abgenutzten Zähne des Sägeblatts den Hals Merlos. Nun war es Berning, der zudrückte, der sich mit seinem ganzen Gewicht auf die Säge stützte. Es war für das Metall ein Leichtes, die weiche Haut des Hünen zu durchdringen. Merlo heulte auf wie eine Sirene, als ihm Berning die Zähne des Sägeblattes in den Hals presste. Blut quoll unter dem dünnen Metall hervor. Berning aber drückte und drückte, der Hass in seiner Brust befahl es ihm. Die rostigen Zacken waren schon gänzlich in Merlos Hals verschwunden. Aus heulendem Geschrei wurde ein unverständliches Gurgeln. Merlos Arme schlugen unentwegt um sich, seine Beine zuckten. Die Pranken des Hünen suchten zuerst nach Berning, dann griffen sie an die Säge. Die Fingerspitzen tauchten in den blutigen Schwall ein, der ihm aus dem Hals blubberte. Mit der Verzweiflung eines Todgeweihten zerrten Merlos Hände an der Säge, doch sie waren schon zu schwach, um Berning noch vom Morden abzuhalten.

Merlos Augen verdrehten sich, dass Berning nur noch das Weiße sah. Er drückte weiter, immer fester, immer fester. Stützte sich auf die Säge. Wippte vor und zurück, um den Druck noch zu verstärken. Er versenkte das ganze Sägeblatt in Merlos Hals. Dem Hünen blubberte blutiger Schaum aus dem Mund. Er gab röchelnde, erstickte Laute von sich. Die Arme ruderten nicht mehr. Sie zitterten nur noch. Die Beine Merlos schlotterten wie wild. Erst als das ganze Sägeblatt unter einem Schwall aus dunkelrotem Blut verschwunden war, ließ Berning von seinem Peiniger ab. Keuchend, nach Luft ringend, fiel er zur Seite, landete ihm kühlen Schnee. Das eisige Nass war in diesem Augenblick eine Wohltat für seinen aufgeheizten, brodelnden Leib.

Berning lag mit rasender Atmung da. Neben ihm zuckte und röchelte Merlo wie ein Fisch auf dem Trockenen.

Ewigkeiten vergingen.

Irgendwann spürte Berning, wie ihm die Kälte unter die Uniform kroch, wie sie mit eisigen Fingern nach seinem Rücken griff. Er fror erbärmlich. Jeder Atemzug fühlte sich scheußlich an. Seine Lunge rasselte, sein Kehlkopf schmerzte von Merlos Griff. Berning hob den Kopf. Er erblickte Merlo als dunkle Gestalt im Schnee liegen. Der Natschalnik rührte sich nicht mehr.

Mit einem Mal überkam Berning eine panische Angst. Was hatte er angerichtet? Er hatte im Affekt gehandelt, hatte seine Instinkte wüten lassen, statt vernünftige Überlegungen anzustellen! Erst jetzt wurde ihm bewusst, dass er Merlo nicht bloß getötet hatte … er hatte ihn ermordet. Berning richtete sich langsam auf. Er hockte ihm Schnee, bibberte, sein Opfer reglos neben ihm. Berning versuchte, sich das Blut von den Händen zu rubbeln. Vergeblich.

Was würden die Sowjets unternehmen, wenn sie davon erfuhren? Normalerweise juckte es sie nicht, wenn sich die Deutschen untereinander bekriegten. Doch Merlo war ein Natschalnik, ja, quasi schon einer der ihren! Die Russen würden auf Rache sinnen! Sie würden Berning vor dem Lagertor aufknüpfen! Und falls nicht, so würden ihm seine »Kameraden« fortan die Hölle bereiten … würden ihn foltern oder im Schlaf strangulieren. Die Entbehrungen der Lagerhaft brachten doch in allen Menschen nur die niedersten Triebe zum Vorschein. Berning hatte mit seinem Angriff auf von Hagen ein Zeichen gesetzt, hatte sich damit Luft verschafft. Einen Mord aber würden die noch immer vom deutschen Hitlerismus gesteuerten Gefangenen nicht dulden … sie würden sich des Quertreibers schon annehmen, so wie doch die Faschisten alle, die nicht in der Spur liefen, auf Linie brachten … oder aus dem Weg räumten. Nicht?

Berning überkam das Gefühl, sich übergeben zu müssen. Er kämpfte einen Moment dagegen an, dann würgte er Magensäure in den Schnee. Der Geschmack war widerwärtig.

Ein Fahrzeug näherte sich mit hoher Geschwindigkeit. Lichtkegel schnitten durch den Wald. Der Wagen stoppte mit einer Vollbremsung, eine Tür wurde geschlagen. Der Fahrer ließ den Motor laufen, und auch das Licht des Fahrzeugs blieb eingeschaltet. Es erhellte einen Bereich unweit von Berning und seinem Opfer. Wie eingefroren starrte der Österreicher ins Licht. Eine düstere Gestalt, den Schein der Fahrzeuglampen im Rücken, stapfte durch den Schnee, verschwand in der Finsternis. Berning erwachte aus seiner Schockstarre. Er musste fliehen! Aber wohin? Wie? Sie würden ihn töten!

Eine russische Stimme brüllte wie ein Berserker los. Der grelle Aufschrei einer Frau erfüllte die Luft, eine weitere Männerstimme schaltete sich ein. Bernings Russisch war gerade gut genug, um Bruchstücke der lautstark geführten Unterhaltung zu verstehen: Irgendetwas mit Pflichtverletzung.

Jener Sowjet, der Berning und Merlo zur Arbeitsstelle begleitet hatte, torkelte in die Lichtkegel der Scheinwerfer, wo er nach seinem Hosenstall schaute und eiligst die Knöpfe schloss. Die Frau, die bei ihm gewesen war, gab Fersengeld.

Der Neuankömmling schrie herum wie ein Irrer. Er redete so schnell, dass Berning kein einziges Wort mehr verstand. Wie ein Maschinengewehr schimpfte er auf den Wachmann ein. Plötzlich fielen doch wieder Worte, die Berning zuordnen konnte: »Franz Berning«, tauchte im Gezeter des Fremden auf. Der Name war deutlich herauszuhören, wenn auch stark akzentuiert. Er fiel gleich nochmal: »Franz Berning.«

Berning rutschte das Herz in die Hose. Er starrte die Russen mit aufgerissen Augen an, die in etwa 50 Meter Entfernung nun miteinander diskutierten. Berning musste fliehen, wollte er überleben. Er sprang auf die Beine. Er drehte sich um. Er rannte los, rannte wie ein Besessener. Der Schnee spritzte an ihm hoch. Er hörte verwirrte, dann hektische russische Laute hinter sich. Eine Maschinenpistole klackte. Dann ein Ruf, laut, deutlich, aggressiv. Unüberhörbar: »Ruki werch!«

Berning wollte seine Flucht fortsetzen, doch allein ihm fehlte der Mut dazu. Er stoppte abrupt, riss die Arme in die Höhe. Seine Hände schlackerten geradezu.

»Ruki werch!«, brüllte der Mann hinter ihm noch ein Mal, und dann noch ein paar andere Dinge, die Berning nicht verstand. Langsam drehte er sich um. Er sah deutlich die Silhouette seines ursprünglichen Bewachers. Der russische Gigolo hatte die Maschinenpistole auf Berning gerichtet, schien stark unter Anspannung zu stehen. Der zweite Russe, ein Mladschi leitenant, also ein Unterleutnant, wie Berning jetzt im Lichtschein erkannte, hockte neben Merlo und stellte dessen Tod fest. Langsam richtete sich der russische Unterleutnant auf. Er warf seinem Untergebenen einen Blick zu, der nichts Gutes bedeuten konnte.

Die beiden Russen begannen einen lärmenden Streit. Berning fror bitterlich, doch wagte er es nicht, sich zu rühren. Auch wenn er einmal mehr nur Bruchteile von dem verstand, was die beiden Soldaten in wildem Gezanke sagten, wusste er nur zu deutlich, dass es um sein nacktes Leben ging. Sein Bewacher schien leidenschaftlich dafür zu plädieren, Berning an Ort und Stelle zu erschießen. Er untermauerte seine Forderung mehrmals, in dem er mit einer ruckartigen Bewegung seiner Waffe auf Berning wies. Er wollte mit der Tat wohl sein Fehlverhalten kompensieren.

Der Unterleutnant aber schüttelte beständig den Kopf. Er brachte einen Namen ins Spiel, mit dem Berning nichts anfangen konnte: Nikolay Sergejewitsch Sidorenko. Im Anschluss formulierte er lautstark seine Befehle. Der andere Russe kuschte ... musste kuschen.

Mit Tritten und Schlägen trieben die beiden Männer Berning ins Auto.

*

Die Fahrt in dem offenen Geländewagen war grausig. Der Fahrtwind schlug Berning mit einer Eiseskälte entgegen, dass bald seine Glieder unkontrolliert schlotterten. Er kugelte sich auf dem Ledersitz zusammen, so gut es ging. Ihm kam die Fahrtdauer wie eine Ewigkeit vor.

Der Unterleutnant saß hinterm Steuer und verlor sich in wüsten Beschimpfungen gegen Berning, gegen den anderen Genossen und gegen das Kriegsgefangenenlager im Allgemeinen. Berning verstand nur einige Wortfetzen, doch hörte er immer wieder diesen Namen heraus, mit dem er nichts anfangen konnte: Nikolay Sergejewitsch Sidorenko. Nikolay Sergejewitsch Sidorenko! Berning meinte irgendwann, verstanden zu haben, dass Sidorenko ein sowjetischer General sei. Und er begriff allmählich, dass sie sich auf dem Weg zu eben diesem Sidorenko befanden.

Panik überkam ihn. Wer war dieser Sidorenko? Vielleicht ein Richter ... oder ein NKWD-Mann, der über Berning die Todesstrafe verhängen würde? War diese Fahrt in dem offenen Geländewagen womöglich die letzte Autofahrt des Unteroffiziers Franz Berning?

Den jungen Österreicher beschlich die Gewissheit, bald dem Tode ins Auge blicken zu müssen, als der Unterleutnant das Fahrzeug ins große Hauptlager steuerte, in dem Berning und die anderen bei ihrer Ankunft in Stalinsk registriert worden waren.

Schlagartig breitete sich in Berning eine innere Ruhe aus, die ihn entspannte. Er wunderte sich selbst darüber, doch ihm blieb am Ende des Tages sowieso nichts anderes übrig, als sein Schicksal zu akzeptieren. Er war den Sowjets auf Gedeih und Verderb ausgeliefert. Einmal noch hätte er sicherlich gerne den wahren Sozialismus kennengelernt, der ihm und seiner Heimat verwehrt geblieben war. Einmal noch hätte er seinen Vater gerne wiedergesehen, den armen kleinen Mann, der mit Geld so schlecht umzugehen vermochte, dass die Kapitalisten ihn zu erdrücken drohten. Bernings Vater war ein herzensguter Mensch, und dass er nach dem Tod seiner Ehefrau nun auch das einzige Kind verlieren würde, war eine tieftraurige Angelegenheit. In Bernings Brust machte sich ein dumpfer Schmerz breit, der seine Augen feucht werden ließ. Das alles hatte sein Vater nicht verdient!

Der Unterleutnant stoppte den Wagen vor einem großen Platz, der von einer dicken Schneedecke überzogen war. Holzbaracken und Verwaltungsgebäude umgaben den Platz. Es war gespenstisch still. Licht brannte in dutzenden Fenstern. Berning sah in einem der großen Gebäude einen Mann in Offiziersgarderobe hinter einer Glasscheibe stehen und Zigarre rauchen.

Die beiden Sowjets bellten und prügelten Berning aus dem Wagen. Bibbernd tapste der Österreicher durch den Schnee. Seine Socken wurden nass, denn die Stiefel waren undicht. Seine Füße fühlten sich schlagartig wie Eisklötze an.

Berning wurde über den Platz getrieben, einem großen, mehrstöckigen Gebäude entgegen, das auf einer Anhöhe thronte und über dessen eiserner Eingangstür »Komendatura« geschrieben stand. Es ragte über alle anderen Gebäude des Lagers hinaus. Hölzerne Treppenstufen führten auf ein hohes Gerüst, das wie eine Tribüne vor dem Eingang der Kommandantur angebracht war. Die roten Fahnen der Sowjetunion wehten an langen Masten.

An Bernings müden Knochen zerrte eine tiefgreifende Erschöpfung. Sie versuchte, ihn zu Boden zu drücken. Jeder Schritt durch den Schnee wurde zum Kraftakt. Völlig ermattet schleppte er sich die Treppe hinauf, wütende Rufe des Unterleutnants in seinem Rücken. Bernings Lunge brannte bei jedem

Atemzug, und jeder Atemzug klang wie ein Röcheln. Und in Bernings Kopf hatte sich die Aussicht auf den nahenden Tod manifestiert. Es war in Ordnung so.

Aller Auslaugung zum Trotz ließ er es sich nicht nehmen, die letzten Schritte seines Lebens selbst zu gehen. Wollte vielleicht der Kommandant des Gefangenenlagers persönlich über Berning richten, so mochte er dies tun; doch er würde über keinen gebrochenen Menschen richten, sondern über einen, der seinem Schicksal erhobenen Hauptes entgegentrat.

Viel zu lange hatte Berning gebraucht, um den Sozialismus und die Kommune als die wahrhaftigen Triebfedern des Lebens zu begreifen, als Mechanismen der wahren, einzigen Ideologie, die den Menschen Frieden und Wohlstand bringen konnte und würde. Musste er nun abtreten, er würde mit einem starken Gefühl der Zuversicht in der Brust sterben. Denn er, Franz Berning, hatte die großen Wahrheiten des Lebens letztlich durchschaut. Er, Franz Berning, war ein viel besserer Sozialist als alle Russen zusammen, die im Lager 525 dienten. Mochte dieser Sidorenko also tun, was immer er tun wollte. Niemand konnte Berning mehr etwas anhaben.

Der Unterleutnant bedeutete Berning, durch die große, eiserne Doppeltür zu treten, als sie das dem Gebäude vorgelagerte, hölzerne Gerüst erklommen hatten. Der Gefangene drückte die Klinke, öffnete sachte die Tür. Aus dem Inneren schlug ihm eine aufgeheizte, stickige Luft wie aus einem Haartrockner entgegen, sodass Berning für einen Augenblick schwarz vor Augen wurde. Die wohlige Wärme, die seinen steif gefrorenen Körper mit einem Male umgab, zog ihn geradewegs ins Gebäude. Der Unterleutnant folgte ihm mit gezückter Pistole, als ginge von dem ausgemergelten Gefangenen eine Gefahr aus.

Berning war den eisigen Temperaturen Stalinsks seit Wochen schon schutzlos ausgeliefert. Die drückende Wärme, die im Inneren dieses Verwaltungsgebäudes herrschte, ließ ihn für einen Moment glauben, bereits im Himmel angelangt zu sein. Er hätte weinen können vor Glück.

Der Unterleutnant stieß Berning auf einen langen Flur, von dem viele Türen in Nebenräume abgingen. Linker Hand ein Treppenhaus, dessen Stiegen nach oben führten. Irgendwo klapperten die Tasten einer Schreibmaschine. Jemand hustete. Es duftete nach Kaffee.

Berning kam dieser Ort unwirtlich vor. Das Verwaltungsgebäude mit dem gebohnerten Boden, auf dem dreckiger Schneematsch im Schein der Deckenbeleuchtung schmolz, den vergilbten Tapeten und der gedämpften

Geräuschkulisse einer Handvoll arbeitender Bürohengste machten einen so abnormen Eindruck auf ihn, als wäre er auf einem fremden Planeten gestrandet. Berning hatte höchstens noch die Ahnung einer Erinnerung an ähnliche Umgebungen aus seinem früheren Leben im Hinterkopf. Das Rathaus von Podersdorf beispielsweise, oder die Poststelle, in der sein Vater gearbeitet hatte. Büros, Arbeitsstätten … Räume … Berning kannte so etwas gar nicht mehr. Er kannte nur noch Schützengräben, Deckungslöcher, baufällige und zusammengeschossene Häuserruinen, mit Granattrichtern durchsetzte Wälder – und zuletzt die Baracken und den Forst von Stalinsk. Der Krieg hatte Bernings Vorstellungen von Normalität verschoben.

Mit einem heftigen Stoß in die Seite forderte der Unterleutnant ihn auf, sich zur Treppe zu begeben. Bernings Beine wurden schwerer und schwerer mit jeder Stufe, die er sich mühsam hinauf kämpfte. Unter den Augen von Stalin und Lenin, deren Portraits das Treppenhaus zierten, arbeitete er sich auf die erste Etage, die er hechelnd erreichte. Sein Herz hämmerte wie verrückt. Es war schon sonderbar, wie sehr ihn mittlerweile die einfachsten Tätigkeiten anstrengten. Früher hatte er noch eine Treppe nehmen können, ohne überhaupt eine Anstrengung wahrzunehmen. Auch das hatte der Krieg geändert.

Der Unterleutnant allerdings wollte noch ein Stockwerk höher. Berning, der sich am Ende seiner Kräfte wähnte, wurde von der Waffe seines Begleiters eines Besseren belehrte. Von unangenehmen Stößen mit der Pistolenmündung begleitet, kroch er die zweite Treppe hinauf. Ohne das Holzgeländer, an dem er sich Stufe um Stufe hochzog, hätte er den zweiten Aufstieg nicht mehr gepackt. Seine Beine allein waren zu schwach.

Der Unterleutnant scheuchte Berning einen langen Flur entlang. Weitere Bilder von Lenin, Stalin und anderen Sowjetgrößen, die Berning nicht kannte, prangten an den Tapetenwänden. Bernings Blick pulsierte vor Anstrengung und hatte an Farbsättigung verloren. Wie in Trance torkelte er den Gang entlang, bis er sich schließlich vor einer unscheinbaren Holztür wiederfand, auf der in kyrillischen Lettern »Towaritsch Nikolay Sergejewitsch Sidorenko – General-Polkownik« geschrieben stand. Da war er also – Sidorenko.

Der Unterleutnant stürzte mit zusammengekniffener Miene an Berning vorbei, klopfte halblaut an die Tür. Sidorenko müsse der Kommandant des gesamten Lagers sein, dachte sich Berning. Er hatte nie zuvor von ihm gehört, aber warum auch? Als einfacher Gefangener, eingepfercht wie ein Rindvieh in einem der zahlreichen Unterlager, waren Major Salbig und dessen sowjetisches Pendant die ranghöchsten Männer im unmenschlichen Lagersystem, mit denen Berning so etwas ähnliches wie Kontakt hatte.

Eine tiefe Stimme brummte aus dem Rauminneren durch die Tür hindurch, ein kurzer, abgehackter Laut. Übereifrig riss der Unterleutnant die Tür auf und trat ein, Berning hinter sich her ziehend. Er erstattete zackig Meldung, ehe er den Gefangenen mit grobem Griff am Kragen packte und ihn in die Mitte des Raumes schubste. Berning fühlte sich endgültig wie ein Spielball anderer. Das alles hatte doch mit dem Realsozialismus nichts zu tun! Es konnte ihm aber nun egal sein, denn er würde ebenjenen Realsozialismus nicht mehr erleben. Weiterhin nahm Berning sein Schicksal mit einer Gelassenheit hin, die ihn selbst überraschte. Nun ging es nur noch darum, wie er sterben würde. Er hoffte auf eine schnelle Hinrichtung, auf ein Erschießungskommando oder, wenn es sein musste, den Strick.

Mit einem Mal wurden Bernings Augen feucht. Ihm war, als würden sich gigantische Würmer durch seinen Magen wühlen, und er wäre am liebsten einfach in sich zusammengesackt. Wie weit war es mit ihm schon gekommen, dass er Wünsche über die Art und Weise seines Todes formulierte? Irgendwo tief in seiner Brust meldete sich eine leise Stimme, die für Widerstand gegen sein Schicksal warb. Berning aber war körperlich und geistig zu ausgebrannt, um noch auf sie zu hören. Er rieb sich die feuchten, dunkelrot unterlaufenen Augen und sah sich um.

Das Büro Sidorenkos war ein großer, quadratischer Raum. Weitere Portraits von Stalin und anderen großen Männern des Kommunismus schmückten die Wände. Zwei große, rote Flaggen, die schlaff an ihrem Mast hingen, rahmten einen riesigen Schreibtisch aus dunklem Holz ein. Zahlreiche deutsche Soldbücher und ein Weinglas mit angetrocknetem, rotem Rand dekorierten die Tischplatte. Unsortierte Dokumente lagen überall herum. Es roch nach gutem, frischem Bohnenkaffee, nach Zigarrenqualm, gepaart mit der fruchtigen Note von Wein.

Ein Mann mittleren Alters mit grimmiger Miene, scharfkantigen Gesichtskonturen und grau meliertem, kurz geschorenem Haar saß auf einem breiten Stuhl. Die Augen waren von Krähenfüßen gezeichnet, die sich tief in die Gesichtshaut gegraben hatten. Eine rote, entzündete Knollennase war das markanteste Merkmal des Mannes. Sein Kinn war aufgedunsen und mit feinen Eiterpickeln übersät. Seine Uniform stellte die Insignien eines sowjetischen Generalobersten zur Schau. Die groben, breiten Finger umklammerten eine weiße Tasse.

Im Laufschritt eilte der Unterleutnant an den Tisch heran; seine Stiefel hallten auf dem Teppich dumpf wider. Noch einmal straffte sich der Körper des Russen, ehe er irritierenderweise ein zweites Mal salutierte. Die Mundwinkel des Generaloberst zuckten, so als führe ihm ein starker Schmerz durch den Körper.

Der Unterleutnant beugte sich vor, was recht ulkig aussah, da er die Hände an die Hüften gepresst hielt, als wären sie dort festgenagelt. Mit schneller, schnatternder Sprache erstattete er Sidorenko Bericht.

Berning brauchte weder ein Hellseher zu sein noch über Russischkenntnisse zu verfügen, um zu begreifen, wovon der Unterleutnant berichtete. Mehrmals fiel Bernings Name. Es ging um ihn und um seine Tat. Bernings Herzschlag flog förmlich, ansonsten jedoch war der Österreicher von einer stoischen Ruhe erfasst, die keine neuerlichen Gefühle der Angst oder Verzweiflung In ihm aufkeimen ließen. Ja, Berning hatte wahrlich mit allem abgeschlossen. Einzig der Gedanke daran, dass dieser Schinder Pappendorf un geschoren davonkommen sollte, dass Berning keine Gelegenheit mehr erhalten würde, diesem Schwein eins in die Schnauze zu hauen, wurmte ihn. Vielleicht aber würde das der Krieg für ihn erledigen ...

Fast eine Minute lang redete der Unterleutnant. Als er schließlich schwieg, nickte der Generaloberst kaum merklich, flüsterte etwas auf Russisch und unterstrich seine Worte mit einer unmissverständlichen Handbewegung: Der Unterleutnant hatte sich zu verdünnisieren. Noch einmal salutierte der Mann, ehe er auf dem Absatz kehrtmachte und wie ein aufgescheuchtes Huhn aus dem Raum stürzte. Die Tür fiel krachend ins Schloss. Stille kehrte ein in Sidorenkos Büro. Eine beunruhigende Stille, die an Bernings innerer Ruhe nagte.

Berning begann trotz der aufgedrehten Heizung zu frösteln. Er bemerkte, dass ihn dieser Sidorenko ausgiebig musterte, so wie ein Metzger einen zum Schlachten geeigneten Gaul genau inspizierte.

Blitzschnell zückte Sidorenko eine Tokarev-Pistole. Berning zuckte zusammen, drückte die Augen zu. Er spannte seine Muskeln an in Erwartung des heißkalten Schmerzes, der durch seinen Leib fahren und das Ende seines Lebens einläuten würde.

Dieser aber blieb aus.

»Franz Berning?«, fragte Sidorenko mit rauer Stimme. Berning öffnete zögerlich die Augen, sah, wie Sidorenko die Tokarev auf die Tischplatte legte.

»Da.«

»Akh, te govoryat po-russki?«

Berning schüttelte den Kopf.

»Dann in Deutsch!«, befahl Sidorenko. Er griff zwischen die Dokumente auf seinem Schreibtisch, zog ein Soldbüchlein hervor. Dieses warf er Berning vor die Füße. Der Österreicher starrte das beige Büchlein an, das mit dem Titelblatt obenauf vor ihm auf dem grässlichen Teppichboden lag. Der Reichsadler samt Hakenkreuz, der unsauber mit dem neuen *Federvieh* des Deutschen Reiches überklebt war, prangte darauf. Das Anfang 1943 eingeführte Wappentier war nach wie vor ein Adler, jedoch deutlich fetter und mit einem Balkenkreuz zu seinen Füßen. Das Hakenkreuz des alten Symbols schimmerte leicht durch die dünne Haut des Stickers hindurch.

Berning konnte den Blick nicht von dem Soldbuch nehmen. Der schief geklebte Aufkleber, das dicke Eselsohr im rechten, unteren Eck ... es handelte sich um *sein* Soldbuch!

»Du hast bei ›Zitadelle‹ mitgemacht«, sprach Sidorenko mit leichtem Akzent.

Berning rührte sich nicht. Berning zitterte.

Nun würde er bezahlen müssen für die Verbrechen, die er im Namen der Deutschen Wehrmacht begannen hatte ... für deren brutalen Angriffskrieg, den er durch seinen Waffendienst unterstützt hatte.

»Orel ... Olchowatka ... Kursk ...«, zählte Sidorenko in anschwellendem Ton auf. Berning hatte sich schon gedacht, dass ihm nicht nur der Mord an Merlo, sondern seine gesamte Dienstzeit bei der deutschen Armee zur Last gelegt werden würde. Vor allem die NKWD-Leute waren Meister darin, aus den sparsamsten Soldbuch-Einträgen unsagbare Verbrechen abzuleiten – und die Besitzer jener Bücher hart dafür zu bestrafen. Gehörte Sidorenko dem NKWD an? Berning wurde in dieser Sekunde mit Schrecken bewusst, dass er weder wusste, wie die Uniformen der Geheimdienstler aussahen, noch, ob die Kommandanten der Gefangenenlager Mitglieder des NKWD waren.

Doch wüsste er es, was würde es ihm nützen? Berning war Sidorenko ausgeliefert.

Der Generaloberst erhob sich. Er stolzierte um seinen Tisch herum, schritt auf Berning zu. Raubtierartig musterte er den Österreicher von allen Seiten, lief dabei mit hinter dem Rücken verschränkten Armen einmal um ihn herum. Berning wagte es nicht, auch nur mit der Wimper zu zucken.

»Du hast '43 in Olchowatka gekämpft«, stellte Sidorenko mit starker Stimme fest. »Und in Ponyri.«

Berning kamen Erinnerungen hoch, Bilder vom erbitterten Ringen um ein paar Hügelstellungen. Bilder von Verwundeten und Toten. Bilder eines großen Verlustes. Bilder, die er zu vergessen versucht hatte.

»Bist in Kursk einmarschiert. Warst dabei, als der Ausbruchsversuch unserer eingekesselten Truppen vereitelt wurde.«

Bernings Knie schlotterten.

Sidorenko grinste. »Ich war auch in Kursk«, offenbarte er.

Berning wurde mit einem Mal ganz heiß. Die Schweißdrüsen auf Stirn und Schläfen erwachten, fluteten sein Gesicht. Er hatte das Gefühl, dass seine Kehle sich zuschnürte und er keine Luft mehr bekam. Er wollte wieder raus, raus in die Kälte. Er wollte weg von hier! Er war doch nicht auf seinen Tod vorbereitet! Nein, Berning war doch noch jung, nicht einmal 30 Jahre alt. Berning wollte leben!

»Ich war Kommandeur der Kursker Front«, erklärte Sidorenko vor Berning aufgebaut hatte und ihm nun tief in die Augen blickte.

Der Russe war einen guten Kopf größer als Berning, der seinerseits den Blick kaum zu erwidern wagte. Er sah nur kurz in Sidorenkos Augäpfel, die an den Rändern vergilbt und im Zentrum trüb waren.

»Ich habe viele Armeen unter meinem Kommando gehabt. Sie wurden allesamt von der deutschen Wehrmacht zertrümmert.«

Berning starrte gegen Sidorenkos Brust. Seine Augen zitterten.

»Und nun habe ich doch tatsächlich einen Mann des Feindes in meinem Lager, der ebenso auf ebenjenem Schlachtfeld gekämpft hat.«

Sidorenkos kräftige Pranke erfasste die dürre Schulter Bernings. Der kniff die Augen zusammen, drehte den Kopf weg, wartete auf den Schmerz … doch abermals blieb der Schmerz aus. Stattdessen ertönte erneut die heisere Stimme des Russen: »Wir sind Leidensgenossen … du und ich.« Sidorenko legte eine lange Kunstpause ein. »Kameraden sind wir, weißt du das?«

Der Generaloberst ließ von Berning ab. Er kehrte auf dem Absatz um, marschierte beinahe im Stechschritt zurück zu seinem Schreibtisch. Er stampfte um das große Möbelstück herum, bückte sich dahinter nieder. Er öffnete ein Schubfach, entnahm etwas Schweres.

»Du hast also einen Natschalnik getötet?«, fragte Sidorenko wie beiläufig. Seine Hände brachten eine Flasche aus dunklem Glas zum Vorschein. »Und wenn schon! Wen kümmert eine tote Ratte?«

Sidorenko stellte die Flasche auf den Tisch, Berning konnte aus der Entfernung das Etikett nicht lesen. Im nächsten Moment zauberte der Russe zwei Weingläser hervor, die gegeneinander klirrten.

»Wir beide ...« Sidorenko tippte sich gegen die Brust, dann wies er auf Berning. »Wir beide sind Leidtragende desselben Gemetzels! Trinken wir zusammen!«

Der Verschluss der Flasche ploppte. Sidorenko kippte die rote Flüssigkeit nacheinander in beide Gläser.

Berning lief das Wasser im Mund zusammen, auch wenn in seinem Zustand wohl ein Tropfen Alkohol genügen würde, um ihn aus den Socken zu hauen. Doch egal. Etwas im Mund zu haben, das nicht nach Abfall schmeckte, war eine zu verlockende Aussicht.

Sidorenko latschte mit den Gläsern in beiden Händen großspurig auf Berning zu, reichte dem noch immer starr dastehenden Gefangenen eines und stieß das andere dagegen, dass es noch einmal klirrte. Berning konnte nicht fassen, was gerade geschah. Er musste an das letzte Mal denken, als ihn die Russen zum Trinken eingeladen hatten. Diese Erfahrung machte ihn vorsichtig, doch was konnte er schon unternehmen? Wenn Sidorenko das Trinken befahl, dann trank Berning. Behutsam wie ein Kaninchen schnupperte er an seinem Glas.

Der sowjetische General kippte sich den Wein mit einem Zug hinter die Binde und stieß einen Laut der Erquickung aus. Bernings Blick verlor sich in dem dunkelroten Getränk, das ein fruchtiges Aroma ausstrahlte. Kurz überlegte er, ob das Zeug vergiftet sei, doch wie wäre das möglich, wenn der Kommandant aus derselben Flasche trank?

Der Durst und das Verlangen nach einem wohltuenden Geschmack im Mund überkamen ihn wie ein wilder Trieb, ließen ihn das Glas an seinen Mund ansetzen und die süßliche Flüssigkeit mit einem Zug hinunterspülen, als hinge sein Leben davon ab. Berning verstand nichts von Weinen, doch dieser hier schmeckte vorzüglich, auch wenn er in seinem Mund brannte aufgrund der offenen, entzündeten Pusteln überall in seiner Schleimhaut.

»Setz' dich, Kamerad«, sagte Sidorenko und wies auf den kleinen Stuhl, der vor seinem überdimensionierten Schreibtisch stand. Er selbst marschierte wieder hinter das große Holzkonstrukt, stellte das geleerte Glas auf der Tischplatte ab, dass es erneut klirrte, und setzte sich ebenfalls.

Berning spürte, wie ihm der Alkohol zu Kopfe stieg. Das ganze Büro pulsierte plötzlich, Sidorenko mit ihm. Berning kniff die Augen zusammen, öffnete sie wieder. Jetzt war es noch viel schlimmer! Ihn ereilte das Gefühl, sich übergeben zu müssen. Der Wein schoss ihm wieder die Kehle hinauf, verteilte sich, vermischt mit ekelerregender Magensäure, in seinem Mund. Das zwirbelte fürchterlich. Bernings Verstand arbeitete wie hinter Schleiern verborgen. Jeder Gedanke war eingetrübt und schwer zu erfassen. Berning aber verstand, dass es mit Sidorenkos Freundlichkeit augenblicklich vorbei sein würde, würde er ihm auf den Teppich kotzen. Mit Mühe und Not schluckte er die ekelhafte Masse wieder hinunter.

Bernings Augen versuchten, den Stuhl zu fokussieren, auf den er sich setzen sollte. Es funktionierte nicht. Bernings Schädel dröhnte, drohte zu explodieren. Langsam tapste er voran, setzte einen wackeligen Fuß vor den anderen. Ihm war, als ob er durch den Raum schwimmen würde. Es musste für Außenstehende seltsam aussehen, wie der um Standhaftigkeit ringende Berning dem ihm angebotenen Stuhl entgegen torkelte, als wäre er sturzbetrunken. Als er sich unkoordiniert setzte und dabei die durchgesessene Sitzfläche um ein Haar verfehlt hätte, konnte sich Sidorenko ein Lachen nicht verkneifen.

»Wer hätte das gedacht …?«, sinnierte der Generaloberst dann, der plötzlich eine Zigarette in der Hand hielt, die er sich zwischen die Lippen steckte. Ein Sturmfeuerzeug warf eine Flamme, entzündete sie. Sidorenko atmete genussvoll aus. Beißender Qualm verteilte sich im Raum.

»Zigarette?«

Berning starrte mit flackerndem Blick auf die Schachtel, die ihm Sidorenko hinhielt. Jede Zelle seines Körpers sehnte sich nach einer Zigarette. Mit zittrigen Fingern grapschte er nach der Schachtel, friemelte sich einen Glimmstängel aus der Packung und stopfte ihn sich gierig zwischen die Lippen. Sidorenko beugte sich über den Tisch und assistierte mit Feuer, als wäre Berning das hohe Tier und der sowjetische Generaloberst der Niemand.

Der heiße, würzige Rauch, der in Bernings Lunge strömte, versetzte den Österreicher in den siebten Himmel. Alkohol und Zigarettenqualm hatten ihn endgültig benebelt. Berning sackte für einen Moment in sich zusammen, spürte ein wohliges Gefühl in seiner Brust. Er war glücklich, so glücklich wie lange nicht mehr.

Sidorenko gab dem Gefangenen Zeit, sich dem Rausch hinzugeben. Minuten vergingen. Der Russe zog mit einer Kraft an seiner Zigarette, als wollte er die Glut auf einen Schlag durch den Tabak jagen.

Berning hatte kaum mehr als zwei Züge genommen. Die Kippe brannte gemächlich zwischen seinen Fingern ab, während er wie berauscht war von den Glücksgefühlen, die seine Sinne fluteten.

Irgendwann setzte Sidorenko noch einmal zu dem Satz an, den er schon vor einigen Minuten begonnen hatte: »Wer hätte das gedacht, heh? Dass ein Russe und ein Deutscher bei Wein und Zigaretten zusammensitzen können?«

Es war, als würde ein Blitz durch Bernings Hirn schießen. Sein Körper reagierte schneller, als sein vom Alkohol beschränkter Verstand begreifen konnte, was er tat. Er sprang auf die wackeligen Beine, musste sich sogleich am Tisch festhalten, sonst wäre er gestürzt. Ungehemmte, blanke Wut, die ihn überrollt hatte wie eine Eisenbahn, platzte aus ihm heraus. Mit Schaum vor den aufgeplatzten Lippen brüllte er Sidorenko an: »ICH BIN KEIN DEUTSCHER, MANN!« Berning donnerte beide Fäuste auf die Tischplatte, dass es schepperte. Ein stechender Schmerz sauste durch seine Handgelenke. Sidorenko allerdings blieb unbeeindruckt.

Der Zorn wich Berning ebenso schnell aus den Knochen, wie er über ihn gekommen war. Stattdessen übermannte ihn die Angst, die pure, nackte, wahnsinnige Angst.

Sidorenko atmete schwer ein und aus. Mit einem letzten, langen Zug ließ er die Glut den Rest der klein gewordenen Zigarette auffressen, ehe er ihr mickriges Überbleibsel in einem Aschenbecher ausdrückte. Berning war zur Salzsäule erstarrt. Der fordernde Blick Sidorenkos löste Hitzewellen in ihm aus.

»So?«, fragte der Russe nach Sekunden, die Berning wie zwei Ewigkeiten nacheinander vorkamen.

»Was bist du denn für ein Landsmann?«

Schweißperlen, groß wie Krokodilstränen, rannen Berning die Stirn hinunter. Er musste an den Sudetendeutschen Dimitri Mueller denken, den die Russen auf grausamste Weise ermordet hatten. Nahezu alle Wehrmachtsangehörigen, die keine Reichsdeutschen waren, galten in den Augen des NKWD als Kriegsfreiwillige. Und für den NKWD gab es kaum etwas Schlimmeres, als freiwillig im Dienste der Faschisten zu stehen ...

»Junge«, sprach Sidorenko mit scharfer Stimme. Der Generaloberst hatte sich kein Stück bewegt, doch seine flackernden Augen, die nicht von Berning abließen, bedrohten ihn auf eine subtile und zugleich gefährliche Weise, dass Berning Mühe hatte, nicht aus den Stiefeln zu kippen. Die gefährliche Situation, die schlagartig entstanden war, hatte jeden Effekt des Alkohols aus seinem Hirn geblasen. Sein Puls hämmerte ihm in der Kehle, schnürte ihm die Luft ab.

»Du bist also kein Reichsdeutscher?«, stellte Sidorenko unterkühlt fest.

»... Ich ...« Berning bekam kaum mehr als erstickte Laute aus sich heraus. Er war wie gelähmt.

»Bring mir dein Soldbuch«, befahl Sidorenko.

»... Ich ... bin Österreicher ...«

»Österreicher?« Sidorenko lehnte sich in seinem Stuhl zurück, verschränkte die Arme.

Berning liefen ungehemmt die Tränen.

»Sag mir ... Unteroffizier Franz Berning aus Österreich ... bist du ein Faschist?«

Berning glotzte Sidorenko an. Seine Knie wurden zu Pudding. Sein Magen fuhr Achterbahn. Das war eine klassische Fangfrage, denn egal, was er antwortete, ihn würde der Tod erwarten. Bejahte er die Frage, würde Sidorenko ihn hängen lassen, weil er zugegeben hatte, ein Faschist zu sein. Verneinte er, so würde Sidorenko ihn hängen lassen, weil Bernings Antwort als dreiste Lüge ausgelegt würde. Der sowjetische Generaloberst hatte die ganze Zeit über mit Berning gespielt ... so wie eine Katze mit der gefangenen Maus spielt, ehe sie sie tötet. Jener Defätismus kehrte zu Berning zurück, der ihn schon auf dem Weg zu Sidorenko begleitet hatte. Nun war alles egal, denn sterben würde er sowieso.

»Ich hasse nichts mehr als die deutschen Faschisten, aber das werden Sie mir sowieso nicht glauben«, erwiderte er trotzig.

Sidorenko zündete sich eine neue Zigarette an. Dieses Mal bot er Berning keine an.

Aus dem Österreicher sprudelten unterdessen die Worte nur so heraus. Er musste einfach reden, musste sagen, was er fühlte. Jetzt war es eh egal, da konnte er diesem sowjetischen Generaloberst auch alles erzählen. Er brabbelte: »Sie werden mich töten lassen, weil ich in Ihren Augen einer von denen bin! Ich weiß das. Ich kann es Ihnen nicht einmal verübeln, denn ich trage die Uniform der Faschisten! Ich würde sogar ganz genauso handeln, wäre ich in Ihrer Position. Aber erlauben Sie mir noch eines zu sagen: Russland ist nicht das erste Opfer der Deutschen geworden. Zuvor haben sich die Faschisten schon andere Länder unter den Nagel gerissen und sie mit ihrem Terror überzogen. Meine Heimat war eines ihrer ersten Opfer! Und glauben Sie nicht den Bildern, die Hitlers Lügenpresse in der Welt verbreitet. Mein Volk hat nicht gejubelt, als die Piefkes über die Grenze einmarschiert sind. Mein Volk hat dem Anschluss in stummem Entsetzen beigewohnt! Und gleich mit den Faschisten kam der Terror der Deutschen nach Österreich. In meinem Heimatdorf verschwanden innerhalb kürzester Zeit mehrere Familien spurlos. Wir mussten plötzlich aufpassen, was wir sagten, denn die Deutschen patrouillierten durch die Gassen und nahmen jeden hops, der in ihren Augen ein Querulant war. Mein Volk wird von den Faschisten ebenso unterdrückt wie die Gebiete der Sowjetunion, die von der Wehrmacht besetzt sind. Töten Sie mich nur, es ändert nichts! Es beendet nur ein Leben, das unter Fremdbestimmung stand. Die Piefkes haben bestimmt, wo es langgeht. Sie haben mich in den Krieg geschickt. Dann wurde ich Gefangener, und zwar nicht, weil ich im Kampf überwältigt worden wäre … nein! Ich habe desertiert! Ich habe desertiert, weil ich die arroganten Deutschen nicht mehr ertragen konnte. Ich habe viel über das großartige Russland gehört … und auch wenn ich als Gefangener keine gute Behandlung genieße, bin ich lieber hier in 525, statt für die Faschisten einen ungerechten Krieg zu führen. Töten Sie mich! Und glauben Sie mir … es ist eine Erlösung für mich.«

Berning bebte. Er hatte sich das alles wie im Rausch von der Seele geredet. Er ergänzte schließlich: »Ich beneide Sie, Herr General. Ich beneide Sie aufrichtig, denn Sie durften von der Freiheit des Sozialismus kosten. Für mich wird das immer nur ein Traum bleiben …«

Sidorenko nuckelte nachdenklich an seiner Zigarette.

Berning hingegen war innerlich ruhig geworden. Der Defätismus in ihm entspannte ihn nun. Er blickte dem Tod sogar positiv entgegen. Er erwartete vom Leben nichts mehr, das war ihm während seiner kleinen Rede sehr bewusst geworden.

»Mein Freund«, sprach Sidorenko schließlich mit freundlicher Stimme, »du verkennst meine Absicht. Ich sehe in dir keinen Feind. Wir sind doch Leidensgenossen … die Leidensgenossen von Kursk! Du hast in Olchowatka gekämpft? Und bei Ponyri? Und schließlich warst du dabei, als meine Truppen den Ausbruch versucht hatten. Wir sind damals damit gescheitert … erinnerst du dich an jene Tage?«

»Ja.«

»Dann, bitte! Erzähle mir von deinen Erlebnissen aus diesen Schlachten!«

Und Berning erzählte. Der Alkohol und ein seltsames Gefühl der Ruhe in ihm sorgten dafür, dass er nichts beschönigte, sondern berichtete, wie er sich erinnerte: Berning erzählte davon, dass er ein Feigling gewesen sei, der den

Krieg und die Wehrmacht nicht leiden könne. Er erzählte von den Schindereien durch Faschisten wie Claaßen, Balduin … Pappendorf. Berning berichtete unverhohlen, wie er seinen guten Freund Rudi Bongartz habe sterben lassen, weil er zu feige gewesen sei, einzugreifen. Er erzählte Sidorenko auch, dass er sich umbringen wolle, weil er das faschistische System der Wehrmacht nicht mehr ertragen hätte. Er beschrieb dem sowjetischen Generaloberst in allen Einzelheiten, wie er schon die Rohrmündung seines Karabiners im Mund gehabt habe, aber dann sogar zu feige gewesen sei, den Abzug zu drücken. Berning hatte das Gefühl, noch nie in seinem Leben so ehrlich zu jemandem gewesen zu sein.

Der Österreicher berichtete schließlich davon, wie der diabolische Pappendorf ihn dazu gezwungen habe, das Feuer auf die angreifenden Russen zu eröffnen, da wurde er vom schrillen Klingeln des Telefons unterbrochen. Sidorenko nahm den Hörer ab, führte eine kurze Unterhaltung auf Russisch, dann hängte er ihn wieder ein. Er grinste Berning an.

»Mein Freund«, sprach er, »ich möchte dir etwas zeigen.« Er griff nach seiner Pistole, die zwischen den Dokumenten auf dem Tisch lag.

*

Berning dackelte Sidorenko hinterher und hatte aufgrund des Alkohols Probleme, Schritt zu halten. Er wirkte neben dem wohlgenährten Offizier wie ein Strich in der Landschaft. Sidorenko redete in einer Tour und Berning hörte aufmerksam zu, ja, er sog jeden Wortfetzen in sich auf.

»Der Sozialismus, mein Freund, ist die größte Errungenschaft der Menschheitsgeschichte«, prahlte der Russe, dessen Ton an den eines Dozenten erinnerte. »Die Demokratie der Amerikaner kannst du vergessen! Sie bringt wieder nur die Eliten an die Macht. Dem einfachen Volk wird ein Mitbestimmungsrecht vorgegaukelt. Schau sie dir doch an, Franz, die großen Demokraten unserer Zeit! Roosevelt ist der Spross einer wohlhabenden Adelsfamilie! Der weiß nicht einmal, wie man Arbeit schreibt. Und der fette Churchill! Geboren in einem Schloss. IN EINEM SCHLOSS! Sag mir, welcher einfache Arbeiter von Ehre ist in einem Schloss aufgewachsen?«

»Niemand.«

»So ist es. Die Demokratien des Westens führen nur die imperialistischen Regimes der Vergangenheit fort, gekleidet in neue Gewänder. Aber eines sage ich dir: Die Menschen kommen dahinter! In ganz Europa und in den USA brodelt es!«

Sidorenko beeindruckte Berning außerordentlich. Noch nie in seinem Leben hatte er einen so intelligenten und gebildeten Mann getroffen, meinte er, und er war sich sicher, dass er von Sidorenko noch viel lernen konnte, wenn er sich nur in dessen Windschatten aufhalten und artig jeden geistigen Brotkrumen auflesen würde, den der Russe ihm hinwarf. Sidorenko hatte nach dem Großen Krieg Rechtswissenschaften in Berlin studiert, war belesen und eloquent. Er war ein wahrer Sozialist, jemand, der die Lehren der großen Vordenker verstanden hatte.

Sie erreichten das Erdgeschoss und bogen in einen langen Gang, an dessen Ende ein zweiter Ausgang lag, der hinters Gebäude führen musste.

»Weißt du, aus welchem Hause der Genosse Stalin stammt?«, fragte Sidorenko.

Berning musste verneinen. Ihm war es peinlich, dem Generaloberst seine Unwissenheit zu offenbaren.

»Er ist der Sohn eines georgischen Schuhmachers und einer Näherin.« Sidorenko blieb abrupt stehen, blickte Berning eindringlich in die Augen. Die gelblichen Augäpfel traten beinahe aus dem Schädel heraus. »DAS, mein guter Franz, ist alleinig im Sozialismus möglich!«

Berning nickte euphorisch. Er war begeistert.

Sidorenko führte Berning in einen großen Hinterhof. Durch ein Eisengittertor konnte man zur dahinterliegenden Straße gelangen. Mülltonnen standen an einer roten Klinkermauer. Der Schnee, der den Boden des Hofes bedeckte, war dreckig, eklig. Müll und Essensreste lagen herum.

Im weißen Nass vor den Tonnen knieten vier Gefangene in Uniformen der Wehrmacht, bewacht durch zwei Sowjets mit Maschinenpistolen. Die Gefangenen sahen fürchterlich aus: verbeulte, rote und blaue Gesichter. Platzwunden über den Brauen, gebrochene Nase, aufgeritzte Hände. Sie hockten zitternd, aber stumm im Schnee, schienen ihr Schicksal akzeptiert zu haben. Einer ihrer Bewacher, ein Kerl mit schmalen Augen, machte Anstalten, Sidorenko Meldung zu erstatten. Der winkte ab und zitierte die Männer mit einer Handbewegung in den Hintergrund. Sie trotteten zur gegenüberliegenden Mauer, stellten sich unter ein winziges Fenster und steckten sich Zigaretten an. Bernings Aufmerksamkeit aber war einzig auf die Gefangenen gerichtet. Einer von ihnen, ein Mann mit zerfetzten Leutnant-Achselstücken auf dem Uniformrock, schlotterte fürchterlich. Seine Gliedmaßen zuckten unkontrolliert. Wie lange er wohl schon in dieser Haltung im Schnee hockte? Berning rieb sich ob der schneidenden Kälte die Hände. Sidorenko zog den Kragen seines Mantels enger zusammen, danach hielt er demonstrativ seine Tokarev-Pistole in die Höhe. Er umkreiste mit großen Schritten die Gefangenen wie ein Raubtier seine Beute. Der Schnee knirschte unter seinen Stiefeln. Auf Höhe des letzten Gefangenen blieb er stehen. Blitzschnell legte Sidorenko auf den Hinterkopf des Mannes an und betätigte den Abzug seiner Pistole. Die Kugel schlug dem zitternden Mann glatt durch den Schädel. Ohne einen Laut von sich zu geben, kippte er zur Seite weg.

Sidorenko starrte Berning an, der mit unbewegter Miene den Getöteten betrachtete. Zu viel Tod, zu viele Morde hatte er schon mit ansehen müssen, als dass ihn einer mehr noch hätte schockieren können. Zudem hielt sich sein Mitleid für ein paar armselige Piefkes in Grenzen. Rote Sprenkel schimmerten im Schnee um den Toten herum.

Sidorenko forschte einige Sekunden lang in Bernings Antlitz. Dem Russen schien zu gefallen, was er sah. Er grinste, dass seine mit Gold besetzten Zähne im fahlen Licht glänzten.

»Deutsche Soldaten morden tagtäglich auf russischem Staatsgebiet!«, tönte Sidorenko dünkelhaft. Berning war sich nicht sicher, ob diese Rede an ihn oder an die drei verbliebenen Gefangenen gerichtet war.

»Ihr und eure sogenannten Kameraden zerstören die Heimat des russischen Volkes, ihr vergießt russisches Blut! Ihr schlachtet Kinder, vergewaltigt Frauen, und installiert ein grausames Terrorregime in den Gebieten, die ihr unrechtmäßig mit eurem brutalen Krieg überzogen habt. Aber es wird der Tag kommen, da überschreiten die Truppen der Roten Armee die deutsche Grenze! Dann wird es eure Heimat sein, eure Frauen, eure Kinder … euer Blut! Ihr habt versucht, den Faschismus über Russland zu bringen! Dafür werden wir den Tod über Deutschland bringen! Solange, bis wir den letzten Faschisten hingerichtet haben, bis wir diese falsche Ideologie ein und für allemal ausgelöscht haben!«

Eine ehrliche, überschwängliche Freude erfasste Berning, ließ ihn lächeln. Er atmete durch, spürte, wie ihn ein tiefes, inneres Vertrauen beseelte.

»Ihr aber werdet dies nicht mehr erleben«, sagte Sidorenko den Gefangenen. Er positionierte sich hinter dem zweiten der Knienden, hielt ihm die Pistole an den Kopf, drückte ab. Der zuckende Leib klatschte in den Schnee. Ein weiterer Schuss fiel und auch der dritte Gefangene landete mit dem aufgeplatzten Kopf voran im weißen Matsch.

Nun war nur noch der Leutnant übrig. Er bibberte am ganzen Leib, so sehr fror der Mann. Er hatte die dunkelblauen Lippen zu einem schmalen Strich zusammengepresst. Sein Gesicht war aschfahl, die Augen starrten in den Schnee. Tränen liefen dem Mann über die Wangen, doch er gab keinen Ton von sich.

»Sind dir die Verbrechen dieser Männer bewusst, Franz?«, fragte Sidorenko mit trockener Stimme. Berning nickte.

»Faschismus«, sagte er.

»Schlimmer!« Sidorenko zeigte die Zähne. »SS!«

Langsam schritt er auf den Leutnant zu. Jedes Mal, wenn die Stiefel des Russen den Boden berührten und geräuschvoll den Schnee komprimierten, zuckte der Gefangene zusammen. Sidorenko baute sich neben ihm auf, drückte ihm die warme Waffenmündung gegen die Schläfe.

»Ich habe ... eine Frau ... und zwei Kinder ...«, wisperte der Leutnant bittend. Heftiges Zittern ließ seine Stimme beständig einbrechen. Der Mann war am Ende.

»Du hast eine Familie!«, wiederholte Sidorenko in künstlicher Entzückung. Er beugte sich zu dem Leutnant hinunter, blickte den Mann aus großen Augen an. »Und sage mir, Herr Standartenoberjunker, wie viele russische Frauen hast du zu Witwen gemacht? Wie viele russische Kinder zu Waisen?«

Sidorenkos Augen ließen von dem Deutschen ab, fokussierten stattdessen Berning. Mit offensichtlichem Wohlwollen nahm der Generaloberst wahr, dass dieser sich nicht abgewendet hatte, sondern die Szene genau beobachtete.

Wie ein Wildgewordener stürzte sich Sidorenko auf den deutschen Leutnant. Mit brutalem Schwung ergriff er den Mann am Schopf, zwang dessen Kopf in den Nacken, donnerte ihm den Pistolengriff ins Gesicht. Der Gefangene schrie schmerzerfüllt auf, riss die ausgemergelten Arme zur Verteidigung vor. Er hatte dem Russen nichts entgegenzusetzen. Sidorenko drückte dem Leutnant den Pistolenlauf in den Mund. Aus panischem Geschrei wurden dumpfe, erstickte Laute. Dann knallte der Schuss. Das Projektil platzte dem Gefangenen aus dem Hinterkopf, verteilte dicke Gewebebrocken im Schnee. Erst erschlafften die Arme, dann der ganze Körper. Sidorenko ließ den Haarschopf los, und der Mann kippte hintenüber in den weiß-braun-roten Matsch.

Der Russe zupfte sich ein Taschentuch aus der Manteltasche, begann, sich das Blut von den Händen und von der Waffe zu wischen. Wie beiläufig sagte er: »So, mein guter Franz ... wie ich hörte, braucht das Lager Nummer 3 einen neuen Natschalnik?«

Außerhalb von Mstsislaw, Sowjetunion, 04.12.1944

In der Ferne grollte die Artillerie. Russische Infanteristen, deren Strategie aus dem stumpfen Anrennen gegen die deutschen Stellungen bestand, taten genau dies: Sie rannten mit einer Verbissenheit ins Feuer der 12. und 203. Infanterie-Division, dass den deutschen Landsern, die aus ihren Deckungen heraus wie auf der Entenjagd Körper um Körper abschossen, eiskalte Schauer über den Rücken liefen. Die Schwere I. Abteilung lag für den Moment außer Reichweite der Front, indes rollte die III. schon wieder, um als Frontfeuerwehr einen sowjetischen Panzerkeil abzuwehren, der sich im Süden durch die HKL gefressen hatte. Es war nur eine Frage der Zeit, bis auch die Panzermänner der Schweren I. die Motoren ihrer Kampfwagen wieder anzuschmeißen hatten, um irgendwo Löcher in der Front zu stopfen. Immerhin war die Kompanie Engelmanns trotz der chaotischen Umstände einmal mehr mit frischem Personal und mit fabrikneuen Panzern ausgestattet worden. Fünf einsatzbereite Tiger standen ihr zur Verfügung, einer der alten Kampfwagen befand sich noch in der Werkstatt und würde möglicherweise nachgeführt werden können.

Der Ansturm der Sowjets war insgesamt gewaltig. Die deutschen Linien ächzten unter den stetigen Angriffen, doch sie hielten – noch. Die Verteidigung bestand aus einem System ständiger Aushilfen, und täglich änderte sich die Lage. Vor ein paar Tagen noch hatten Engelmanns Tiger Dankovo verteidigt. Mstsislaw hingegen, ihr neuer Verfügungsraum, befand sich schon ganze 60 Kilometer südwestlich davon. Es ging zurück ... langsam, aber stetig.

Für den Moment bereitete dem Südtiroler Gottlieb Stendal, seines Zeichens Leutnant der Reserve und Zugführer des 1. Zuges, die Lage jedoch keine Sorgen. Mochte die Zukunft auch ungewiss sein, mochte es auch in einer halben Stunde schon wieder losgehen, die Panzermänner des 1. Zuges hatten ihre Hausaufgaben gemacht. Die notdürftigsten Arbeiten waren verrichtet, die Tanks versorgt und untergestellt, die Mägen der Männer gefüllt. Für den Augenblick durften die Soldaten von Stendals Zug dem Müßiggang frönen, konnten schlafen oder Karten zocken. Stendal selbst hatte sich etwas ganz Besonderes ausgedacht: Da aufgrund der chaotischen Lage ein Feldgeistlicher derzeit nicht zur Verfügung stand, hatte er die Kameraden der Kompanie zu einer andächtigen Bibelstunde bei seinem Panzer eingeladen. Die vergangenen Wochen waren hart gewesen, entbehrungs- und verlustreich. Da mochte es für den ein oder anderen Kameraden, der auch in Zeiten des Krieges den Glauben nicht verloren hatte, eine wohltuende Abwechslung sein, sich im Kreise Gleichgesinnter den Worten des Herrn hinzugeben. Stendal war beileibe kein ausgebildeter Priester, doch seine erzkatholische Erziehung und seine Leidenschaft für das *Buch der Bücher* und die Heilige Messe hatten ihn über die Jahre darin geschult, die Botschaften des Evangeliums in treffende Worte zu kleiden.

Stendals Männer hatten aus Stämmen und Ästen Sitzgelegenheiten zusammengezimmert und im Schutze eines Tiger-Panzers aufgestellt. Diese »Kaffee-Ecke« bot annähernd zwanzig Mann Platz, wenn die Landser zusammenrückten. Hölzerne Bänke waren im Kreis angeordnet, ein Grubenfeuer schwelte in ihrer Mitte. Nägel, die in die umstehenden Bäume geschlagen worden waren, dienten als Kleiderhaken. Stendal machte auch gleich von einem solchen Nagel Gebrauch. Er friemelte sich sein japanisches Guntō-Schwert samt Scheide vom Koppel und hängte es an einem der Bäume auf. Die braun lackierte Scheide war eine feine Handarbeit, versehen mit filigranen Verschnörkelungen. Gleiches galt für den hölzernen Griff des Schwertes. Stendal fuhr mit dem Finger über das Material. Dieses Schwert war sein wertvollster und schönster Besitz, und er trug es gerne zur Schau.

Stendal drehte sich um, betrachtete die Kaffee-Ecke. Ganz einsam saß dort sein Richtschütze, der Unteroffizier Eric Sander, der ganz ungeniert in seiner Nase nach Schätzen bohrte. Sander war ein netter Junge aus dem Hunsrück, etwa genauso alt wie Stendal. Als Richtschütze war der Mann einsame Spitze, ansonsten zeichnete sich Sander eher durch Zurückhaltung aus. Neben den dienstlichen Angelegenheiten sprach er kaum ein Wort. Obwohl Stendal seit mehr als zwei Monaten wieder bei seiner Stammeinheit verweilte, wusste er von Sander noch immer erschreckend wenig. Stendal war immer darum bemüht, mit seinen Männern ins Gespräch zu kommen, sie kennenzulernen, um sie einschätzen zu können. Sander allerdings erwies sich als ein Buch mit sieben Siegeln. Der Reserveleutnant wusste, dass daheim ein Mädchen auf Sander wartete, doch ob sie verheiratet waren oder nur … miteinander gingen, wie es im Hunsrück offenkundig an der Tagesordnung war, darüber hatte

Stendal keine Kenntnis. Da er gleich in den ersten Tagen nach seiner Rückkehr vor der versammelten Panzerbesatzung über die Sündhaftigkeit außerehelicher, sexueller Kontakte philosophiert hatte, wollte er auch lieber gar nicht nachfragen.

Stendal wusste, er stieß mit seinem gefestigten Glauben und der streng katholischen Ausrichtung seines Lebens bei vielen Kameraden nicht nur auf taube Ohren, sondern auf blanken Hohn. Der Südtiroler hatte im Laufe seiner Soldatenkarriere sehr schmerzlich lernen müssen, dass längst nicht ein jeder für die Lehren der Bibel empfänglich war, und die, die es waren, fühlten sich oft den Lutheranern oder gar schlimmeren Abweichlern zugehörig. Es wurmte ihn, dass sich so viele Menschen auf dem Holzweg befanden – und sich von ihm, Stendal, auch nicht belehren ließen. Mehr als anbieten konnte er es niemandem. Bei der Wehrmacht und speziell als militärischer Vorgesetzter musste er sowieso aufpassen, was er sagte und tat, denn die Führung mochte es mitunter nicht, wenn religiöse Angelegenheiten im Dienst eine allzu große Rolle einnahmen.

»Einen herzallerliebsten guten Abend, Herr Leutnant«, wurden Stendals Gedankengänge von seinem Fahrer unterbrochen, der Obergefreite Leo Planken. Die Berliner Schnauze war unverkennbar.

»Schön, dass Sie uns bei unserer Runde Gesellschaft leisten«, freute sich Stendal aufrichtig. Die Finger des Leutnants fuhren über die zerknitterten Seiten der kleinen Bibel, die er in Händen hielt und die ihn schon sein halbes Leben lang begleitete.

»Was für eine Runde?« Planken zog eine Augenbraue nach oben.

»Wir wollen aus der Heiligen Schrift lesen. Ich dachte mir, wir widmen uns heute dem Hirtenpsalm.«

Planken glotzte mit seinen großen Fischaugen auf die Bibel in Stendals Händen. »Ähh«, sagte er. »Bibel? Ich dachte, es gibt hier was zu beißen?«

»Ja, machen wir ja. Machen wir ja. Der Herr Hauptfeldwebel bringt ein paar Fasane mit, die wir über dem Feuer zubereiten wollen.«

»Ernsthaft, Leutnant ... Sie reden wie ein Pfaffe.«

»Danke.«

Planken schüttelte den Kopf. »Und ich muss mir wirklich diesen Bockmist anhören, wenn ich was zu futtern haben will?«

»Sie müssen gar nichts, mein Lieber. Setzen Sie sich doch einfach dazu. Ein bisschen Zusammensitzen hat noch niemandem geschadet.« Stendal setzte ein freundliches Lächeln auf, doch er konnte nicht verbergen, dass ihn der »Bockmist« getroffen hatte.

Planken bohrte sich im Ohr. »Ach, was soll's!«, überlegte er laut und setzte sich breitbeinig auf eine der Bänke. »Wenn es mir langweilig wird, packe ich halt meine Bildchen aus.« Und schon wedelte Planken mit zwei anzüglichen Fotografien von spärlich bekleideten Frauen. Der Obergefreite grinste herausfordernd, denn er wusste ganz genau, dass er den Reserveleutnant damit ärgern konnte.

Stendal hatte seinem Fahrer die Bilder aus Gründen der militärischen Ordnung verboten und sie ihm abgenommen, doch Engelmann hatte das Verbot in seiner brummigen Art wieder aufgehoben – ohne Stendal zuvor auch nur anzuhören. Damit ließ der Kompaniechef ihn ganz schön alt aussehen. Und Planken spielte bei jeder Gelegenheit darauf an.

»Machen Sie, was Sie nicht lassen können«, antwortete ein zerknirschter Stendal, der sich nicht recht damit abfinden konnte und wollte, dass seine Schützlinge sich der Vielweiberei, der Masturbation und des Ehebruchs hingaben. Manchmal hatte Stendal das Gefühl, halb Deutschland war von Sinnen …

Sander grinste verschmitzt, schien Stendals Entsetzen bezüglich der Bilder keineswegs zu teilen. »Heh, Eric!«, rief Planken übermütig. »Siehst du die hier?« Er wies auf eine der Fotografien, die eine Frau mit gespreizten Beinen zeigte. Sie trug einen Büstenhalter, sonst nichts.

»Was ist mit der Ollen?«, fragte Sander.

»Ist ein Model aus Hamburg. Und … ich habe von so einem Drecksack von der 3. ihre Anschrift bekommen! Der kennt sie wohl flüchtig.«

»Und?«

»Und was? Und was? Streng mal deine Rübe an! Wenn die Scheiße hier vorbei ist, geht es für mich ab nach Hamburg, mein Bester! Mit meinem ganzen angesparten Wehrsold werde ich ihr die Sterne vom Himmel holen … weißt schon, Klamotten kaufen und Schmuck und so. Und dann …«

»Du willst sie heiraten?«

»Hast du nicht mehr alle Murmeln im Trichter? Ich will die Alte ficken, Mann!«

»Du Traumtänzer!«

»Wirst schon sehen!«, sagte Planken beleidigt. »Oh, Gloria«, rief er dann, dabei strich er mit dem Zeigefinger über die Brüste der Frau. »Bald, mein

Engel. Ein wenig müssen wir uns noch gedulden, ehe die zarte Blüte unserer Liebe sprießen kann.«

»Spinner«, war Sanders nicht ernst gemeinter Kommentar dazu. Der Richtschütze griente wie ein Honigkuchenpferd.

Stendal bekam manchmal ganz schön große Ohren, wenn er seine Kameraden so reden hörte. In den Herzen vieler der Männer war scheinbar kein Platz für Spiritualität. Sie waren zufrieden, solange sie etwas zu fressen und zu saufen hatten und hin und wieder mit einer Dirne verkehrten. Sie kannten keine Frömmigkeit und keinen Verzicht. Und sie hatten auch kein Interesse an solchen Tugenden, ganz gleich, was der Reserveleutnant ihnen sagte.

Stendal und seine Familie waren Südtiroler Auswanderer. 1940 waren sie in ein winziges Dorf unweit von Wien gelangt, wo sie ähnliche Verhältnisse wie in der alten Heimat vorgefunden hatten: harte Arbeit, wenig Geld, Armut, aber auch einen großen Zusammenhalt und viel Herzlichkeit innerhalb der katholischen Dorfgemeinde.

Stendals Vater – Gott möge ihn selig haben – war ein bettelarmer Tagelöhner gewesen, die Mutter war durch eine chronische Erkrankung ans Bett gefesselt. Die fünf Geschwister waren teils noch sehr jung. Die Situation daheim war nicht einfach gewesen, erst recht der Umzug und Stendals Eintritt in die Armee hatten der Mutter zugesetzt. Der Glaube war da stets ein Ankerpunkt für die ganze Familie gewesen, das gemeinsame Beten, das Lesen in der Bibel und der Kirchengang eine Selbstverständlichkeit.

Erst bei der Wehrmacht hatte Stendal andere Dinge kennengelernt … hatte erleben müssen, dass manche Menschen nicht unbedingt nach den Richtlinien der römisch-katholischen Kirche lebten …

Stendal blickte auf seine Armbanduhr. Nach und nach müssten die Kameraden nun eintrudeln. Das Donnern entfernter Artillerieschläge verlor allmählich an Intensität.

»Heh, sagen Sie mal, Herr Leutnant«, erklang Plankens Stimme. Der Blick des Obergefreiten heftete auf dem Schwert Stendals, das am Baum hing.

»Ja?«

»Wie sind die Japsen eigentlich so drauf?«

»Die JAPANER, meinen Sie?«

»Jupp.«

»Die Japaner, die ich kennen lernen durfte, sind ganz großartige Menschen. Rechtschaffen im Denken wie im Handeln, jeder einzelne mit dem Willen zu großer Opferbereitschaft ausgestattet. Sie sind sehr spirituell veranlagt, und auch wenn ihr Denken nicht dem der Kirche folgt, fühlte ich mich mit ihnen auf der metaphysischen Ebene sehr verbunden.«

»Aha.« Planken stocherte sich mit dem Zeigefinger am Zahnfleisch herum. »Ich mein', ob die was können ...«

»Ich verstehe die Frage nicht.«

»Na, haben die Brüder außer Zahnbelag irgendetwas drauf? Können die kämpfen, sind die gut?«

»Oh ja«, erwiderte Stendal, der danach einen Moment lang über seine Antwort nachdachte. Er fügte schließlich ein »sehr« hinzu.

»Ich meine ja nur ... sind schließlich unsere Verbündeten. Da wäre es besser, wenn die gut sind.«

»Ich glaube, wegen der Japaner brauchen wir uns keine Sorgen zu machen.«

»Man hört, die Kerle geraten ziemlich in die Defensive gegen die Russen und die Amis?«

»Geben Sie nicht so viel auf das, was Sie hören. Japan liegt am anderen Ende der Welt, wie sollen wir da akkurat die Lage beurteilen?«

Stendals Erwiderung schien Planken tatsächlich nachdenklich gestimmt zu haben. Der Obergefreite warf die Stirn in Falten.

»Weiß nicht«, sagte er nach langem Überlegen. »Wie stehen die denn zu uns? Sind die treu oder sind das eher so Italiener?«

Stendal kicherte. »Wie kommen Sie denn auf das mit den Italienern? Aber nein, Sie brauchen sich keine Gedanken zu machen. Die Japaner haben ein ... sehr differenziertes Bild von Deutschland. Sie fühlen sich uns stark verbunden, denn sie sind in Asien das, was wir in Europa sind.«

»Die Bösen?«

Stendal konnte Sarkasmus nicht ausstehen. Mit säuerlicher Stimme gab er zurück: »Nein, ein hochentwickeltes Volk, umgeben von neidischen Nachbarn, die ihm seinen rechtmäßigen Platz in der Welt nicht zugestehen wollen.«

»Sag ich doch«, grinste der Berliner.

Aus allen Himmelsrichtungen trudelten gläubige Kameraden ein und solche, die Gesellschaft suchten. Einige Protestanten waren unter ihnen, viele Katholiken. Kein einziger Jude, und derzeit diente auch keiner in der Abteilung, so weit Stendal das wusste. Er hatte bisher nur einen einzigen jüdischen Soldaten kennengelernt, ein Angehöriger der alten 11. Kompanie. Besagter Soldat war ein zurückhaltender, in sich gekehrter Bursche gewesen, dessen unruhige Augen von einer bewegten Vergangenheit gezeugt hatten. Einige behaupteten, auch dieser jüdische Soldat wäre vor seinem Militärdienst ins Umsiedlungsprogramm gesteckt worden, mit dem Deutschland Anfang der 40er Jahre die jüdische Bevölkerung in den Osten zu deportieren begonnen hatte. Andere mutmaßten, er wäre in irgendein Lager gesteckt worden, worauf sich Stendal allerdings keinen Reim machen konnte. Und er hatte auch keine Möglichkeit mehr, den Kameraden zu befragen, denn der Soldat hatte sich im Mai dieses Jahres während des Wachdienstes erschossen.

Im Regiment hatte es noch einen anderen Juden gegeben, der während des Putschversuchs von Himmlers Häschern ermordet worden war. Stendal jedenfalls würde gerne einmal einen Sohn Davids kennenlernen, immerhin war die jüdische Kultur eine der ältesten der Welt und eng verwoben mit dem Christentum. Er erhoffte sich daher von der Begegnung mit einem frommen Juden, seinen eigenen Horizont zu erweitern.

Die illustre Runde war nach einiger Zeit auf 13 Mann angewachsen, die es sich auf den improvisierten Bänken gemütlich machten. Die Panzermänner mummelten sich in ihre Wintermäntel, rieben sich darunter die Hände und Arme. Die Temperaturen war für diese Jahreszeit recht mild; sie bewegten sich stetig um den Nullpunkt herum. Vereinzelte weiße Inseln im Gelände zeugten davon, dass der letzte Schneefall schon einige Tage zurücklag.

Stendal zog die Nase hoch, wischte sich über die feuchte Oberlippe. Wie allen hier lief auch ihm die Nase. Der Leutnant blickte in die Runde vertrauter Gesichter, die sich über das Feuer beugten. Das Grollen und Dröhnen der Artillerie in weiter Ferne, das wie anhaltender Donner klang, schwoll wieder an, doch niemand störte sich daran. Zu gewohnt war diese Geräuschkulisse.

Der Hauptfeldwebel hatte zwei Fasane organisiert. Der stämmige Mainzer, dessen Hände groß wie Bratpfannen waren, hatte die gerupften und ausgenommenen Vögel auf einer Zeltbahn abgelegt. Planken und Sander hockten bereits über der Grube, um das Feuer anzuheizen. Planken pustete beständig in die Glut, Sander legte dünnes Geäst nach.

Mit Freude nahm Stendal zur Kenntnis, dass schon wieder mehr Kameraden gekommen waren als beim letzten Mal. Nur einer fehlte, den er gerne dabei gehabt hätte … wie üblich. Von Oberleutnant Engelmann – die Beförderung zum Hauptmann war noch immer nicht offiziell – fehlte jede Spur, obwohl der Kompaniechef doch auch ein praktizierender Katholik war. So glaubte Stendal jedenfalls. Der Reserveleutnant erinnerte sich daran, dass er und Engelmann damals in Frankreich oft gemeinsam die Heilige Messe besucht hatten. Manchmal hatten die Feldgeistlichen zusammen mit französischen Pfarrern einen sehr besinnlichen, gemeinschaftlichen Gottesdienst ausgerichtet. Stendal entsann sich auch, dass der Herrgott einst einen hohen Stellenwert im Leben Engelmanns eingenommen hatte, dass der Kompaniechef in seinem Reden und Handeln oftmals Bezug auf die christlichen Werte genommen und aktiv Gebete gesprochen hatte. Doch seit der Südtiroler von seinem Lehrgang zurückgekehrt war, erschien ihm Engelmann wie ausgewechselt. Von Gott wollte er jedenfalls nichts mehr wissen – Stendal konnte sich keinen Reim darauf machen. Er spürte, dass es tiefschürfende Veränderungen im Leben Engelmanns gegeben haben musste. Hatte der Oberleutnant letztlich seinen Glauben verloren?

Stendal blickte auf die Bibel in seinen Händen.

*

Engelmann ließ die Latrine hinter sich. Der faulige Gestank verwesender Exkremente klebte ihm in der Nase. Mit großen Schritten begab er sich auf den Rückweg zu seinem Panzer, neben dem er sich unter aufgespannten Zeltbahnen einen provisorischen Gefechtsstand eingerichtet hatte. Er trug noch immer den Brief an Elly bei sich, den er eigentlich schon längst hatte abschicken wollen. Nur war er bisher einfach nicht dazu gekommen. Er glaubte zu spüren, wie der dünne Brief, der in der Innentasche seines Mantels steckte, sich gegen seine Brust wölbte. Eigentlich hätte Engelmann jetzt fix zur Poststelle laufen können. Er könnte sich die knapp zwei Kilometer bis dorthin sogar fahren lassen, oder gleich einen Landser schicken … dann aber dachte er, dass Elly sicherlich noch ein paar Tage warten könne. Sie hatte schließlich alle Hände voll zu tun mit Gudrun und dem Haushalt, und auch Engelmann war mit wichtigeren Dingen beschäftigt. Er wollte unbedingt noch alle ihm bekannten Lageentwicklungen des Tages in seine große Gebietskarte einzeichnen, ehe es dunkelte. Außerdem wollte er darüber nachdenken, wohin es seine Kompanie bei ihrem nächsten Einsatz am wahrscheinlichsten verschlagen würde, und er wollte für alle Eventualitäten schon einmal die Marschrouten festlegen und Befehle vorskizzieren. Eine gute Vorbereitung war im Krieg die halbe Miete.

Engelmann stapfte durch den Verfügungsraum seiner Kompanie, ein Fichtenjungwald. Rechts und links Lastwagen, Kübel, vor Holzkarren gespannte Panjepferde, Kampfwagen. Die mächtigen Panzer VI Tiger waren abseits des

64

Waldweges abgestellt, der sich durch den Verfügungsraum schlängelte, sodass sie ohne großes Rangieren aus dem Unterholz brechen konnten. Sollte
der Marschbefehl ergehen, Engelmanns Einheit würde binnen Minuten rol-
len. Die riesenhaften Tiger, versteckt unter Schichten aus Reisig, Ästen und
Planen, wirkten wie urtümliche Monster ... gewaltig, aber erstarrt.

Verstohlen beobachtete Engelmann seine Männer, während er an ihnen
vorüber schritt. Er schaute sich genau an, wer was tat. Die Entbehrungen des
Kriegs, die ewigen Wartezeiten und die in den Männern lauernden menschlichen Bedürfnisse verleiteten die einfachen Landser oftmals dazu, Unfug zu
treiben. Allzu schnell ließen sich die Soldaten ablenken, allzu schnell verloren
sie das einzige Ziel aus den Augen, das es dieser Tage geben durfte: den Endsieg. Engelmann aber würde das in seinem Verantwortungsbereich nicht dulden. Den Endsieg zu erringen bedeutete, nach Hause gehen zu dürfen. Engelmann setzte alles daran, dies zu erreichen, arbeitete allzeit und mit jeder
Faser seines Körpers auf dieses Ziel hin. Und so sollten es gefälligst auch seine
Männer halten.

Was Engelmann allgemeinhin sah, gefiel ihm: Die Landser nutzten die Ru-
hephase, um die Fahrzeuge und das Gerät zu warten. Bei Perschers 2. Zug –
Engelmann hatte seine Kompanie wieder in zwei Züge à zwei Wagen aufge-
teilt – saßen einige Landser zusammen und kontrollierten die Vergurtung der
MG-Munition, damit es im Gefecht nicht zu bösen Überraschungen kam. Der
Kompanietrupp hatte eine provisorische Dusche aus Eimern und Zugseilen
errichtet. Splitterfasernackte Männer, aus deren Gesichtsausdruck abzulesen
war, wie sehr sie froren, ließen kreischend wie Schulmädchen die eisige Dusche über sich ergehen, ehe sie sich in Windeseile abrubbelten. Ein großer
Topf war bis zum Rand gefüllt mit Unterwäsche und Hosen, die in blubbern-
dem Wasser über einem Grubenfeuer vor sich hin köchelten. Da das Läuse-
pulver der Wehrmacht kaum Wirkung zeigte, war das Auskochen der Kleidung das einzige Mittel, um die Plagegeister loszuwerden. Die nackten Landser streiften ihre Ersatzuniform über, mummelten sich ein wie die Murmel-
tiere.

Engelmann erblickte Perscher auf einem Holzstumpf sitzend. Der Oberfeldwebel beugte sich über einen Eimer Wasser und befreite mit einer Rasier-
klinge in der einen und einem Spiegel in der anderen Hand seine Wangen
und den Hals von Bartstoppeln. Perscher, den Engelmann für einen guten
Soldaten und Unterführer hielt, nickte ihm zum Gruß zu.

»Mahlzeit«, brummte der Oberleutnant zurück, und so etwas Ähnliches wie ein Lächeln huschte über seine Lippen. Engelmann fiel es bisweilen schwer, seiner Anerkennung für die Kameraden Ausdruck zu verleihen. In seiner Einheit dienten viele hervorragende Männer, dennoch meinte er, sich immer weiter von ihnen zu entfernen, so als trennte ihn eine durchsichtige, aber zugleich unüberwindbare Mauer von ihnen. Mit zusammengekniffener Miene zog Engelmann ab und erreichte schließlich den Bereich von Stendals 1. Zug. Landser in schwarzer Uniform saßen herum und zockten Karten. Lautes Gelächter drang unter einem der Panzer hervor. Zwei Gefreite schliefen ungeniert auf dem Erdboden. In Engelmann stieg die Wut hoch.

Was für ein buntes Bild! Wie bei den Hottentotten! Und wo zum Teufel steckt der Zugführer? Engelmanns Puls legte einen Zahn zu. Eine dicke Wutader bildete sich auf seiner Stirn. Überall lag Material herum: Ölkannen, Schraubenschlüssel, Helme und Gasmasken, als wäre all das Müll. Und überall lungerten die Landser des Zuges sorglos herum. Allmählich allerdings bemerkten sie, dass ihr Chef zugegen war. Gegen Bäume gelehnte, dösende Soldaten erhoben sich, klopften sich verlegen den Dreck von der Uniformhose. Ein Unteroffizier sprang urplötzlich auf, marschierte zu seinem Panzer und tat so, als würde er etwas suchen. Engelmann aber wusste, dass die Schuld für den Müßiggang nicht bei den Männern zu suchen war. Allein der Führer vor Ort war verantwortlich! Wo aber steckte der Junge? Wo hielt sich dieser überfreundliche, naive Leutnant Stendal auf?

Engelmann lief zornig umher, fand Stendals Panzer und eilte auf diesen zu. Der Tiger des Leutnants stand zwischen zwei gewaltigen Tannen. Ihm waren die schweren Gefechte der letzten Tage deutlich anzusehen: Schürzen und Stirnpanzerung waren mit Löchern und Kerben übersät. Der beige-braungrüne Tarnanstrich war verunreinigt von Rußspuren, die an der Stahlhaut detonierte Geschosse hinterlassen hatten. Dabei war Stendals Panzer erst vor vier Wochen in Kassel vom Band gelaufen!

Eine Zeltbahn war auf dieser Seite des Tigers vom Panzer aus aufgespannt, sie bot einen trockenen Schlafplatz für zwei Soldaten. Decken, Schlafsäcke und allerlei Ausrüstung lagen darunter verstreut.

Gerede und Gelächter drangen an Engelmanns Ohren. Die Stimmen kamen von der anderen Seite des Panzers. Mit klopfendem Herzen und vor Kälte schmerzenden Fingern marschierte Engelmann einmal um das Ungetüm aus Stahl herum.

Was er auf der anderen Seite vorfand, brachte ihn an den Rand der Explosion: Soldaten hatten es sich auf provisorischen Sitzbänken gemütlich gemacht. Ein Obergrenadier schmorte Fasane über einem Grubenfeuer. Der Rauchfächer, der darüber gespannt war, fing den Qualm hervorragend auf und verteilte ihn, sodass er nicht als eine Säule, die aus weiter Ferner zu sehen gewesen wäre, in den Himmel aufstieg.

Die Kompanie schuftet, und der 1. Zug veranstaltet ein Grillfest! Schau, sogar der Spieß ist mit von der Partie! Engelmann schnaubte wie ein Stier.

»... einen Tisch im Angesicht meiner Feinde. Du salbest mein Haupt mit Öl und schenkest mir voll ein[1] ...«, brabbelte Stendal, vertieft in ein kleines Büchlein, ehe er die Anwesenheit Engelmanns bemerkte und das Lesen unterbrach. Die Zuhörerschaft blickte sich gleichzeitig nach dem Kompanieführer um. Einige sprangen auf, andere hoben die Hand zum Gruß.

»Guten Tag, Herr Oberleutnant«, schallte es Engelmann aus vielen Kehlen entgegen. Er ignorierte die Begrüßungen, stierte Stendal grimmig an. Das Gesicht des Südtirolers nahm mit einem Male traurige Züge an. Plötzlich erinnerte sich Engelmann auch wieder, dass Stendal ihn wiederholt zu irgendeinem seltsamen Bibeltreffen eingeladen hatte. Der Junge war durch seinen blinden Glauben geradezu verblendet, und überhaupt gab es Wichtigeres im Krieg, als religiösen Bräuchen zu frönen! Engelmann missfiel es ganz und gar, dass die japanophile Nervensäge aus Südtirol sektenartige Treffen innerhalb seiner Kompanie abhielt.

»Herr Leutnant«, zischelte er Stendal angesäuert an. »Kommen Sie mal her!« Engelmann untermauerte seine Forderung mit einem eindeutigen Fingerzeig. Die anwesenden Soldaten taten so, als wäre nichts. Nur der Spieß ließ seine Enttäuschung durchblicken. Engelmann kochte. Der Spieß hatte überhaupt kein Recht, enttäuscht zu sein! Es war nun einmal nicht Engelmanns Auftrag, der beste Freund seiner Soldaten zu werden. Nein! Sein einziger Auftrag lautete, diesen Krieg zu gewinnen.

Stendal dackelte dem Oberleutnant mit gesenktem Haupt entgegen. Oh, in der Brust Engelmanns loderte in diesem Augenblick das zerstörerische Feuer der Wut. Er entfernte sich um einige Meter von den anderen, und Stendal folgte ihm mit einem Blick wie ein Hund, der wusste, dass er sich falsch verhalten hatte.

»Jawohl, Herr Oberleutnant?«, sagte der Südtiroler.

---

[1]Aus: Die Bibel (in der Ausgabe von Prof. Dr. Claude Schaefer)

»Jawohl, Herr Oberleutnant???«, äffte ihn Engelmann mit scharfer Stimme nach. Stendal blieb stumm. »Wer hat Ihnen beigebracht, sich derart salopp bei Ihrem Chef zu melden?«, tönte Engelmann wütend.

Stendals traurige Augen wurden noch ein wenig trauriger. Er ging in Grundstellung, salutierte ordnungsgemäß und ratterte eine vorschriftsmäßige Meldung herunter, über deren Sinnhaftigkeit nur wenige Kilometer hinter der Front gestritten werden konnte.

Engelmann verschränkte die Arme, starrte Stendal aus flackernden Augen an. »Verraten Sie mir, was Sie da machen!«, wollte er wissen.

Der Südtiroler blickte drein, als spräche Engelmann Chinesisch. Der Wind änderte unterdessen seine Richtung. Stärker werdende Böen fegten durch die kahlen Baumkronen. »Wir sitzen zusammen. Wir ...«

Engelmann entriss dem Reserveleutnant blitzartig die Bibel.

»Sie verschwenden ihre Zeit!«, raunzte er und tippte auf den Buchdeckel.

»Ich finde es schade, dass Sie so denken«, erwiderte Stendal mit einer Überzeugung in der Stimme, wie sie nur ein bornierter Fundamentalist vorzubringen vermochte, so meinte zumindest Engelmann. Ihm kam bei Stendals Worten, überhaupt bei dem ganzen Auftreten des Südtirolers das blanke Kotzen.

Dann stockte Engelmann für einen winzigen Moment, musste innehalten. Er blickte Stendal an, forschte in dessen betrübtem Antlitz. Der Reserveleutnant mochte jung und unerfahren sein ... aber war Stendal im Grunde nicht ein Guter? War es nicht gar Engelmanns Pflicht als Vorgesetzter, den Leutnant weiter auszubilden, ihn auf Fehler aufmerksam zu machen und zu einem vorbildlichen Offizier zu erziehen?

Engelmann wusste manchmal selbst nicht, warum ihn ein so enthemmter, blanker Hass überkam, wenn er mit Stendal verkehrte, doch er vermochte jenen Hass auch nicht zu überwinden.

»Sie vernachlässigen Ihre Pflichten als Zugführer!«, plärrte er den jungen Leutnant an. In diesem Augenblick blies Engelmann eine starke Windböe ins Gesicht, die ihn blinzeln ließ. Er setzte seine Standpauke unbeirrt fort: »Ihre Männer faulenzen, als wären sie im Urlaub! Niemand kümmert sich um die Wagen oder das Material! Hier ist nichts und niemand einsatzbereit, dabei kann es jeden Augenblick losgehen!«

»Mein Zug ist einsatzbereit, Herr Oberleutnant«, erwiderte Stendal. »Die Kästen sind vollgesogen bis unter die Halskrause, wir haben aufmunitioniert, die Ketten neu gespannt und die Motoren gewartet. Ausrüstung und Waffen sind vollzählig und gereinigt. Wenn Sie meine Männer zum Appell antreten lassen, können Sie sich selbst davon überzeugen, dass alles tadellos ist.« Die Augen des Leutnants wurden feucht, während er sprach. »Ich bin aber der Meinung, dass den Männern auch einmal eine Pause gegönnt sein muss. Sie sind in den vergangenen Wochen durch die Hölle gegangen ... entschuldigen Sie bitte, wenn ich das so sage. Sie haben sich etwas Faulenzerei verdient, und wenn wir ihnen das nicht zugestehen, wird das über kurz oder lang den Kampfwert und die Moral unserer Einheit schwächen.«

»NEIN!«, bellte Engelmann aufbrausend. »Mit Faulenzerei werden keine Kriege gewonnen, sondern nur mit Blut, Schweiß, Leistung und Opferbereitschaft! Wir können uns ausruhen, wenn der Russe die Kapitulationserklärung unterschrieben hat!«

»Es tut mir sehr leid, aber diese Meinung kann ich nicht teilen.«

»Jedenfalls werden Sie ihre kleine Bibelstunde sofort einstellen. Das ist sowieso nicht ihre Aufgabe, sondern die der Feldpfaffen!« Der Zorn sprang Engelmann quasi aus den Augen. Sein Kopf war hochrot angelaufen. Er hatte sich vor Stendal aufgebaut wie ein wilder Gorilla, der sein Territorium verteidigt.

Stendal schaute Engelmann in die Augen, hielt dem Blick seines Kompanieführers stand. Die Miene des Leutnants zeugte von Traurigkeit, aber auch von der Entschlossenheit, seinen Standpunkt gegen alle Widerstände zu vertreten.

Dieser Kerl kotzte Engelmann in dieser Sekunde noch mehr an als sonst. Konnte Stendal nicht wenigstens dann einmal Angriffsfläche bieten, wenn er hart angegangen wurde? Wie vermochte dieser Jüngling sogar jetzt noch seine freundliche, unerschütterliche Fassade zu wahren? Wieso konnte er nicht einfach mal ausrasten ... einfach mal zeigen, dass er auch nur ein Mensch war? Engelmann schüttelte langsam den Kopf. Ihm war dieser Stendal zuwider.

»Herr Oberleutnant?«, fragte der Reserveleutnant mit bebender Stimme.

»Was?«

»Es macht mich sehr traurig, dass der Glaube Sie verlassen hat, ganz gleich, was die Gründe dafür sein mögen. Ich wünsche Ihnen aufrichtig, er findet eines Tages zu Ihnen zurück.«

Engelmann lachte los. Schallend war sein Lachen, boshaft ... falsch.

»Der Glaube, heh?«, spottete er und tippte erneut auf den harten Umschlag von Stendals Bibel. »Du bist Soldat, Junge! Dein Auftrag ist es, jeden verdammten Russen zu töten, der dir vors Rohr kommt! Passt irgendwie nicht ganz zum fünften Gebot, meinst du nicht?«

»Nein.« Stendal schüttelte entschieden den Kopf. »Wir verteidigen unsere Heimat. Das ist ein Unterschied.«

»Ist das so?« Engelmann bemühte sich abermals um ein Lachen. »Du bist jung und dumm, Junge!«

Die Augen des Südtirolers waren unruhig. Er vermochte nicht zu verbergen, dass ihn Engelmanns Worte getroffen hatten. Und Engelmann gefiel, was er sah.

»Ich verstehe nicht, was ich falsch mache, Herr Oberleutnant«, sagte Stendal ganz leise und mit brüchiger Stimme. »Aber Sie tadeln mich, egal, was ich tue. Dabei ... Sie sind mein Vorbild. Ich erhoffe mir, eines Tages ein so ausgezeichneter Offizier zu sein, wie Sie es sind.«

Engelmann fühlte sich angesichts des entmutigten Leutnants mit einem Mal bärenstark.

»Sie werden nie sein wie ich!«, donnerte er mit einer Endgültigkeit in der Stimme, die seinem Gegenüber sichtlich wehtat. Neuerlicher Wind schlug Engelmann entgegen. Eiskalte Böen fegten durch den Wald.

»Warum?«, fragte Stendal aufgelöst.

»WEIL ICH BESSER BIN ALS DU!«, polterte Engelmann. Der Wind trug mit einem Mal eine ganz spezielle Duftnote an seine Nase heran, ein Geruch, der von den über dem Feuer bratenden Fasanen ausging. Der süßlich-rauchige Geruch von verbranntem Fleisch kroch in Engelmanns Riechorgan, stieg ihm ins Hirn, vernebelte ihm den Verstand, drohte, ihm die Kontrolle über seinen Körper zu entreißen. Engelmann platzte der Schweiß aus allen Poren. Seine Atmung raste, sein Puls hämmerte wie eine Nähmaschine. Die Welt um ihn herum verschwamm. Ihm war, als trommelte etwas gegen die Innenseite seines Schädels. Engelmann taumelte. Er drohte, den Boden unter den Füßen zu verlieren. Er spürte, wie sein Mageninhalt die Kehle heraufgeklettert kam. Er stützte sich mit beiden Händen auf den Oberschenkeln ab. Engelmann hyperventilierte.

»Herr Oberleutnant?«, hörte er Stendal mit besorgter Stimme fragen. »Ist Ihnen nicht wohl?«

Hellbraunes, säuerliches Erbrochenes schoss Engelmann aus dem Mund. Er hustete und spuckte sich auf die Hose und die Stiefel, ehe ihm schwarz vor Augen wurde.

*

Engelmann musste einige Sekunden lang weg gewesen sein. Als er zu sich kam, schaute er in das bange Gesicht Stendals. Der Leutnant hatte sich über ihn gebeugt und schob ihm soeben seinen zusammengelegten Mantel unter den Kopf. Er fror sichtlich in seiner dünnen Panzeruniform.

Engelmann hatte einen fürchterlichen Geschmack im Mund, und eine warme Masse klebte auf seiner Drillichhose. Den Landsern und dem Spieß im Hintergrund stand das Entsetzen ins Gesicht geschrieben.

»Ich habe nach einem Sani schicken lassen«, erklärte Stendal.

Engelmann richtete sich auf, wischte sich halb verdaute Brocken vom Mund.

»Nicht nötig«, brummte er. Stendal bemerkte, dass Engelmann sich zu erheben versuchte, trat darauf einen Schritt zurück und streckte seinem Chef die kräftige Hand entgegen. Engelmann starrte auf Stendals Pranke, deren raue Haut von einem Leben harter, körperlicher Arbeit zeugte. Stendal stammte aus armen Verhältnissen, wie Engelmann wusste, hatte vermutlich von Kindesbeinen an schuften müssen, damit die Familie irgendwie über die Runden kam. Der Oberleutnant erfasste Stendals Hand, ließ sich von ihm auf die Beine helfen.

»Wissen Sie«, flüsterte Stendal mit freundlicher Stimme. »Sie haben recht. Sie sind besser als ich. Und ich wünsche mir nichts lieber, als eines Tages so zu sein wie Sie. Ich arbeite wirklich hart an mir … vielleicht werden Sie das irgendwann erkennen …«

Stendal hob seinen Mantel vom Boden auf und entfernte sich.

Westlich von Demidov, Sowjetunion, 06.12.1944

Die Großoffensive der Sowjets konzentrierte sich auf den Mittel- und Nordabschnitt der Ostfront. Im Süden stand die Wehrmacht in starken Stellungen hinter dem Dnjepr.

Die Truppen der Achse im Mittel- und im Nordabschnitt waren seit Tagen im Rückzug begriffen, und die russischen Verfolger stießen gnadenlos nach. Mancherorts verlief das Zurückweichen panikartig. Gerät und Material wurden zurückgelassen, Verbände wichen eigenständig und unkoordiniert aus und sorgten so dafür, dass andere Einheiten abgeschnitten, vom Feind eingekreist und vollständig vernichtet wurden. Noch nie hatte der Feind mit einer derartigen Macht zugeschlagen. Gegen die vorrückenden Truppen der Roten Armee schien kein Kraut gewachsen, und alle Versuche von Generalfeldmarschall Hoepner, die Front zu stabilisieren, waren gescheitert, weshalb deutscherseits die Hoffnungen auf der Moltke-Linie ruhten. Jene rückwärtige Verteidigungslinie war noch unter dem Oberbefehl von Feldmarschall von Manstein aufgebaut worden und reichte vom Schwarzen Meer bis hinauf zum Golf von Finnland. Sie war als bewegliche Linie konstruiert worden, die zwar über starre Befestigungssysteme verfügte, gleichzeitig aber so ins Gelände integriert war, dass aus ihren Stellungen heraus rasche Gegenstöße geführt werden konnten. Dies galt vor allem für den Nord- und Mittelabschnitt der Front. Die Moltke-Linie sollte von Mansteins »Schlagen aus der Nachhand« perfektionieren. Sie verlief entlang des Dnjeprs, der als natürliches Hindernis dem Verteidiger einen hervorragenden Vorteil verschaffte. Auch die an vielen Orten erhöhten Westbänke des Flusses spielten der Wehrmacht in die Hand. Erst bei Orscha im Abschnitt der Heeresgruppe Mitte löste sich die Moltke-Linie vom großen Fluss. Von Orscha aus verlief sie steil gen Norden, wo sie Witebsk und Pleskau streifte, ehe sie bei Narwa in den Golf von Finnland mündete. Von Manstein hatte nach seiner Kommandoübernahme im Jahre 1942 sofort damit begonnen, diese Notfalllinie aufzubauen, weshalb die Moltke-Linie mittlerweile flächendeckend aus tief gestaffelten Verteidigungssystemen bestand. Betonbunker, Unterstände, ein endloses Grabensystem, Minensperren und ortsfeste Feuerpunkte bildeten ihr Fundament. An dieser Linie sollte … nein, musste der sowjetische Vormarsch zum Stehen gebracht werden.

Zwischenzeitlich hatte jede Preisgabe von Land durch den Reichskanzler persönlich genehmigt werden müssen. Diesem Vorgehen schoben die Sachzwänge der Lageentwicklung aber rasch einen Riegel vor, sodass Halder seinen sinnlosen Haltebefehl aufgegeben hatte. Es galt nun offiziell die Parole, alle Kräfte Stück für Stück auf die Moltke-Linie zurückzunehmen, um von dort aus den roten Angriff abzuweisen.

Gruppenführer Schneider, sein guter Kamerad Thomas Taylor und die Männer der 2. Kompanie hatten am eigenen Leibe erfahren, in welches Chaos der sowjetische Großangriff die deutsche Seite bisweilen gestürzt hatte. Als sich ihre Brandenburger-Kompanie, die einmal mehr losgelöst vom Mutterverband operierte, auf den Weg gen Osten begeben hatte, hatte ihr Ziel noch

Smolensk geheißen, von wo aus die einzelnen Züge zu unterschiedlichen Brennpunkten der Front hin verlegt werden sollten. Kurz vor Mogilew aber war die Eisenbahn, die die Elitesoldaten aus Brandenburg transportierte, in einen sowjetischen Fliegerangriff geraten. Die Lokomotive fiel aus, die Männer mussten die letzten Kilometer nach Mogilew per Fußbus zurücklegen.

In der weißrussischen Stadt angekommen, fanden die Brandenburger chaotische Zustände vor. Mehrere Bombenangriffe. Volltreffer auf das Stellwerk des Hauptbahnhofs. Verzögerungen. Hin und her. Niemand wusste etwas mit den Brandenburgern anzufangen. Kein Mensch konnte ihnen eine vernünftige Auskunft geben. Es hieß, sie sollen der 7. Gebirgs-Division unterstellt werden. Deren Kommandeur war in den Rückzuggefechten der letzten Tage gefallen. Der Stab der Division war über einen Radius von 20 Kilometer in der Umgebung verstreut und schien unerreichbar. Es hieß dann plötzlich, Smolensk sei in russische Hände gefallen. Die Kräfte der Wehrmacht wichen vor den Truppen der Roten Armee zurück.

Niemand fühlte sich zuständig für die in Mogilew gestrandeten Brandenburger. Und das OKW, das die Schirmherrschaft über die Elitesoldaten vom Quenzgut innehatte, war dieser Tage mit wichtigeren Dingen beschäftigt. Also lautete die Parole: warten, warten, warten.

Nach Tagen dann entschied der Kommandeur des Sonderverbands 804 eigenmächtig, die Männer der 2. Kompanie zurückzuholen. Der Befehl zum Abmarsch erging fernmündlich an Major Gerber, den Kompanieführer der 2. Kompanie. Zu diesem Zeitpunkt lag das Stadtzentrum Mogilews bereits unter direktem Artilleriebeschuss.

Schneiders Gruppe hatte es sich in dem ihr zugewiesenen Eisenbahnwaggon bereits gemütlich gemacht, da hieß es plötzlich wieder: »Kommando zurück!« Der kommissarische Nachfolger des Divisionskommandeurs der 7. Gebirgs-Division hatte sich bei 804 gemeldet und wollte die Brandenburger unbedingt haben.

Also wieder raus aus besagtem Waggon und sofort rein in einen anderen auf einem anderen Gleis. 24 Stunden des Wartens folgten, in denen die Brandenburger dem Grollen der gegnerischen Artillerie lauschten. Die hölzernen Bodenplanken ihres Waggons vibrierten unter den Einschlägen. Dann rollte die Eisenbahn endlich. Es ging nach Witebsk, von dort weiter gen Osten. Wieder Fliegerangriffe. Alles aussteigen. Weiter zu Fuß. Abgekämpfte Wehrmachtssoldaten kamen den Brandenburgern entgegen. Das Gros des deutschen Heeres strömte in Richtung Westen, nur weg von den schier unendlichen Menschen- und Panzermassen der Roten Armee. Es kam den Brandenburgern vor, als wären sie die Einzigen, die in Feindrichtung marschierten. Alle anderen flohen. Taylor und Schneider sprachen die fremden Soldaten an, wann immer es möglich war. Niemand konnte ihnen ein exaktes Lagebild liefern, nicht einmal die Offiziere.

Der Zufall wollte es, dass die Brandenburger schließlich den kommissarischen Kommandeur der 7. Gebirgs-Division persönlich antrafen, der endlich Nägel mit Köpfen machte. Er entsendete die Züge der 2. Kompanie jeweils zu verschiedenen Abwehrschwerpunkten seiner Division.

Seitdem marschierten die Elitesoldaten von Fritzes 1. Zug ihrem Ziel entgegen: Demidov, östlich von Witebsk. Wehrmachtstruppen kamen ihnen nach wie vor zuhauf entgegen, zerschundene, niedergeschlagene Landser bildeten ihren Kern. Doch allmählich trafen sie auch auf Einheiten, deren Ziel ebenso die Front war. Es bildete sich bald ein riesiger, bunter Pulk von Soldaten aller Truppengattungen, die, der großen Rollbahn folgend, den Kämpfen bei Demidov entgegen marschierten. Die Gefechte in der Ferne blitzten am Horizont.

*

Der 1. Zug marschierte einen schmalen Hohlweg entlang. Oberleutnant Fritze hatte nach dem x-ten Tieffliegervorfall entschieden, sich vom Gros der vorrückenden eigenen Kräfte zu lösen und die große Rollbahn zu meiden.

Bunt sahen die Brandenburger aus in ihren brandneuen Leibermusteranzügen, die im bewaldeten Gelände sogar das schärfste Adlerauge zu täuschen vermochten. Taylor gefielen die neuen Klamotten, die nicht so sehr kratzten wie das feldgraue Zeugs. Hinzu kamen die neuen Waffen, deren Einführung Taylor durch seine lange Auszeit in der Schweiz verpasst hatte.

Das Gewehr 44, ein aus einem Metallkorpus bestehender Maschinenkarabiner mit gebogenem Stangenmagazin, lag gut in der Hand, war auf mittlere Distanz treffsicher und konnte dank Automatikfunktion massig Blei an den Gegner bringen. Die 2. Kompanie war flächendeckend mit dieser Waffe ausgerüstet. Jede Gruppe führte nur noch ein einziges K98k mit sich, das mit einem Zielfernrohr ausgestattet war und als Waffe der Wahl galt, wenn »chirurgische Eingriffe« auf größere Entfernungen gefragt waren. Zudem verfügte der Zug über einige Panzerschreck, hervorragende Panzerabwehrwaffen. Sie waren handlich und leicht zu bedienen, effektiv.

Fritze und Schneider marschierten dem Zug vorweg. Ihnen folgte breitbeinig ein Feldwebel von den Gebirgsjägern, der die Brandenburger zu ihrem Bestimmungsort bringen sollte. Der Mann war ein älteres Semester, war vielleicht sogar Veteran des Großen Krieges. Er hatte ausgeprägte O-Beine und einen krummen Rücken, und er blickte immerzu sehr gequält drein. Machte er einmal den Mund auf, kamen gelb-braune, halb verfaulte Zähne zum Vorschein. Er sprach zudem einen tief-bayrischen Dialekt, dass ihn keiner der Brandenburger so richtig verstand. Vielleicht blieb er auch darum den ganzen Marsch über stumm, weil Fritze und Schneider schon beim ersten Wortwechsel mehrmals hatten nachfragen müssen.

Schneider drehte sich zu den Männern des Zuges um, grinste sie keck an. Taylor griente verkniffen zurück. Der lange Marsch machte ihm schmerzlich bewusst, dass seine Verletzungen noch nicht vollständig abgeheilt waren. Nichtsdestotrotz hielt er Schritt und schluckte die Pein hinunter. Calvert, Berger, Schütz und den anderen war ebenfalls deutlich anzusehen, dass sie des Marschierens müde waren. Das aber nützte ihnen nichts. Sie mussten weiter, hatten noch einige Kilometer vor sich. In der Ferne donnerte und trommelte die Artillerie. Die Geräusche wurden mit jedem Schritt lauter.

Der 1. Zug durchquerte einen dichten Mischwald, dessen Wurzeln und Gewächse mit der Eroberung des schmalen Hohlwegs beschäftigt waren. Lärchen und Buchen, Kiefern und Tannen, Eichen und Birken wucherten wild durcheinander, breiteten ihre blattlosen Astgerippe oder die mit Nadeln besetzten Fächer über den Brandenburgern aus. Die Welt präsentierte sich in einem winterlich weißen Kleid.

Die Sonne schien fürstlich an diesem Tag, der Himmel war zitronengelb. Feine Strahlen drangen durch das Dach des Waldes. Dort, wo sie die Erde berührten, schmolz der Schnee. Tauwasser tropfte allenthalben von den Bäumen. Es waren so viele Tropfen, dass sich ihr Fallen und Aufprallen auf der schwindenden Schneedecke beinahe wie das Plätschern eines wilden Bachlaufs anhörte.

Der Hohlweg wurde irgendwann breiter, der Wald lichtete sich. Die Sonne knallte ungefiltert durch die Baumkronen auf die Marschroute der Brandenburger herab. Die Luft war still, sodass die Sonne gleich doppelt warm schien. Die Schneedecke wurde zu einem gleißenden Lichtermeer, greller als jede Leuchtreklame. Die Männer öffneten die obersten Knöpfe ihrer Blusen und Jacken. Sie schwitzten fürchterlich, und ihre Gesichter verfärbten sich allmählich rot. Sonnenbrand. Im russischen Winter.

An diesem Tag zeigte sich das weite Land des Feindes von seiner besten Seite. Taylor wusste, solche Sonnentage waren eher die Ausnahme, denn die Regel. Schon am Folgetag könnte der strenge Winter in all seiner Hässlichkeit zurückschlagen.

Der Unterfeldwebel schaute zum Himmel hinauf. Die Wolken hingen hoch, ein Zeichen, dass es so bald keinen Niederschlag geben würde. Vielleicht hatten sie ja tatsächlich einmal Glück, was das Wetter anbelangte. Taylor glaubte nicht so recht daran.

»Gott, wie ich das hasse«, stöhnte Schumann angesäuert.

»Was ist denn nun schon wieder, mein Alter?«, witzelte Schütz. »Was hast du?«

»Na, das alles eben. Dieses ganze gottverdammte Russland!«

»Wenn du mal nichts zu mosern hast, dann mache ich mir Sorgen!«, unkte Schneider von vorne. Taylor musste grinsen. Sein alter Haufen in Aktion war noch immer besser als jeder Kinofilm!

»Was für ein Scheiß Land!«, ächzte Schumann. »Und alles hier will mir an den Kragen! Es sind ja nicht nur die Bolschewiken! Sogar die Tiere hier sind oberaggressiv!«

Die Brandenburger lachten.

»Du hast doch immer was zu kacken, Mannerheim«, stellte Fritze amüsiert fest.

»Und zu Recht!«, meinte Schumann wütend. »Wisst ihr noch? Bei Orel? Letztes Jahr? Diese blöde Schildkröte hat glatt versucht, mich abzumurksen!«

»Die hat bloß gedacht, dein Ohr wäre ein leckerer Käfer«, sagte Schneider.

»Ja, genau. Was pennst du auch auf dem Waldboden ein?«, rief Berger dazwischen.

»Entschuldigung bitte! Kann ich ahnen, dass hier Mörderschildkröten herumlaufen? Was für ein beschissenes Land! Und dann die Eichhörnchen! Habt ihr schon von den Eichhörnchen gehört?«

»Mann, Mannerheim! Hast du 'nen Schlag vor den Schädel bekommen, oder was?«, grölte Blessing.

Schuman ignorierte den Einwurf, echauffierte sich munter weiter: »In Sibirien soll es schwarze Eichhörnchen geben, die sich zu Rudeln zusammentun und Rehe jagen. Die jagen Rehe! EICHHÖRNCHEN! Was läuft falsch in diesem Land?«

»Was läuft falsch bei DIR, muss die Frage lauten«, schaltete sich Taylor ein. Seine Kameraden lachten.

Schütz und Richter tuschelten plötzlich hinter dem Südafrikaner Jack Calvert, dann kicherten sie wie die Schulmädchen.

»Thomas«, sagte Schütz.

»Ja?«

»Weißt du, wie man ein Weib nennt, dass schneller ist als unser Jack?«

»Keinen Schimmer.«

»Jungfrau!« Die Männer brüllten.

»Damn right!«, rief Calvert stolz.

»Du bist ein Heiopei, Jack!«, unkte Schneider. Calvert schien das plötzlich gar nicht mehr lustig zu finden.

Taylor lachte sich eins. Er hatte die Jungs wirklich vermisst, und fast fühlte sich alles so an wie früher. Aber eben nur fast.

Die Schweiz hatte Taylor verändert, das konnte er nicht abstreiten. Er hatte sich weiterentwickelt, so meinte er. Er hatte den gedankenlosen, selbstverliebten Draufgänger, der er einst gewesen war, hinter sich gelassen. Taylor war ruhiger geworden, nachdenklicher. Gleichzeitig ließ ihn das Gefühl nicht los, dass Schneider in der Zeit seiner Abwesenheit auf der Stelle getreten war.

Taylor, mittlerweile Unterfeldwebel, war Schneider als stellvertretender Gruppenführer untergeordnet. Oberleutnant Fritze hatte Taylor direkt nach seiner Rückkehr ein Gruppenkommando übertragen wollen, doch der Unterfeldwebel hatte abgelehnt. Er wollte erst einmal ankommen in seiner alten Einheit, wollte sich wieder einfinden in den Kreis der Elitesoldaten und die zahlreichen neuen Gesichter kennenlernen.

Mit dem Unterfeldwebel Kaminski, 2. Gruppe, dem Unteroffizier Ryan, 3. Gruppe, sowie dem Unteroffizier Huber, 4. Gruppe, verfügte der Zug zudem über qualifizierte Gruppenführer, die mit ihren Männern zu eingeschworenen Kampfgemeinschaften verwachsen waren.

Nach einer ganzen Weile öffnete sich der Wald weiter. Der Zug trat auf eine Freifläche. Rauchfahnen klebten linker Hand am Himmel und ein Flieger brummte in weiter Ferne. Fritze äußerte Vorbehalte ob des offenen Geländes, der bayrische Feldwebel beruhigte ihn mit dem Versprechen, rechts und links würde ein Bataillon der Gebirgsjäger in Stellung liegen. Also marschierten sie weiter.

Das Gelände stieg bald an. Die Brandenburger erklommen schließlich die Spitze eines breiten Feldherrnhügels, von wo aus sie weite Teile des Landes überblicken konnten. In allen Himmelsrichtungen stand schwarzer Qualm über der weißen, mit blendendem Sonnenlicht überzogenen Landschaft.

Halblinks lag in einiger Entfernung ein russisches Straßendorf, umgeben von dichten Tannenwäldern. Das Dorf brannte lichterloh. Ein schwacher Geruch von Feuer und Asche, mehr eine Ahnung, denn eine klar definierbare Duftnote, stieg den Männern in die Nase.

»Was hat es damit auf sich?«, fragte Fritze den Bayer, auf das brennende Dorf weisend. Der Feldwebel winkte ab.

»Ja, mei … seit die Russen aktiv geworden sind, haben wir es hier ständig mit Partisanen zu tun. Freilich, dass wir da reagieren mussten. Also rächen wir uns jetzt für jeden gefallenen Kameraden. Um ein Zeichen zu setzen, versteht sich.«

Der Feldwebel griente, zeigte seine schlechten Zähne. Schneider fing zu lachen an, Fritze nickte bestätigend.

»Tja, darum stehe ich auf dieser Seite der Front!«, tönte Schneider und hob die Arme wie ein Priester, der seine Gemeindemitglieder segnete. »Legt euch nicht mit Deutschland an!«

Die anderen Brandenburger brachten ihre Zustimmung zum Ausdruck, reckten die Fäuste empor, klopften sich gegenseitig auf die Schultern, so, als hätten sie große Taten vollbracht.

Nur Taylor blieb stumm. Er dachte sich seinen Teil – und fühlte sich ganz plötzlich wie ein Sonderling.

Außerhalb von Stalinsk, Sowjetunion, 06.12.1944

Berning stopfte einen Bliny nach dem anderen in sich hinein. Er schlang die dünnen, zusammengerollten Eierkuchen samt und sonders hinunter, vergaß beinahe zu kauen. Der liebliche Geschmack umspielte seinen Gaumen, ließ ihn glauben, wahrhaftig im Himmel zu sein. Er stopfte und stopfte, leckte sich das Fett von den Fingern, würde noch den Teller ablecken, fürchtete er nicht, Sidorenko mit solch einem Benehmen zu verärgern. So blieb er stumm sitzen, als er den letzten Bliny verdrückt hatte, starrte unverhohlen mit riesigen Augen auf den fettverschmierten Teller.

Die weiße Binde des Natschalniks zierte Bernings Arm. Er trug eine frische Uniform, ein angloamerikanisches Fabrikat, das gefüttert und bequem war.

Sidorenko lehnte sich in seinem Stuhl zurück, kippte sich ein Glas Wein hinter die Binde.

Beinahe täglich ließ der Lagerkommandant Berning kommen. Der sowjetische Unterleutnant musste für gewöhnlich den Fahrer spielen. Er schien über diesen Umstand wenig begeistert, doch verhielt er sich Berning gegenüber freundlich und wohlwollend. Er wagte es nicht, seinen Zorn an dem Österreicher auszulassen.

Berning konnte es noch immer nicht fassen. Binnen eines Augenblicks hatte sein Leben eine 180 Grad-Wendung erfahren – von der Made zum Privilegierten. Als Natschalnik genoss er umfangreiche Vorrechte, musste zum Beispiel nicht mehr arbeiten, sondern nur die anderen Häftlinge beaufsichtigen. Sidorenkos Unterstützung aber reichte über die Ernennung zum Natschalnik weit hinaus. Nicht nur ließ er Berning nahezu täglich zu sich kommen, um sich gemeinsam in stundenlangen Gesprächen über Kursk, die Bösartigkeit des deutschen Faschismus und die Ideale des Realsozialismus zu verlieren. Nein, Sidorenko schien Berning nachhaltig fördern zu wollen. Er fütterte ihn, stärkte ihn, stattete ihn aus. Er gab ihm Kaffee, gutes Essen, bessere Kleidung, Zigaretten und Kleinigkeiten, die im Lagerleben ihr Gewicht in Gold wert waren: Seife, Schnürbänder, Rasierklingen und andere Dinge. Berning wusste nicht, warum der sowjetische Generaloberst so gut zu ihm war. Manchmal, in einem stillen Moment, befiel ihn die Angst, Sidorenkos Freundlichkeit wäre nur eine ausgeklügelte Falle, in die er blindlings hineingetappt war. Was für eine Falle aber sollte das sein? Warum überhaupt sollte Sidorenko ihm eine Falle stellen?

Konnte es vielleicht tatsächlich sein, dass Berning einmal kein Pech hatte im Leben? Dass er einmal zur richtigen Zeit am richtigen Ort gewesen war? Irgendetwas in ihm zweifelte noch daran, zu viel Mist war ihm in den vergangenen Jahren widerfahren. Doch die Stimme des Zweifels wurde leiser ...

»Dir hat es geschmeckt?«, fragte Sidorenko. »Meine Frau hat die Blinys gemacht.«

»Sind köstlich.« Berning leckte sich über die Lippen. »Bitte sagen Sie Ihr das.«

»Als Natschalnik musst du stark sein, Franz. Stärker als diejenigen, die du beaufsichtigst. Ich füttere dich also nicht ohne Grund.«

»Ich bin Ihnen auf ewig dankbar dafür, Genosse General.«

Sideorenko grapschte die Weinflasche, die vor ihm auf dem Tisch stand, und füllte sein Glas. Der fruchtige Duft des Tropfens vermischte sich mit dem im Raum stehenden Odeur von Zigarettenqualm.

»Stoßen wir an, mein Freund!«, sagte der Russe. Er hob sein Glas. Berning ergriff jenes Weinglas, das seit seiner Ankunft unangerührt auf dem Tisch stand. Er hatte bereits gelernt, immer erst nach dem Essen zu trinken, dann knallte der Alkohol nicht ganz so heftig. Am liebsten würde er ganz auf den Merlot verzichten, doch Sidorenko schenkte ihm bei jeder Zusammenkunft ungefragt ein – und Berning hatte letztlich nicht den Mumm, den Wein abzulehnen. Also trank er mit, und hatte anschließend für Stunden mit den Folgen des Alkohols zu kämpfen.

Sidorenko leerte das Glas zu zwei Dritteln, dann verlor sich sein Blick in seinem Glas. Die kränklichen Augen des Russen trübten sich ein. »Franz, du erinnerst mich an meinen einzigen Sohn«, säuselte Sidorenko.

Berning blieb stumm, schluckte einen dicken Kloß im Hals hinunter. Er ahnte, dass dieser Sohn nicht mehr unter den Lebenden weilte.

Sidorenko blickte auf, nickte mit aufeinander gepressten Lippen. »Mein guter Konstantin … gefallen 1941 im Kampf gegen die Faschisten. Er war ein guter Junge. Hart im Nehmen. Das Herz am richtigen Fleck. Und von der Idee des Sozialismus durchdrungen bis in die letzte Körperzelle.«

»Mein aufrichtiges Beileid.«

»Du, mein guter Franz, erinnerst mich an ihn. Das ist ein Grund, warum ich mich deiner angenommen habe.«

Berning schwieg. Schlürfte seinen Wein.

»Du bist stark, Franz Berning. Du hast ertragen, was das Leben dir aufgebürdet hat, hast über Jahre hinweg in einem feindlichen Umfeld überlebt. Hast dich durchgebissen! O, ich habe deine Geschichten nicht vergessen, mein Freund! Hast einiges durchgemacht. Du hast uns außerdem diesen faschistischen Natschalnik vom Halse geschafft. Und du hast verstanden, worauf es im Leben ankommt!« Sidorenko legte eine Kunstpause ein. »Franz, ich will dir etwas sagen: Irgendwann wird dieser Krieg vorüber sein, und dann brauchen wir Deutsche, brauchen wir Italiener … brauchen wir Österreicher, die ihren Landsleuten den Sozialismus bringen.« Bernings Augen leuchteten. Er kippte den restlichen Inhalt seines Glases in sich hinein. Der fruchtige Wein prickelte auf seiner Zunge. »Ich sehe in dir einen Mann, der dieses Werk vollbringen kann. Mir ist nicht verborgen geblieben, dass du der Roten Armee deine Dienste bereits angeboten hast. Lass dich nicht unterkriegen ob der

Zurückweisung! – Franz, es wird der Tag kommen, da wird die Rote Armee auf dein Angebot zurückkommen!«

Bernings Herz klopfte. Er strahlte. Die Worte Sidorenkos machten ihn glücklich.

»Die Deutschen erweisen sich leider als zäh. Es wird dauern, diesen Krieg in ihre Gefilde zu tragen. Aber letztendlich wird genau das geschehen. Letztendlich wird die rote Fahne in Berlin gehisst werden. Sag mir, Franz, warum kann uns der Faschismus nicht besiegen?«

Berning wusste die Antwort. Stolz trug er vor: »Weil wir für eine Idee stehen. Die Faschisten stehen einzig für Angst und Schrecken. Sie werden auf Dauer die Menschen gegen sich aufbringen. Die Rote Armee aber muss niemanden in den Kampf zwingen. Die Menschen folgen ihr freiwillig, weil ihnen bewusst ist, dass sie für die Freiheit der Welt fechten.«

Sidorenko nickte zufrieden. Er kratzte sich das mit grauen Stoppeln besetzte Kinn, fragte: »Weißt du, warum es gut ist, auf der Seite des Sozialismus zu stehen?«

Berning blickte Sidorenko verheißungsvoll an. Der erklärte: »Im Sozialismus sind alle Menschen gleich, Franz.«

»Jawohl, Genosse General.«

*

Der raubeinige Gefangene Rudolf Havelmann, der Berning mit einem Stück Kohle das Leben gerettet hatte, stand sich vor der hölzernen Wohnbaracke die Beine in den Bauch. Obergefreiter Didrich Meister leistete ihm Gesellschaft. Didrich, von den meisten einfach »Didi« genannt, war der grobschlächtige Sohn eines Werftarbeiters und eine treue, gutmütige Seele. Beide trugen nichts weiter als Lumpen am Körper, die einst Uniformen der Wehrmacht gewesen waren. Ihre Leiber waren ausgemergelt, ihre Knochen zeichneten sich überdeutlich unter der Haut ab. Sie sahen aus wie Dämonenkrieger aus der Unterwelt.

Der lehmige Boden war steinhart gefroren. Vereinzelte Schneeflocken rieselten auf die Erde hernieder. Dächer und die außerhalb der Zäune liegenden Wälder waren weiß gepudert. Es war bitterlich kalt, weshalb sich beide die Arme rieben und von einem Fuß auf den anderen traten. Natürlich hätten sie hineingehen können. Zu viele menschliche Körper heizten die Baracke auf, sorgten für eine stickige, feuchtwarme Luft, die man beinahe mit einem

Messer schneiden konnte. Dafür aber war es auch laut und es stank nach menschlichen Ausdünstungen, nach Urin, nach Socken. Da verbrachten die beiden ihre »Freizeit« lieber im Freien. Außerdem warteten sie auf Natschalnik Berning, der sich mit Geschenken angekündigt hatte.

»Das ist so eiskalt«, stöhnte Didrich in der für ihn typischen vorpommerschen Sprechweise. Er nahm die Hände vor den Mund, bildete mit ihnen einen Korb und blies warme Luft in diesen hinein. »Das ist doch kein Leben!«, zischte der Obergefreite. Rudolf nickte nur.

»Die Iwans behandeln uns wie Ungeziefer! Die legen es darauf an, dass wir hier krepieren!« Wieder nickte Rudolf.

»Das haben wir nicht verdient …«, wehklagte Didi bitterlich. »Das haben wir doch einfach nicht verdient.«

Rudolf blieb stumm.

»Wer Menschen so behandelt, ist doch selbst kein Mensch mehr!«, brauste Didi auf. »Unmenschen sind die Russen! Unzivilisierte Unmenschen!«

Rudolf blickte auf, starrte sein Gegenüber aus großen Augen an.

»Es ist doch wahr!«, schimpfte Didi, als er den Widerspruch in Rudolfs Antlitz bemerkte. »Die lassen uns hier elendig vor die Hunde gehen.«

»Junge, deine Naivität möcht' ich haben«, wisperte Rudolf schlotternd. »Ich habe fast zwei Jahre lang als Lagerwache in Markt Pongau in der Ostmark gedient. Glaubst du ehrlich, wir gehen anders mit unseren Gefangenen um?«

Didi winkte ab, schüttelte den Kopf. »Ach! Hör mir auf!«, fauchte er und wollte von solchen Geschichten nichts wissen.

»Ich wollte da nicht umsonst weg. Konnte nicht mit ansehen, wie die armen Schweine krepiert sind – oder gleich *durch Arbeit vernichtet* wurden, wie es so schön heißt. Ich hab' Versetzungsanträge ohne Ende gestellt, kam schließlich an die Front. Und nun bin ich hier. Ironie des Schicksals, schätze ich.«

»Erzähl mir nichts. Dafür gibt es doch jetzt die Beck-Doktrinen.«

Rudolf stieß einen gekünstelten Lacher aus. »Machst du Witze? Als hätten die irgendetwas geändert. Die Beck-Doktrinen sind das Papier nicht wert, auf das sie geschrieben worden sind. Und der alte Zausel hat sich jetzt schön aus der Affäre gezogen, wenn das stimmt, was man uns hier erzählt. Ich bin mir auch gar nicht sicher, ob die was ändern wollten. Die haben sich auf Grundlage dieser lächerlichen Doktrinen doch nur ein paar Bauernopfer gesucht und an denen Exempel statuiert, damit die nach außen hin zeigen konnten, dass sie einen sauberen Krieg führen und Quertreiber hart bestrafen. Im Grunde aber wurde da weitergemacht, wo die alte Regierung aufgehört hat.«

»Bauernopfer, heh?«, drang Bernings Stimme mit einem Mal aus der Dunkelheit, ehe sich der Natschalnik zeigte. Die weiße Binde auf dem linken Oberarm glänzte im schwachen Lichtschein eines entfernten Scheinwerfers. Berning lächelte freundlich. Er hielt einen Jutesack in den Händen, den er seinen beiden Kameraden vor die Füße setzte.

»Schön, dich zu sehen, Franz«, grüßte Rudolf. Didi nickte zum Gruß.

»Dachte schon, du kommst nicht mehr wieder vom Kommandanten. Wärst nicht der Erste«, stellte Rudolf nüchtern fest.

Berning grinste, winkte ab.

»Iwo. Ich komme ganz gut mit Sidorenko aus, meine ich.«

»Und?«, wollte Didi wissen. »War der Kommandant von unserem Nebenlager auch dort? Ich vergesse immer, wie der heißt.«

Berning lachte. »Ich kann den Namen von dem Genossen auch nicht aussprechen. Aber ja, er war da.«

Didis Augen begannen zu funkeln. »Und?«, platzte die Neugier aus ihm heraus. »Erzähl!«

»Gedulde dich doch mal, Didi.« Berning klopfte seinem Mithäftling auf die Schulter. »Wir verdünnisieren uns jetzt erst mal, verstanden?« Berning krallte sich den Jutesack und verschwand in der düsteren Gasse zwischen zwei Baracken. Rudolf und Didi folgten ihm auf dem Fuße.

Berning griff in den Jutesack, holte eine Packung Kippen und Streichhölzer hervor. Er entzündete ein Streichholz, beleuchtete mit dem Feuer die Zigarettenschachtel. Er sah im Flackerschein der kleinen Flamme, wie seine Kameraden bis über beide Ohren strahlten. Berning steckte jedem eine Kippe zwischen die Lippen und ließ die Streichhölzer herumgehen. Sie steckten die Zigaretten an, inhalierten den beißenden Qualm, füllten ihre Lungen damit und gaben sich dem wohligen Gefühl innerer Wärme hin. Für eine kleine Zeitspanne befand sich jeder der drei in seinem eigenen, ganz persönlichen Paradies.

Irgendwann brach Didi das Schweigen. »Erzähl doch endlich, was sich ergeben hat«, bettelte er.

»Ruhig Blut, Didi.« Berning nahm einen tiefen Zug, griente breit ob Didis Ungeduld. »Sie wollen auf jeden Fall weitere Natschalniks ernennen, weil alle Lager schon wieder einen Teil ihrer Soldaten an die Front abgeben müssen. Und ja, ich habe dich ins Spiel gebracht. Ich denke, es sieht ganz gut aus.«

Didis Miene klarte auf. Ehrliche Freude bestimmte seine Gesichtszüge.

»Und ich habe noch etwas«, freute sich Berning und griff erneut in den Sack, zwei Bücher herausziehend. Er drückte jedem seiner Kameraden ein Exemplar in die Hände.

»Das ist das *Manifest der Kommunistischen Partei* von Marx und Engels. Sidorenko persönlich hat mit eine deutsche und eine russische Ausgabe zur Verfügung gestellt. So können wir uns mit den Lehren der Kommune vertraut machen und gleichzeitig Russisch lernen.«

Rudolf gab Berning schlagartig das Buch zurück. Der nahm es entgegen, blickte aber etwas überrumpelt drein. Didi plapperte dazwischen: »Hervorragend, Franz! Lass uns gleich anfangen.«

»Sag bloß, du bist jetzt auch auf den roten Zug aufgesprungen?«, fragte Rudolf mit kritischem Unterton.

»Das ist kein Zug«, brummte Berning säuerlich. »Das ist die Zukunft.« Er hielt Rudolf die russische Ausgabe des Buches provozierend unter die Nase.

Rudolf ließ sich davon nicht beeindrucken, wandte sich stattdessen direkt an Didi: »Ich dachte, du hasst die Russen?«

»Ja, tue ich auch«, erwiderte der in einem Tonfall, der deutlich machte, dass Didi in der Zuneigung zum Kommunismus und der gleichzeitigen Abneigung gegenüber allen Russen keinen Widerspruch erkennen konnte.

»Aber das ist die Politik der Russen!« Wutschnaubend klopfte Rudolf auf den Buchdeckel der russischen Ausgabe.

»Nein«, setzte Berning energisch dagegen, »du irrst dich, Rudi. Das hier ...«, nun klopfte Berning selbst mit dem Handrücken auf den stabilen Deckel des Buches, »... ist die Politik aller Arbeiter dieser Welt.«

»Außerdem sind die Iwans einfach zu blöde, so etwas vernünftig aufzuziehen«, warf Didi mindestens genauso energisch ein. »Aber stell' dir doch mal vor, was die Kommune für uns alle bedeuten kann, wenn sie von einer fortschrittlichen, modernen Gesellschaft wie der deutschen umgesetzt wird!«

In den Augen von Berning und Didi funkelte Zuversicht.

Rudolf verschränkte abweisend die Arme. »Genau das stelle ich mir gerade vor ... und es macht mir Angst.«

»Also«, in Bernings Stimme schwang Endgültigkeit mit, »willst du nun mitkommen in die Vorratskammer und mit uns mal in die Bücher schauen, oder nicht?«

Rudolf winkte ab. »Nee, lasst mal, Kinder.«

Nordöstlich von Witebsk, Sowjetunion, 08.12.1944

Die Brandenburger des 1. Zugs hatten Demidov nie erreicht. Ein Großangriff der Roten Armee gegen die Stadt zwang die örtlichen Verteidiger, ihre Stellungen aufzugeben. Fritzes Männer gerieten abermals in den Rückwärtsstrudel der deutschen Wehrmacht. Der Marsch zurück wurde von wiederholten Artillerieschlägen und Fliegerangriffen des Gegners begleitet, bei denen die Brandenburger zwei Mann verloren. Glücklicherweise trafen sie irgendwann auf eine motorisierte Einheit der Nebeltruppe, die sie bis nach Witebsk mitnahm.

In der Stadt angekommen, konnte Fritze eine Funkverbindung zum Stabschef des Divisionskommandeurs der 7. Gebirgs-Division herstellen, dem der Zug pro forma nach wie vor unterstellt war. Die Division aber war im Raum Witebsk gar nicht mehr aktiv, sondern verlegte in einen neuen Verfügungsraum, viele Kilometer weiter südlich.

Walter Melzer, seines Zeichens Eichenlaubträger, Generalleutnant und kommandierender General des XXIII. AK, erfuhr über Umwege von der Situation der Brandenburger. Er löste den 1. Zug kurzerhand von der 7. Gebirgs-Division und hängte ihn an die 302. ID an, die nördlich und östlich von Witebsk die Moltke-Linie besetzt hielt.

Zur Stunde brannte nordöstlich der Stadt der Busch. Teile eines motorisierten Garde-Korps hatten in einem kühnen Sichelangriff Demidov umgangen und setzten nun nordöstlich von Witebsk auf einen strategisch wichtigen Vorposten der 302. an.

Dieser Vorposten war um einen großen Hügel herum errichtet worden, der bei der ursprünglichen Planung der Moltke-Linie nicht mit einbezogen worden war, ein Fehler, denn von der Spitze des Hügels aus konnte bis ins Zentrum von Witebsk geschaut werden. Der Hügel, der »Wetterspitze« getauft worden war, bot demnach einen perfekten Beobachtungspunkt, der unter keinen Umständen dem Gegner überlassen werden durfte.

Melzer hatte befohlen, die Wetterspitze um jeden Preis zu halten. Die Division lag dort mit zwei Kompanien in der Sicherung, mehr Kräfte konnte sie nicht erübrigen, denn sie hatte eine Frontlinie von etlichen Kilometern zu bedienen. Schwere Panzer befanden sich wohl zur Verstärkung der Wetterspitze auf dem Weg, doch niemand wusste, ob und wann sie eintreffen würden. Aus diesem Grund wollte Melzer unbedingt auch Fritzes Elitesoldaten vor Ort wissen.

Für Fritze, Schneider, Taylor und die anderen Brandenburger war die Situation äußerst ungünstig. Sie waren es zwar gewohnt, zugweise zu operieren, weit ab vom Rest der Kompanie. Dieses Mal allerdings war ihre Kompanie nicht nur über eine Division verteilt worden, sondern gleich über zwei. Während die anderen Züge mit der 7. Gebirgs-Division gen Süden zogen, würde es für den 1. Zug also ein Stück nordwärts gehen. Sicherlich hätte Fritze versuchen können, Verbindung mit Major Gerber aufzunehmen. Das OKW behielt sich den Einsatz der Brandenburger ausdrücklich vor. Jede Verschiebung, Umgliederung oder Verlegung musste streng genommen mit dem Oberkommando abgesprochen werden, was Melzer in diesem Fall sicherlich nicht getan hatte. Fritze allerdings wusste um die Wichtigkeit der Wetterspitze. Und da diese nur von ein paar hundert abgekämpften Landsern gehalten wurde, wollte er helfen. Wahrlich, seine knapp 40 Mann starke Truppe vermochte keine Wunder zu vollbringen, wie die Offiziere der Wehrmacht von den Brandenburgern gerne annahmen. Auch Melzer schien diesem Irrglauben anheimgefallen zu sein, bedingt durch die gezielte Propaganda und den Mythos der Geheimniskrämerei, der die Elitesoldaten überallhin begleitete. Fritze und seine Männer jedenfalls würden tun, was in ihrer Macht stand, um die Wetterspitze zu verteidigen.

*

Eine Holzhütte, wie sie für diese Region so typisch war: Das kleine, windschiefe Haus war aus unbearbeiteten Balken gefertigt, die an den Ecken ineinander verzapft waren. Die Spalten zwischen den Balken waren zur Abdichtung mit Lehm aufgefüllt. Auch der Boden bestand aus nichts anderem als plattgedrücktem Lehm. Fliesen oder Steinuntergrund gab es nicht. Weiter war das Haus an kein Strom- oder Gasnetz angebunden, die Holzbalken waren feucht und verbreiteten einen modrigen Geruch. Verblasste Bilder von Heiligen hingen an den Wänden, mit Gold behangene und gekrönte Gestalten. Über dem Eingang, eine Holztür, prangte ein Kruzifix. Aufgrund der strengen Winter waren die wenigen Fenster der Hütte sehr klein, sodass es im Inneren düster blieb.

Der Lehmboden war eiskalt. Taylor kroch die Kälte allmählich durch die Stiefelsohlen. Er wackelte mit den Zehen, um seine Füße warm zu halten. Es nutzte nichts.

Die Unterführer des 1. Zugs hatten sich in der Mitte der Hütte zusammengefunden. Sie saßen auf einer rundlaufenden Holzbank, die um eine Feuerstelle herum angelegt worden war. Es waren neben Fritze, Schneider und Taylor anwesend: Huber, Kaminski und Ryan, ein Brite und glühender Antibolschewik, der 1940 in deutsche Kriegsgefangenschaft geraten war und sich dem Verband Brandenburg verpflichtet hatte. Emsige Prüfer vom Quenzgut hatten damals die Gefangenenlager nach geeigneten Freiwilligen für den Eliteverband durchforstet, um den internationalen Stamm der Einheit auszubauen.

Die Unterführer waren mit Meldeblock und Stift bewaffnet, ihr Augenmerk auf Oberleutnant Fritze gerichtet. Der Zugführer hatte die Feuerstelle zuschütten und darauf einen Geländesandkasten errichten lassen.

Aufgehäufte Erde stellte die Wetterspitze dar, Moos bildete Wälder ab. Einzelne, in den Lehmboden gesteckte Äste standen für markante Bäume im Gelände. Gebäude waren durch Steine dargestellt worden. Zweige und Tannenzapfen standen für winzige Hohlwege, Wegweiser, Kusselgruppen und Felsen. Hindenburglichter, die Schneider um den Sandkasten herum aufgestellt hatte, hüllten Soldaten und Mobiliar in einen schaurigen Schein.

Fritze hatte am Vormittag das gesamte Gelände zusammen mit den zuständigen Kompanieführern erkundet, namentlich waren das Oberleutnant Boll, Chef einer Sturmpionier-Kompanie, Fähnrich von Blankenau, Bolls zweiter Mann, sowie Hauptmann Jürgen Graf, Führer einer MG-Kompanie.

»Ich beginne mit der Einweisung in das Gelände«, sagte Fritze mit fester Stimme. »Wir befinden uns hier.« Der Zugführer wies mit seinem Zeigestock auf einen Stein am Südrand der Wetterspitze, der für die kleine Holzhütte stand.

Taylor betrachtete die Maßstabsangabe der Karte, die neben dem Sandkasten auslag. Feine, orangefarbene Höhenlinien ließen die Wetterspitze erkennen. Taylor schätzte den Gesamtdurchmesser des Hügels von der südlichen zur nördlichen Sohle auf 1.500 Meter. Die Hänge der Wetterspitze allerdings waren extrem steil, ihr »Gipfel« erhob sich um einige hundert Meter über das umliegende Land. Es war gar nicht möglich, einfach zur Spitze des Hügels zu gehen, nein, man musste die Wetterspitze regelrecht erklimmen, was Taylor zu der Überlegung führte, dass es unmöglich sei, den Hügel zu nehmen, wenn dieser unter Feuer lag. Der Russe allerdings brauchte die Wetterspitze auch gar nicht einzunehmen, er musste sie nur einkesseln. Umzingelt von Feindkräften, verschanzt auf der Spitze eines winzigen Hügels … da würden selbst bei der besten Truppe bald die Lichter ausgehen. Taylor verstand, dass es entscheidend war, den Gegner gar nicht erst an die Sohlen der Wetterspitze heranzulassen. Da die russischen Linien teils nur wenige hundert Meter von der Nordsohle des Hügels entfernt lagen, würde dies ein schwieriges Unterfangen werden.

»Die Hütte wird mein Gefechtsstand sein und erhält den Namen ›Talhütte‹. Talhütte liegt an der unbewaldeten Südseite der Wetterspitze, vom Feind aus nicht einsehbar. 800 Meter westlich von Talhütte steht ein dichter Nadelwald, der von Süd nach Nord die gesamte Westseite der Wetterspitze bedeckt. Diesen Wald nennen wir ›Schwarzwald‹. Nördlich des Schwarzwalds und der Wetterspitze kreuzt ein Pfad das Terrain. Er führt am Nordrand der Wetterspitze entlang. Im Westen verlässt er unseren Verfügungsraum, im Osten mündet er in die befestigte Rollbahn, über die wir her marschiert sind und die weiter nördlich direkt ins Russenland führt. Dieser Pfad nördlich von Wetterspitze heißt ›Gasse‹, die von Süd nach Nord führende Rollbahn ›Dorfstraße‹. Nördlich der Gasse liegt die HKL, eine Bodenwelle raubt uns dort den Blick auf das Feindgebiet. Diese Bodenwelle, die entlang der Gasse führt, heißt ›Kuhdamm‹. Westlich davon beginnt ein großes Sumpfgebiet, das durch die Niederschläge der letzten Wochen ungangbar geworden ist. Auch die Gasse ist westlich unseres Verfügungsraums so überflutet, dass an ein Durchkommen selbst zu Fuß nicht zu denken ist.

Eine weitere Kompanie der Division liegt jenseits des Sumpfes in Stellung. Wir sind davon überzeugt, dass es dem Russen unmöglich ist, uns durch den Morast hindurch zu umgehen. Bolls Männer prüfen täglich die Beschaffenheit des Sumpfes.

Östlich des Kuhdamms, etwa 1.000 Meter nördlich einer Y-Gabel, an welcher die Gasse und die Dorfstraße zusammenfinden, liegt ein zerschossenes Straßendorf, genannt ›Ruinenstadt‹. Ruinenstadt besteht aus 25 Gebäuden, allesamt niedergerissen bis auf die Grundmauern. Folgen wir der Dorfstraße ab Ausgang Ruinenstadt gen Süden bis auf Höhe unserer Talhütte, haben wir eine Strecke von 2.500 Meter zurückgelegt. Östlich der Dorfstraße auf unserer Höhe befindet sich eine Kolchose, bestehend aus zwei Wohngebäuden und einer großen Scheune. Diese Kolchose nennen wir ›Heimat‹. Heimat ist durch einen großen Kastenwald vor den Augen des Feindes geschützt, der auch genauso heißt: ›Kastenwald‹. Nordöstlich des Kastenwaldes schließt sich eine Pläne an, bis eher lichter Wald das Gelände überzieht, wo bereits der Iwan hockt. Die Pläne nennen wir ›Prärie‹. Sie kann vom Feind hervorragend eingesehen und mit Feuer belegt werden.«

Taylor betrachtete den Sandkasten. Er bemerkte plötzlich, wie unwirtlich ihm das klassische Soldatendasein vorkam. Taylor war Anfang 1943 in die Schweiz aufgebrochen und hatte sie erst vor wenigen Monaten wieder verlassen. Im Schweizerland hatte er vieles getan, sicherlich aber nicht auf einen Geländesandkasten geschaut, sich im Dreck gesuhlt oder im Freien übernachtet. Dieses Soldatenleben, das Taylor einst so geliebt hatte, war ihm plötzlich furchtbar fremd. Er fühlte sich fehl am Platze, fürchtete, eine Belastung für seine Kameraden zu sein.

Auch stimmte etwas mit Schneiders Gruppe nicht, aber Taylor konnte noch nicht den Finger darauf legen. Aus irgendeinem Grund hatten die Moral und der Geist der Gruppe einen Knacks abbekommen. War es die Tatsache, dass Schneider den Obergrenadier Yusuf Dschibril in der Schweiz erschossen hatte? Schneider hatte es tun müssen, Dschibril war außer Kontrolle geraten. Eigentlich sollten die Männer das verstehen. Oder reichten die Konflikte tiefer?

Taylor nahm sich vor, Augen und Ohren offenzuhalten, denn im Kriege konnte man sich innerer Zwietracht nicht leisten. Unweigerlich schossen ihm Bilder alter Zeiten durch den Geist. Zusammen mit Huber, mit Schneider, mit Calvert und anderen hatte Taylor eine der speziellsten Ausbildungen überstanden, die die deutsche Wehrmacht zu bieten hatte. Gemeinsam hatten sie tyrannische Offiziere, boshafte Unteroffiziere, knüppelharte Übungen und gefahrvolle Einsätze gemeistert. Von indischen Turbanträgern hatten sie gelernt, präzise mit Messern zu werfen, sie hatten Englisch, Französisch, Russisch gepaukt, hatten sich von Japanern zusammenschlagen und von Sprengmeistern in das Geheimnis des Bombenbauens einweihen lassen. Harte Zeiten hatten die Brandenburger zusammengeschweißt; sie hatten zusammen gelacht, geweint, gelitten.

Vielleicht hätte Taylor den Auftrag in der Schweiz niemals annehmen dürfen, vielleicht war sein Aufenthalt in dem neutralen Staat dafür verantwortlich, dass er den Anschluss an die anderen nicht mehr finden konnte. Vielleicht aber hatte er sich auch weiterentwickelt, war reifer geworden, während die anderen … ja, die anderen … sie kamen Taylor manchmal vor wie Schuljungen, die Vaters Pistole gefunden hatten. Warum nur konnte es nicht mehr so sein wie früher?

Andererseits … hätte er den Auftrag in der Schweiz nicht angenommen, hätte er *sie* niemals kennengelernt … hätte er niemals diese wunderschöne Zeit der Zweisamkeit erlebt … und es wäre ihm der bittere Moment der Trennung erspart geblieben. Dieser eine blöde Faustschlag hatte alles verändert, hatte alles zerstört, hatte mehr kaputt gemacht als seine ganzen Lügen hätten je kaputt machen können … Taylor meinte, dass er … nein! Er musste die Gedanken und Bilder verdrängen. Zu sehr wühlten sie ihn auf. Taylor zitterte schon wieder, sein Herz klopfte, sein Körper drehte die Heizung auf. Schweiß bildete sich unter seiner Uniform.

Verdammte Verliebtheit, moserte er innerlich, *wann verziehst du dich endlich?* Taylor rieb sich kräftig die Augen, blickte dabei verstohlen in die Runde.

Fritze ging in diesem Augenblick auf die Feindlage und die Situation der eigenen Kräfte ein: »Feindkräfte! Der Iwan sitzt uns im Westen, Norden und Osten im Nacken. Die HKL verläuft nur wenige Meter jenseits der Gasse. Die Russen haben sich auf dem Kuhdamm eingegraben. Ihre derzeitige Stärke ist unbekannt, wir rechnen aber mit mindestens einer Kompanie plus Pak-Zug in den Stellungen sowie weitere Einheiten in Reserve.«

Fritze tippte mit dem Zeigestock auf den kleinen Erdwall, der den Kuhdamm darstellte, und Taylor erkannte sofort die Problematik der Lage: Der Feind konnte aus seinen Stellungen heraus hervorragend den Nordhang der Wetterspitze überwachen, weshalb dieser von den eigenen Kräften nicht genutzt werden konnte. Taylor presste die Lippen aufeinander. Man hatte den Feind bereits viel zu nahe an den Hügel herangelassen. Fritze fuhr mit dem Zeigestock über den Kuhdamm und weiter zur Y-Gabel, die die Gasse an die Dorfstraße anband.

»Die Gabel befindet sich in unserer Hand, wie auch die Ruinenstadt im Norden. Allerdings hat der Russe den Sack um die Ruinenstadt herum beinahe zugemacht. Wo der Kuhdamm aufhört, hat auch der Feind keine Stellungen mehr. Seine Linie knickt dort scharf nach Norden ab. Äcker umgeben die Ruinenstadt, dahinter liegen lichte Wälder, in denen es sich die Bolschewisten ebenfalls gemütlich gemacht haben. Wie ihr sehen könnt, ragen unsere Stellungen bei den Ruinen wie ein Balkon in die Feindseite hinein; die HKL vollzieht also einen Schlenker um die Ruinenstadt herum.«

Fritze tippte mit dem Zeigestock auf die Steine, die die Ruinenstadt darstellten, ließ ihn dann nach Osten weiterwandern.

»Auch hier hat sich der Iwan fein eingerichtet … und es sieht so aus, als hätte er vor zu bleiben. Die Prärie muss tabu sein für unsere Kräfte, denn diese Freifläche ist von der Feindseite aus ganz vortrefflich einzusehen. Jeder Angriffsversuch über die offene Pläne würde im feindlichen Dauerfeuer untergehen.«

In Taylors Schädel arbeitete es. Taktische Möglichkeiten, Geländevor- und nachteile und weitere militärische Aspekte beschäftigten ihn. Er versuchte, sich in den Kopf des Feindes hineinzuversetzen. Versuchte zu ergründen, von wo aus und mit welchem Schwerpunkt die Sowjets einen Angriff führen würden. Denken aus Feindsicht, ein Klassiker.

»Abschließend ist festzuhalten, dass uns der Russe hier ordentlich im Würgegriff hat. Er sitzt westlich und östlich der Ruinenstadt in zwei Säcken, die wir genauso bezeichnen: Ost- und Westsack. Auch die Dorfstraße ist nördlich der Ruinenstadt vom Feinde besetzt. Der Oberleutnant von den Sturmpionieren schätzt, dass im Westsack mindestens zwei Kompanien mit einigen Kanonen sitzen. Vergangene Nacht wurden außerdem Motorengeräusche auf der Feindseite aufgeklärt.«

»Sturmpioniere sind das?«, fragte Ryan dazwischen. Seine mit englischem Akzent unterlegte Stimme war unverkennbar.

»Exakt, Sturmpioniere und Grenadiere haben wir vor Ort. Leider nicht sehr viele. Auf der Wetterspitze, davor und in Ruinenstadt sitzt eine Kompanie der Sturmpios. Im Kastenwald haben sich Grafs Grenadiere verschanzt. Eigentlich eine MG-Kompanie, aber mehr als eineinhalb Züge sind von denen nicht mehr übrig. Beide gehören zum Regiment 572, falls es wen interessiert.«

»Und, was meinst du?«, wollte Schneider wissen. »Wie ist dein Eindruck? Taugen die was?«

Fritze verzog das Gesicht. »Schwer zu sagen. Die Pios scheinen frisch aus dem Ersatz zu kommen, haben im schlimmsten Fall noch keinen echten Krieg gesehen. Die Grenadiere könnten brauchbar sein, habe aber nur kurz mit dem Kompanieführer sprechen können. Wenn wir Glück haben, sind das erfahrene Hunde.«

»Also konzentrieren wir uns auf den Westsack«, grinste Schneider.

»Wir konzentrieren uns auf alles, mein Lieber. Wenn es darauf ankommt, sind wir die Einzigen, auf die ich mich verlassen will.«

»Zwei Kompanien?«, warf Huber plötzlich ein. Er legte seine Stirn in Falten.

»Eineinhalb!«, korrigierte ihn Schneider grinsend.

»Einerlei. Unsere Verteidigungskräfte sind jedenfalls alles andere als ausreichend für diesen Operationsraum. Und nie im Leben hocken bei den Kameraden von der anderen Feldpostnummer nur eine Handvoll Kompanien.

Da wird ein Regiment in den Stellungen liegen – wenn wir Pech haben, eines pro Sack.«

»Und ich hatte schon Angst, es könnte dieses Mal einfach werden«, unkte Schneider.

Niemand reagierte auf seinen Spruch. Die anderen Unterführer dachten konzentriert nach, ihre Blicke waren auf den Sandkasten gerichtet. Die Hirne rauchten. Die Verteidigung der Wetterspitze würde ein mörderisches Spiel werden …

»Wie sieht es denn mit unserer Verstärkung aus?«, fragte Taylor nach einiger Zeit des Schweigens.

Fritze lachte trocken. »Verstärkung?«, spottete er. »Junge, du warst zu lange in der Schweiz!«

Alle grinsten Taylor an. Der kam sich gleich vor wie ein naives Schulkind.

Fritze weiter: »Nun ja, derzeit gibt es im Umkreis von zehn Kilometern keine motorisierte Einheit. Und überall brennt die Heide. Melzer hat uns zwar Panzerunterstützung zugesagt, aber wir alle wissen, was das bedeutet: Phrasen, um die Landser zu beruhigen. Ihr wisst doch, wie das in Russland läuft: Keine Ari, keine Flieger, keine schweren Waffen, nicht mal ein Truppenbordell. Wir sind hier ganz auf uns gestellt.«

»Wie sieht es mit der Panzerabwehr aus?«, fragte Ryan.

»Wir übernehmen zusätzlich zu unseren zwei Panzerschreck mit je zehn Granaten von den Sturmpionieren. Die Grenadiere verfügen über 250 Panzerabwehrminen verschiedener Bauarten, außerdem 25 Panzerfäuste. Die Sturmpioniere haben weitere vier Panzerschreck. Es könnte besser sein …« Fritze blickte seine Männer der Reihe nach an. »… könnte aber auch weit schlimmer sein.«

»Keine Pak?«

»Keine Pak. Wie auch immer, es geht alles vorüber, Männer!«

»Es geht alles vorüber«, wiederholten die Brandenburger im Chor.

Damit war die Befehlsausgabe beendet.

»Also dann. Wir haben lange genug auf Tannenzapfen und Moos gestarrt. Wird Zeit, dass wir uns dem richtigen Gelände widmen. Mir folgen!«

Fritze fummelte sich den Stahlhelm auf den Kopf, seine Unterführer taten es ihm gleich.

Auch Taylor löste den Blechhut vom Koppel, wog den Lebensretter in seinen Händen. Ein gutes Kilo brachte der mit dem auffälligen Nackenschirm versehene Stahlhelm auf die Waage, was für Taylors Halsmuskulatur nach der langen Zeit ein ungewohntes Zusatzgewicht war. In der Schweiz hatte er seine Birne höchstens mal mit einem modischen Stoffhut belastet. Und jetzt durfte er wieder tagtäglich diesen Helm tragen.

Sein Nacken beschwerte sich, und seine Schienbeine brachten ihn um, denn die schweren Stiefel forderten ebenso ihren Tribut von Taylors mit zivilen Tretern verwöhnten Beinen. Zudem hatte er während seiner Zeit auf dem Krankenrevier ordentlich abgebaut. Taylor kam sich vor wie ein verdammter Rekrut. Er vermochte kaum mit den anderen mitzuhalten, auch piesackten ihn seine alten Wunden hin und wieder. Er versuchte, sich nichts anmerken zu lassen. Gleichzeitig begleitete ihn die Sorge, die anderen könnten von seinen Makeln ... und von seinen Zweifeln erfahren.

Der Rest des Zuges wartete vor der Talhütte. Die Männer nutzten ihre Felltornister als Tische und Sitzgelegenheiten, saßen gruppenweise zusammen und reinigten ihre Waffen. Zigaretten und Pfeifen waren angesteckt worden. Schokolade, Feldflaschen und Frauenbilder machten die Runde. Die Brandenburger blickten kurz von ihren Tätigkeiten auf, als Fritze und seine Unterführer aus der Hütte traten. Die Landser erkannten, dass ihre Vorgesetzten noch zu tun hatten, also richteten sie ihre Aufmerksamkeit wieder auf die Waffen, auf die Gespräche und auf die Zigaretten, auf die Pfeifen, auf den Kautabak, auf Speis und Trank.

Taylors Blick fiel auf Calvert, der sich mit Blessing und Katczinsky zusammengesetzt hatte, um sich einem MG 42 zu widmen. Der Südafrikaner hielt das Rohr der Waffe in Händen, zog es wieder und wieder durch. Katczinsky war mit dem Gehäuse zugange, Blessing wischte mit einem Lappen die Schulterstütze ab, was ziemlich unsinnig war. Die anderen Bauteile der Waffe lagen auf einer auf dem Boden ausgebreiteten Zeltbahn verteilt, fein säuberlich sortiert wie in der Waffenausbildung.

Der dürre Riese Blessing, ein belesener Junge mit Abitur, quasselte seinen Kameraden wie üblich einen Knopf an die Backe. Sein Thema im Moment lautete: König Heinrich IV. und dessen Streit mit dem Papst, der den Monarchen schließlich zum Fußmarsch nach Canossa bewegt hatte. Taylor musste grinsen ob der skurrilen Szene, die sich seinem Auge bot. Blessing brabbelte in einer Tour, doch niemand interessierte sich für das Gesagte, was wiederum den guten Blessing wenig störte. Der junge Gefreite war jedenfalls derart vertieft in seinen Monolog, dass er an die Schulterstütze in seinen Händen keinen Gedanken mehr verschwendete und sie stattdessen mit mechanischen Bewegungen putzte und putzte und putzte.

Taylor steckte sich eine Zigarette zwischen die Lippen, reichte die Packung weiter. Mit knappen Worten erklärte Fritze seinen Unterführern die beabsichtigte Marschroute und wies dann auf die Dorfstraße, die an der Talhütte entlangführte. Im Anschluss erklärte er, auf was die Männer während der Erkundung ihr Hauptaugenmerk richten sollten. Vor allem interessierte Fritze, welchen Eindruck die Grenadiere und Pioniere erweckten, welche Möglichkeiten des gedeckten Annäherns es an die HKL gab und an welchen Geländepunkten der Feind vermutlich zu einem Angriff ansetzen würde.

Während Fritze noch sprach, fiel Taylors Blick erneut auf Jack Calvert, den Südafrikaner, der seinerseits ab und an aufblickte und schaute, was die Vorgesetzten so trieben. Taylor bemerkte Calverts giftigen Blick, der auf nichts Gutes schließen ließ. Der zum Obergefreiten beförderte Soldat war unzufrieden, und zwar so richtig.

Fritze beendete seine Ansprache, machte auf dem Absatz kehrt und marschierte der Wetterspitze entgegen, die gleich hinter der Talhütte lag. Die Unterführer des Zuges trotteten dem Oberleutnant hinterher, dem steilen Hang des Hügels entgegen.

Taylor sog den letzten Zug aus seiner Zigarette und trampelte sie anschließend in den Schnee. In diesem Augenblick schritt Schneider an ihm vorbei. Taylor ergriff den Oberfeldwebel am Oberarm, bremste ihn sanft aus. Im Hintergrund furzte und rülpste Katczinsky lautstark. Einige lachten, Blessing beschwerte sich.

»Hast du endlich mit Calvert gesprochen?«, fragte Taylor. Die anderen Unterführer überholten die beiden, folgten Fritze gen Wetterspitze.

»Nö.«

»Ich dachte, du wolltest das machen?«

»Lass das mal meine Sorge sein!«, fauchte Schneider säuerlich.

»Donnerwetter, Pantelis. Einfühlsam wie ein Stein bist du.«

Schneider packte Taylor unsanft an der Schulter. Mit messerscharfem Blick suchte er ihn zu durchbohren. »Jetzt hör mir mal zu!«, zischte der Oberfeldwebel. »Deine Muttergefühle kannst du woanders ausleben. Du hast in der Schweiz den Lenz geschoben, während ich mit den Jungs durch die Scheiße gegangen bin. Überlege dir mal, in welcher Position du bist! Ich weiß wohl, was ich tue.«

Die Worte hätten deutlicher nicht sein können. Schneiders cholerische Ader hatte ihn sichtlich und hörbar erregt. Eine Mischung aus Aggressivität und Arroganz hatte seinen Ton bestimmt. Schneider schnaufte wütend. Taylor wagte es nicht, etwas zu erwidern.

Sekunden verstrichen, ehe Schneider von Taylor abließ, sich wegdrehte und im Laufschritt den anderen nacheilte, die die Sohle der Wetterspitze bereits erreicht hatten. Taylor aber hatte verstanden, hatte deutlich verstanden: Er war zwar Teil dieser Einheit, aber kein echter Brandenburger mehr, da er in die Schweiz gegangen war, um dort »den Lenz zu schieben«.

Hat der eine Ahnung!, maulte Taylor innerlich. *Das war Knochenarbeit! Das ganze Vögeln ging richtig auf die Lenden.* Der Galgenhumor half ihm, seine Gefühle im Zaum zu halten.

Schneider wandte sich plötzlich nochmals zu Taylor um. Der Oberfeldwebel war offenkundig zu der Überzeugung gelangt, noch etwas Abschließendes zu sagen. Er rief: »Der Jack soll mal kleine Brötchen backen! Heult herum, weil ich Yusuf die Kugel gegeben habe ... dabei weiß er genau, wie es läuft und dass ich recht habe!«

Schneiders Blick offenbarte, dass seine Meinung in Stein gemeißelt war. Taylor seufzte. Er spürte die Notwendigkeit, die Sache zwischen Schneider und Calvert klären zu müssen, denn sie hatte das Potenzial, den Zusammenhalt der ganzen Gruppe zu sprengen.

*

Steil war kein Begriff, um dem Südhang der Wetterspitze gerecht zu werden. Japsend witzelten die Brandenburger, die Führung solle doch lieber Gebirgsjäger zur Verteidigung des Hügels abstellen. Sie mussten lehmige Wände hinauf kraxeln, an denen matschiger Schnee klebte. Taylors Uniform sog sich mit eiskaltem Wasser voll. Seine Hände pulsierten vor Eiseskälte. Es schüttelte ihn. Der Wind fegte mit eisigen Böen über die Wetterspitze hinweg. Taylor lief der Schnodder wie Wasser aus der Nase. Er zog sie beständig hoch und hatte bald das Gefühl, dass sie zu einem Eisklumpen geworden war.

Es gereichte für die Männer zur großen Kraftanstrengung, das Stellungssystem auf dem Gipfel der Wetterspitze zu erreichen, das aus einem quer verlaufenden Graben mit sechs daran angeschlossenen Deckungslöchern bestand. Es war so errichtet worden, dass die Brandenburger von der dem Feind abgewandten Hangseite aus direkt in die Gräben einsickern konnten. Stellungen und Gräben waren tief genug, dass sie aufrecht durchschritten werden konnten, ohne Angst vor Scharfschützen haben zu müssen. Einer nach dem anderen drückten sich die Brandenburger in den Graben hinein und folgten diesem zu den Stellungen, von denen aus der gesamte Frontabschnitt überblickt werden konnte. Zwei einsame Sturmpioniere hockten in einer der Stellungen. Bewaffnet mit K98k samt 4 x Zeiss ZF42, Fernglas und Scherenfernrohr, froren sie ganz erbärmlich. Sie nahmen von den Brandenburgern kaum Notiz. Fritze hatte seinen Unterführern während des Aufstiegs berichtet, dass der Frontabschnitt bis vor Kurzem noch durch eine Batterie Geschütze verstärkt gewesen sei, deren Beobachter von der Wetterspitze aus agiert hätten.

Taylor begab sich zusammen mit Kaminski in eine der drei Stellungen. Er wischte dort den Schnee von der aus Erde geformten Auflagefläche, fand Kippenstummel, einige Hülsen und einen Klappspaten, den die Jungs von der Artillerietruppe wohl vergessen hatten.

Die Brandenburger begutachteten das gesamte Stellungssystem und machten sich die Aussicht zunutze, um das Gelände von oben einer genauen Betrachtung zu unterziehen. Taylor stützte sich auf der Auflagefläche der Stellung ab, ließ seinen Blick einmal über den Verfügungsraum schweifen. Die Gegend erschien ihm einsam, trostlos. Graubraune Baumgerippe wuchsen überall aus dem weißen Boden.

Im Norden erkannte Taylor den vom Feinde besetzten Kuhdamm am Fuß der Wetterspitze. Die querverlaufende Bodenwelle kam einem gigantischen erdenen Wurm gleich, der auf dem Acker verendet war. Und die Russen lagen genau dort, hatten sich in die Bodenwelle eingegraben, nur Meter von der parallel zum Kuhdamm verlaufenden Gasse entfernt.

Prost, Mahlzeit! Vom Kuhdamm aus konnte der Feind die gesamte Nordseite der Wetterspitze einsehen, konnte außerdem die Gasse in ihrer gesamten Länge überwachen. Die Y-Gabel und die Ostseite der Wetterspitze allerdings waren durch dichtes, grün-rotes Brombeergestrüpp verdeckt. Taylor schätzte, dass sich die eigenen Kräfte hinter den Sträuchern unentdeckt bewegen konnten, allerdings musste er sich das unbedingt aus der Nähe anschauen. Er machte sich dazu eine gedankliche Notiz. Außerdem durfte er nicht vergessen, dass das dornige Gesträuch zwar einen hervorragenden Sichtschutz bot, gegen Waffenwirkung allerdings alt aussah. Taylor wunderte sich, dass die Russen das Gestrüpp noch nicht mit Sprengmunition zerschlagen hatten, um den Verteidigern die gedeckten Anmarschwege zu nehmen.

Im Osten war die Prärie deutlich zu sehen, eine kleine Tundrafläche, flach wie ein Brett. Auf ihr gab es keine einzige Deckungsmöglichkeit. Der

Kastenwald südlich der Prärie glich einem dunklen Rechteck. Die Bäume standen dicht an dicht, sodass ihre kahlen Kronen zu einer grau-braunen Masse verschwammen. Die Dorfstraße zog sich wie ein matschiges Band durch den ewigen Schnee, zerteilte den Verfügungsraum beinahe mittig in zwei Hälften.

Die Mauerreste der Ruinenstadt ragten wie Fragmente eines zersplitterten Knochens aus der Erde. Es waren graue, rote und braune Trümmerstätten, durchlöchert, zerschlagen, aufgesprengt. Auf den Äckern östlich, nördlich und westlich von Ruinenstadt standen vereinzelt Laubbäume, die blätterlosen Wipfel besetzt mit Krähen.

Die Sowjets hatten in diesem Frontabschnitt bereits hunderte Männer in sinnlosen Angriffen verloren. Ihre Leichen, zerschossen, zertreten, steif gefroren, lagen vor den deutschen Stellungen. Die Verteidiger hatten die zerfetzten und aufgesprengten Leiber der gefallenen Rotarmisten zu Haufen zusammengetragen, um an ihnen vorbei freies Schussfeld zu haben. Es war clever und furchtbar zugleich, die Leichen des Feindes nicht zu vergraben, denn so war er bei jedem neuerlichen Vorstoß gezwungen, über Äcker vorzurücken, die mit den Körpern seiner toten Kameraden übersät waren.

Taylor erlangte eine recht präzise Vorstellung davon, wie die Leichname mittlerweile aussahen, die möglicherweise schon Wochen herumlagen, Wind und Wetter ausgesetzt. Fette Maden wühlten sich durch das tote Fleisch. Trotz der Kälte hielt ein bestialischer Gestank den gesamten Frontabschnitt in seinem Griff.

Eine Ahnung davon erreichte sogar die Brandenburger auf dem Gipfel der Wetterspitze. Schwarze Vögel kreisten über den Körpern, ganze Pulks von ihnen stürzten sich auf sie hernieder und kämpften um das verwesende Fleisch. Die Aasvögel konnten sich dieser Tage nicht über mangelnde Nahrung beschweren. Ihr Krächzen wurde vom Wind bis an die Ohren der Brandenburger herangetragen. Es vermischte sich mit dem Pfeifen der Windböen.

Südlich der Weggabelung waren zudem an die dreißig Gräber zu erkennen. Einfache Holzkreuze, versehen mit Stahlhelmen, Hundemarken und persönlichen Gegenständen zierten die aufgehäuften, mit Schnee bedeckten Hügel.

Taylor wandte den Blick ab von diesem Feld des Todes. Er folgte dem Laufgraben hinüber zum Südwestrand der Wetterspitze. Zu seinen Füßen lag nun der Schwarzwald. Seufzend nahm Taylor das weite, weiße, eintönige Land in Augenschein, das sich hinter der Wetterspitze entfaltete. Am Horizont erkannte er eine große Ansammlung von Bauwerken: hochgewachsene Gebäude, Fabrikschornsteine – Witebsk.

Die weißrussische Hafenstadt lag an der Düna, die sich wie ein blaues Band durch das weiße Land schlängelte. Ihre Peripherie war in die Moltke-Linie integriert. Ohne Fernglas vermochte Taylor keine Einzelheiten zu erkennen, doch er war sich sicher, ein geschulter Beobachter vermochte von der Spitze dieses Hügels aus die deutschen Stellungen vor der Stadt einzusehen. Zudem verwendeten die Russen oft Fesselballons als Beobachtungspunkte. Ein solcher Ballon auf der Wetterspitze würde den Wirkungsgrad eines Beobachters vervielfachen.

Fritze trommelte seine Unterführer schließlich am Südhang zusammen und gab einige Erläuterungen zur Feindlage ab. Der Iwan hatte sich, neben seinem Vorposten auf dem Kuhdamm, in die im rückwärtigen Raum liegenden Wälder zurückgezogen, von wo aus er bereits mehrere Attacken über die offenen Äcker gegen die deutschen Positionen versucht hatte. Jede war bis dato abgeschlagen worden, jedes Mal waren die Russen kopflos ins deutsche Feuer hineingerannt, getrieben von hasserfüllten Offizieren und Kommissaren.

Die Rote Armee war 1941 in einem katastrophalen Zustand gewesen, hatte zeitweise allerdings große Fortschritte gemacht, was Taktik, Ausbildung und Menschenführung anbelangte. Die militärischen Erfolge aber waren ausgeblieben. Mittlerweile stand das vierte Jahr des deutsch-sowjetischen Krieges vor der Tür, und nach wie vor hatte die Rote Armee keine kriegsentscheidenden Fortschritte erzielen können. Die Gebietsgewinne gegen die Wehrmacht waren marginal und nahezu unbedeutend.

Die Führung der Sowjets, speziell Stalin, schien ob der ausbleibenden Erfolge immer nervöser zu werden. Es hatte Zeiten gegeben, da hatte die Rote Armee das stumpfe, kopflose Anrennen gegen die deutschen Stellungen nahezu völlig aufgegeben. Diese Zeiten waren anscheinend schon wieder vorüber; die riesige Sowjetunion setzte mittlerweile wieder mehr auf pure Menschen- und Materialmassen, mit denen die deutschen Eindringlinge einfach erdrückt werden sollten. Junge, schlecht ausgebildete Unterführer und fachfremde Kommissare, von denen unrealistische Erfolge verlangt wurden, waren längst zu alten Mustern zurückgekehrt. Die Verlustzahlen der Sowjets schnellten entsprechend in die Höhe, hatten durch die jüngste Großoffensive bereits wieder horrende Ausmaße erreicht. Die Zahl der Gefallenen war russischerseits fünfmal so hoch wie auf deutscher Seite.

Es war für den deutschen Soldaten natürlich eine große Erleichterung, zu erfahren, dass nicht nur die eigene Seite von Mangelerscheinungen geplagt wurde. Bei der deutschen Wehrmacht gingen das Personal, das Material, der Sprit, die Waffensysteme und so ziemlich alles andere zur Neige. Auch der Ausbildungsstand des Ersatzes ließ von Jahr zu Jahr mehr zu wünschen übrig. Da war es Balsam für die Soldatenseele, dass das maßlose Schlachten im Ostkrieg auch an der Roten Armee nicht spurlos vorüberging.

Die internationale Presse prophezeite den Achsenmächten regelmäßig ihren Untergang, wie Taylor so hörte, und wie er in der Schweiz oft genug in den Zeitungen gelesen hatte. Taylor aber mochte nicht recht daran glauben.

Immerhin, so schlecht lagen die Dinge für das Reich nicht: Die Invasion im Westen war abgeschlagen, im Osten hielt die Moltke-Linie nach den gewaltigen Rückzugbewegungen der Achse. Die Amerikaner schienen unentschlossen ob weiterer Einsätze ihres Heeres in Europa, die Briten verzettelten sich mit Angriffen im Mittelmeerraum.

Die Brandenburger traten schließlich über den Südhang der Wetterspitze den Rückweg an. Sie stapften durch den Schnee, erreichten die Dorfstraße, der sie für einige hundert Meter gen Norden folgten. Ein gutes Stück vor der Gabelung bogen sie scharf nach rechts ab, kämpften sich durch eine weite, mit Brombeersträuchern und anderem Gestrüpp übersäte Heide, wo ein Alarmposten der Grenadiere lag. Taylor erhielt den Auftrag, sich dem Posten zu nähern, die Parole durchzugeben und die Ankunft seiner Kameraden anzukündigen. Die Verbindungsaufnahme mit eigenen Alarmstellungen war immer eine heikle Sache. Oft waren die eingeteilten Landser todmüde oder viel zu nervös. In beiden Fällen lag der Zeigefinger locker am Abzug, was zu Verlusten durch eigenen Beschuss führen konnte.

Die Verbindungsaufnahme lief in diesem Fall jedoch problemlos ab. Der Gewehrführer in der Alarmstellung, ein alter Veteran, der wegen der Kälte vermummt war bis auf die Augen, zeigte sich entspannt. Taylor und die anderen Brandenburger passierten den Posten und betraten den Kastenwald, an dessen Südrand, auf der Höhe von »Heimat«, sie den Gefechtsstand des Kompanieführers vorfanden.

Oberleutnant Boll von den Pionieren sowie Hauptmann Graf erwarteten Fritze und seine Männer bereits. Bei einer Feuerstelle, wo aus Brettern und Stämmen einige Sitzgelegenheiten zusammengezimmert worden waren, kamen die Soldaten zusammen. Die beiden Opel-Lastwagen der Kompanie parkten hinter der Feuerstelle auf der Freifläche. Sie dienten wegen Treibstoffmangels derzeit nur als Windschutz und Wohnunterkünfte. Schlafsäcke, Decken und Stroh lagen auf den Ladeflächen verteilt.

Oberleutnant Boll war ein drahtiger Bursche Mitte zwanzig. Auf den ersten Blick wirkte er ungestüm, draufgängerisch. Taylor befiel das Gefühl, Boll war auf Orden aus.

Der Hauptmann von den Grenadieren, dieser Graf, schien allerdings ein bodenständiger Geselle zu sein. Der aus dem ostpreußischen Landkreis Elchniederung stammende Offizier hatte Hände wie Schaufeln, Beine wie Baumstämme. Ein riesiger Kerl, der aber eine Gutmütigkeit ausstrahlte, dass Taylor sich in seiner Nähe gleich wohlfühlte. Graf hatte viel von einem sorgenden Vater an sich, der seine Kinderlein zu beschützen suchte. Er schien auch Ahnung von seinem Fach zu haben und brachte mit seinem fortgeschrittenen Alter und vielen Jahren Kampferfahrung das nötige Format mit, eine Kompanie zu führen. Ja, dieser Graf machte auf Taylor gleich einen guten Eindruck, und dessen Männer schlugen in eine ähnliche Kerbe. Wohin Taylor auch schaute, er sah harte Hunde, gestählt durch ungezählte Gefechte und monatelanges Ausharren bei Kälte, Schnee, Hagel und im Schlamm. Wettergegerbte Gesichter linsten aus den Deckungslöchern. Schmutzige Gestalten wanderten durch den Wald. Ihre Waffen aber waren blitzblank.

Eine Gruppe saß beisammen, reinigte ein MG und die Gewehre. Auch Helme, Koppel und Ausrüstung befanden sich in tadellosem Zustand, was für die Professionalität der Grenadiere sprach.

Das Gespräch zwischen Fritze, Graf und Boll war nur von kurzer Dauer, zumal die drei auch schon am Morgen zusammengekommen waren. Fritze stellte seine Unterführer vor. Hände wurden geschüttelt. Graf erkundigte sich sogleich, ob es den Brandenburgern an irgendetwas mangelte.

»Ein paar Weiber«, erwiderte Schneider feixend. Graf verwies lachend an die Sturmpioniere mit der Begründung: »Weiber gibt es bei denen. Bei mir dienen nur Männer.«

Boll fand das gar nicht witzig, grummelte etwas in seinen Dreitagebart hinein. Der Oberleutnant schien auch den bunten Brandenburgern sehr skeptisch gegenüberzustehen, warf vor allem Ryan immer wieder einen argwöhnischen Blick zu, seitdem der Brite einmal den Mund aufgemacht und seinen Akzent offenbart hatte.

Taylor dachte sich seinen Teil. Er hatte Typen wie diesen Boll schon zu Genüge kennenlernen dürfen ... doch er war sich sicher, seine Kameraden würden auch dem verklemmtesten Sturmpionier noch beibringen, dass auch ein fremdländischer Soldat seinen Kampfwert hatte.

Schließlich verabschiedeten sich die Brandenburger und traten den Rückweg an. Fritze eilte noch einmal zurück, denn er hatte vergessen, nach den Anfahrtswegen für den Nachschub zu fragen. Plötzlich erklang ein schrilles, hundertfaches Pfeifen. Es kam aus nordöstlicher Richtung, zischte rasend schnell heran.

»Volle Deckung!«, brüllte Schneider. Die Brandenburger sprangen zu Boden, drückten ihre Leiber in den Schnee, pressten die Hände gegen den Helm.

Noch ehe die erste Artilleriegranate krepierte, flammte Gewehrfeuer drüben bei der Ruinenstadt auf. Das Knallen der Waffen ging nur einen Wimpernschlag später im Aufschlagen und Detonieren dutzender Sprenggeschosse unter. Die gegnerischen Kanoniere schossen sich auf den Kastenwald ein.

Bäume barsten durch direkte Treffer. Riesige Stämme knickten ab wie Streichhölzer. Das Holz des Waldes knirschte und knackte. Männer brüllten durcheinander. Splitter zwitscherten durch die Luft.

Taylor warf schützend die Arme über den Kopf, als über ihm eine Granate in die Baumkronen einfuhr und Holz und Astwerk heraussprengte. Mächtige Kiefern, Föhren und Eichen langten mit herabfallenden Zweigen nach den Brandenburgern. Äste regneten auf Taylor herab, der wie durch ein Wunder unverletzt blieb.

Die Männer des 1. Zuges suchten Deckung hinter dicken Stämmen und in Mulden im Erdboden. Grafs Grenadiere duckten sich in ihren Deckungslöchern weg. Sie alle machten sich klein und hässlich, wie es im Soldatenjargon hieß, und harrten so im feindlichen Beschuss aus, hoffend, dass sie ihn überleben würden.

Das Artilleriefeuer der Sowjets dauerte nur einige Minuten an. Es verebbte so plötzlich, wie es gekommen war. Äste, Tannenzapfen und feine Partikel rieselten zur Erde, als die letzten Detonationen längst verhallt waren. In und vor Ruinenstadt belferten Maschinengewehre, klopften Karabiner. Das Gefecht im Nordwesten wurde wieder zum bestimmenden Faktor in der Geräuschkulisse, während die Ohren der Soldaten durch den Granatenbeschuss noch klingelten.

Allmählich verringerte Taylor den Druck, den seine Handflächen auf seine Ohrmuscheln ausübten. Seine Finger zitterten, als stünde er unter Strom. Sein Puls hämmerte unbändig, hämmerte ihm bis in den Kopf hinein. Sein inneres Ohr fiepte. Eisige Kälte hatte sich zudem durch seine Uniform gefressen, nasskalter Schnee klebte an ihm. Taylor fror bitterlich.

Um ihn herum erhoben sich die ersten Soldaten. Männer husteten, stöhnten. Ein spitzer Schmerzensschrei hallte durch den Kastenwald.

»Adam!«, brüllte Schneider. »ADAM!«

Eine Antwort bekam er nicht.

Taylor raffte sich auf. Schnee überall. Seine Fingerknöchel und Fußspitzen brannten vor Kälte. Sie fühlten sich an, als wären Knochen und Gewebe gewachsen und drohten nun, aus der Haut zu platzen.

Taylor griff nach dem kalten Stahl seines Gewehrs 44, das er, als der Beschuss eingesetzt hatte, achtlos fortgeworfen hatte. Er musste sich wirklich erst wieder an die Front gewöhnen. Er rieb sich die Augen, schaute sich um. Zersplittertes und zerschlagenes Holz bedeckte den Boden, mächtige Bäume waren abrasiert oder entwurzelt worden, lagen quer im Wald.

Landser mit stumpfen Blicken richteten sich hier und dort auf, liefen umher. Unterführer versuchten, Ordnung ins Chaos zu bringen. Rufe gellten durch den Forst. Boll, der Sturmpionier, sprang wie ein aufgescheuchtes Huhn zwischen den Grenadieren herum, wusste scheinbar nicht, wohin mit sich.

Noch immer knallten die Waffen bei der Ruinenstadt. Taylor schaute in die entsprechende Richtung, doch die Brombeersträucher und die auf den Feldern stehenden Föhren versperrten ihm die Sicht.

»ADAM! Verdammte Scheiße!«, plärrte Schneider aus voller Lunge. Kaminski, Huber und Ryan schauten sich ebenso um, riefen nach ihrem Zugführer.

Taylor fasste sich an den Schädel, der schmerzte, und trottete Schneider entgegen.

»Verflixt! Wo steckt der Knabe?«, knurrte der Oberfeldwebel. Er erteilte nebenbei Aufträge, schickte unter anderem Kaminski los, den Zug holen. Die Männer sollten sich bei der Hütte sammeln, einen Verbindungsmann zum Kastenwald vorschicken und auf weitere Befehle warten. Ryan machte sich sofort in Richtung der Kolchose auf, um die Kameraden dort aufzunehmen und einzuweisen.

»He da!«, hörte Taylor in diesem Augenblick Hauptmann Graf rufen. Er sah den Offizier als winkende Gestalt auf sich und Schneider zulaufen. Überall im Wald wuselten dessen Männer umher. Waffenschlösser schnappten, Ausrüstung klapperte.

Plötzlich krachte ein 42er-Maschinengewehr der Grenadiere los. Der Schütze schickte lange Feuerstöße in Richtung Prärie. Gewehre und Maschinenkarabiner stiegen im selben Augenblick in das Konzert der Waffen ein.

Hauptmann Graf zuckte merklich zusammen, drehte sich nach seinen Männern um, schien die Brandenburger schon wieder vergessen zu haben.

Taylor war in diesem Augenblick, als trüge der Wind ein entferntes »Urääää!« an sein Ohr heran. Trotz des Krachens und Belferns dutzender Waffen konnte er es hören. Er sah Graf nach, der sich eiligst in eine Stellung begab und die Schirmmütze gegen einen Helm tauschte.

»Wolle!« Schneider brüllte Huber hektisch an. »Los, Junge! Adam suchen!«
Huber nickte, machte sich auf die Socken.

»Thomas!«

»Hier!«

»Weiter nach vorne! Du bist mein Auge am Feind. Feuervorbehalt durch
mich!«

»Auge am Feind, Feuervorbehalt!« Taylor keuchte schon von der Befehlswiederholung. Er beugte sich vor, drückte sich vom Boden ab. Ein kurzer
Sprint brachte ihn zu einem dicken Baum, neben dem er sich bäuchlings zu
Boden warf. Nasser Schnee spritzte ihm ins Gesicht. Seine Atmung raste. Der
Stahlhelm rutschte ihm ins Gesicht. Er zog ihn zurück, lugte unter dem stählernen Rand hervor auf die Tundra-Ebene, die vor dem Kastenwald lag. Eine
einzige, olivfarbene Masse überschwemmte das Gelände. Rotarmisten! Zu
Hunderten preschten sie über die Prärie vor. Kraftvoll ließen sie ihren Kampfschrei ertönen, ihr wildes »Uräääää!«, das dem Luftdruck einer Detonation
gleich über die deutschen Stellungen hinwegfegte und den Verteidigern das
Blut in den Adern gefrieren ließ. Grafs Männer warfen ihnen alles entgegen,
was sie aufzubringen vermochten. Maschinengewehre knatterten, Granatwerfer ploppten, Maschinenkarabiner tackerten, Gewehre knallten. Sie fällten ungezählte Rotarmisten, doch das hielt den Feind nicht auf. Stumpf
rannte er gegen den Kastenwald an.

Kleine Reitertrupps, 20 bis 25 Mann stark, bewaffnet mit Gewehren und
Säbeln, galoppierten rechtsumfassend in die Flanke der Grenadiere. Sie waren wie aus dem Nichts gekommen und hatten die Waldkante schon fast erreicht.

Hauptmann Grafs Befehle, aus heiserer Kehle gebrüllt, schallten durch das
Unterholz, ergänzt durch die Kommandos seiner Unterführer. Sie übertönten
gar das schreckliche Stakkato des Kampfes. Der an der rechten Flanke liegende MG-Trupp riss die Waffe herum. Glühenden Pfeilen gleich spritzten
seine Kugeln den in den Forst eindringenden Reitern entgegen. Die Projektile
durchschnitten Leiber von Mensch und Tier, brachten Pferde zu Fall. Soldaten

wurden unter ihren Tieren begraben, ihre Körper unter dem Gewicht zerdrückt. Der Angriffsversuch geriet binnen Sekunden zum Massaker. Wen das fauchende MG noch nicht gefällt hatte, der ergriff schlagartig die Flucht. Zu Pferde oder zu Fuß galoppierten, rannten, krochen die Kavalleristen in die Richtung zurück, aus der sie gekommen waren. Hauptmann Graf ließ das MG wieder zurückschwenken, ließ es zusammen mit den anderen Maschinengewehren und Gewehren vor dem Kastenwald wirken. Die auf der Freifläche ins deutsche Feuer geratenen Sowjets wurden umgemäht wie Spielkarten im Sturm. Gruppen, Züge, ganze Kompanien schmolzen im Kugelhagel der deutschen Waffen dahin. Handgranatentrupps setzten derweil den fliehenden Reitern nach. Dumpf schallten die Detonationen durch den Wald. Die Pferde brüllten fürchterlich, fürchterlicher noch als die Menschen.

Taylor zollte Hauptmann Graf gedanklich seinen Respekt für die straffe Organisation und Führung der Kompanie. Die Verteidigung des Waldes funktionierte wie ein Uhrwerk, präzise und routiniert. Taylor fasste seinen Maschinenkarabiner fester, drückte sich den Kolben an die Schulter, blickte über Kimme und Korn auf die ins deutsche Feuer rennenden Rotarmisten. Schon jetzt war abzusehen, dass kein einziger von ihnen die Waldkante lebend erreichen würde. Die Prärie bot ihnen keinen Schutz, keine Versteckmöglichkeiten. Sie waren chancenlos.

Wie Vieh zur Schlachtbank, sinnierte Taylor. Er legte den Zeigefinger auf den Abzug, beobachtete mit konzentrierter Miene das Geschehen.

Ein wahres Sturmgewitter aus Blei riss Rotarmist um Rotarmist von den Beinen. Granateinschläge setzten Wirbelstürme aus Splittern frei, die grausam unter den Angreifern wüteten. Aus einem formierten Angriff wurde ein heilloses Durcheinander. Viele ließen die Waffen fallen, nahmen die Beine in die Hand und rannten, was das Zeug hielt, zurück in den Ostsack, aus dem sie gekommen waren. Die Deutschen feuerten auf die Flüchtenden, brachten noch Dutzende zu Fall. Wimmernde Seelen und im eigenen Blut liegende Schreiende blieben zurück.

Taylor bemerkte Kaminski, der im Laufschritt aus dem rückwärtigen Raum herbeirannte und Schneider Meldung erstattete. Der Zug hatte seine Ausgangsposition erreicht, doch ein Eingreifen war nicht mehr notwendig. Hauptmann Graf und seine Grenadiere hatten die Situation unter Kontrolle. Die zurückströmenden Roten entfernten sich weiter und weiter. Vor den Stellungen der Deutschen hatten sich wahre Leichenberge aufgetürmt. Auf der rechten Flanke wieherten Pferde elendig, sie schlugen mit den Hufen. Die durchlöcherten Tiere wollten noch nicht akzeptieren, dass sie des Todes waren. Verwundete krochen über die Prärie, schrien sich die Seele aus dem Leib, oder lagen stumm da und erwarteten ihren Schöpfer. Hier und da reckten Überlebende ihre Hände in die Höhe. Blutverschmierte Gesichter zeigten sich den Deutschen.

»Keine Gefangenen!«, brüllte Graf. »PARDON DARF NICHT GEGEBEN WERDEN!«

Die Waffen sprachen. Ein wahrer Schwall glühender Geschosse fegte wie eine Welle über die Prärie, erfasste die bibbernden Körper, zerschlug sie, warf sie in den Schnee. Zurück blieben noch mehr brüllende Verwundete, die sich krümmten, die nach ihrer Mutter schrien, die sich zusammenrollten wie Säuglinge.

Der Hauptmann ließ bald darauf zwei Trupps zusammenstellen, die ins Vorgelände liefen und die niedergemähten Soldaten des Feindes auf Brauchbares durchsuchten. Wo ein noch lebender Rotarmist aufgefunden wurde, ertönte ein Schuss.

Taylor schluckte, ließ seine Waffe langsam in den Schnee sinken. Er zitterte heftig. Das hatte er vergessen … hatte vergessen oder zumindest verdrängt, was Krieg war. Oder Taylor selbst hatte sich schlicht verändert, war nicht mehr so hart wie früher. Er wusste es beim besten Willen nicht.

Von Fritze fehlte nach wie vor jede Spur. Huber lief umher, suchte, befragte Grafs Landser. Schneider eilte zum Gefechtsstand des Hauptmanns, traf einige Absprachen und kehrte zu Taylor zurück. Ein Gefreiter der Grenadiere tauchte plötzlich auf, meldete sich bei den Brandenburgern. Seine Kameraden hatten Fritzes Leichnam gefunden, verborgen unter dem Nadelkleid einer umgestürzten Tanne. Ein großer Granatsplitter hatte dem Oberleutnant den Schädel geöffnet.

Schneider und Taylor wechselten einen vielsagenden Blick. Nicht nur war mit Fritze ein guter Kamerad und Freund von ihnen gegangen … nein, auch war Schneider soeben zum Zugführer aufgestiegen.

Kapačy, Sowjetunion, 08.12.1944

Mstsislaw war am Vortag von den schier unaufhaltsam vorpreschenden Sowjets eingenommen worden, die deutschen Verbände und die der Verbündeten waren weiter im Rückzug begriffen. Engelmanns Kompanie hatte nach schweren Kämpfen zwei Panzer verloren, einen durch einen Motorschaden; der andere war auf eine Mine aufgefahren und mussten aufgrund der hart nachstoßenden Feindkräfte gesprengt werden. Somit standen ihr zur Stunde vier Tiger-Panzer zur Verfügung, das waren die Wagen von Stendal, Perscher, Centkiewicz und Engelmann selbst, wobei Perschers Tank nur noch mit dem Bug-MG Deckungsfeuer geben konnte, denn der Turm hatte sich nach einem unglücklichen Treffer unwiderruflich verkeilt und die I-Staffel war mit dem Rest des Nachschubs bereits weiter zurückgeströmt. Vorerst musste die 2. Kompanie so klarkommen.

Engelmanns Panzer standen in einem winzigen Bauerndorf mit dem Namen Kapačy, das sich wenige Kilometer westlich von Mstsislaw befand. Seit dem frühen Morgen ballerte die russische Artillerie immer wieder kurze Salven in das Dorf und die umliegenden Kolchosen hinein. Alte Frauen, Greise und Kinder flohen mit allem, was sie tragen konnten, gen Westen.

Engelmanns Einheit war auf sich gestellt, kein einziger Infanterist befand sich in Kapačy. Nördlich des Dorfes lagen wohl deutsche Grenadiere in einem Fichtenwald, den sie vorerst halten sollten, um den Rückzug der übrigen Kräfte zu decken. Ob besagte Grenadiere wirklich vor Ort waren, konnte Engelmann nicht verifizieren, denn auf den Frequenzen, die ihm zur Verbindungsaufnahme genannt worden waren, erreichte er niemanden.

Hauptmann Engelmann, er war am Vortage via Ferngespräch offiziell befördert worden, hatte den Auftrag erhalten, bis auf Weiteres die Stellung zu halten, mindestens für 20 Stunden. Danach dann sollten sich seine Panzer nach Mogilew zurückziehen, hinter die Moltke-Linie.

Ein letztes Mal hatte der Tross der 2. Kompanie die Tiger mit Munition und Betriebsstoffen versorgt und ihre Besatzungen verpflegt. Die Tiger der Kompanie waren entsprechend mit Benzin vollgetankt worden, Munition lag bei 70 Prozent. Es mangelte an Panzergranaten. Weiter führten die Tankbesatzungen Nahrungsmittel für fünf Tage mit sich und hatten zusätzliche Handwaffen, Leuchtmittel, Handgranaten, Decken, Werkzeuge und Verbandszeug empfangen. Stendal, zuständig für die Versorgung der Wagen, hatte quasi alles aufladen lassen, was der Tross hergab, der sich nun anschickte, nach Mogilew zu verlegen.

Engelmann stand am Rande der einzigen Straße, die durch das Dorf führte. Holzkarren mit vorgespannten Gäulen waren zu einer langen Linie aufgereiht. An der Spitze ein Krad samt Beiwagen, in der Mitte ein Halbkettenfahrzeug mit aufgepflanzter Flak.

Engelmann tätschelte den Hals einer schwarzen Stute, die verächtlich schnaubte. Überall dort, wo das Zaumzeug gegen ihren Leib drückte, hatte es das Fell abgeschabt und wunde Stellen verursacht. An den Flanken zeichnete sich das Knochengerippe des Tieres ab. Seinen großen, trüben Augen war anzusehen, dass es die Strapazen des Krieges nur allzu widerwillig ertrug. Der Hauptfeldwebel, ein begeisterter Pferdenarr und im zivilen Leben Hufschmied von Beruf, striegelte die Tiere täglich oder überwachte deren Pflege mit Argusaugen. Er tat, was er konnte, doch auch seine Mittel waren begrenzt.

Engelmann setzte den Tross in Marsch. Peitschen knallten, Pferde wieherten. Müde und abgekämpfte Gesichter steuerten die durchlöcherten Holzwagen auf der zur Spiegelfläche gefrorenen Rollbahn, die nach Mogilew führte. Über Lastkraftwagen verfügte die Kompanie schon seit einiger Zeit nicht mehr. Die rote Abendsonne kämpfte sich durch die Wolkendecke, tauchte die Welt in lange Schatten. Die weißgekleidete Landschaft blitzte unter den Sonnenstrahlen. Die Pferdekutschen des Trosses wurden kleiner und kleiner. Zurück blieben vier deutsche Panzer, die für die nächsten 20 Stunden auf sich gestellt waren.

Perscher und Centkiewicz lagen jeweils links und rechts des Dorfeingangs in der Sicherung. Die beiden anderen Panzer waren zwischen einigen Ruinen in der Siedlungsmitte untergezogen, um über die Hauptstraße rasch alle Punkte der Ortschaft erreichen zu können. Um Mitternacht herum würden die Panzer die Positionen tauschen.

Mit im Fell des Mantels vergrabenen Händen trottete Hauptmann Engelmann zwischen den Schuttbergen Kapačys umher. Die meisten Gebäude waren bis auf ihre Grundmauern niedergerissen. Hier und dort ragten einzelnstehende Schornsteine in den Himmel, knöchernen Fingern gleich. Leichen lagen unter den Trümmern begraben. Zerquetschte Gliedmaßen lugten unter den Schuttbergen hervor ... Zivilisten, der bunten Kleidung nach zu urteilen.

Engelmann war, als wanderte er durch ein Geisterdorf. Er rümpfte die Nase beim Gestank des Todes, des Schießpulvers und des Feuers, der das Dorf in

Beschlag genommen hatte. Eisige Böen fegten zwischen den Schutthaufen hindurch. In der Ferne rumste die *Ratsch-Bumm* des Gegners, doch ihre Geschosse waren nicht für Kapačy bestimmt. Sie gingen anderswo hernieder.

Es dunkelte. Beginnende Finsternis stülpte sich über die Reste Kapačys wie ein düsterer Krake. Im Schummerlicht kehrte Engelmann ins Zentrum des Dorfes zurück. Überall um die Ortschaft herum blitzte der in der Schwärze der Nacht verschwindende Horizont im Gewitter des Krieges auf. Es schien, als stünde die ganze Welt in Flammen, mit Ausnahme Kapačys, das zum Hort des Friedens geworden war. Ein schauriger Hort des Friedens, der Engelmann eiskalte Schauer über den Rücken laufen ließ.

Stendal kletterte auf dem Turm seines Tigers herum. Das dämliche Schwert des Reservisten klapperte wieder und wieder gegen den Stahl des Panzers. Engelmann ignorierte den Reserveleutnant so gut es ging seit dem jüngsten Zwischenfall. Er besprach nur das militärisch Notwendige mit ihm, hielt sich ansonsten bedeckt. Wollte auch möglichst nichts mit Stendal zu tun haben.

Planken, Bock, Wölk, Sander und Birne standen in gebeugter Körperhaltung im Kreis. Eine glühende Zigarette machte die Runde. Etwas abseits hockte Jahnke über einem Eimer mit heißem Wasser, aus dem Dampf aufstieg. Der Gefreite putzte sich schweigend die Zähne. Neben ihm die Feuerstelle, wo keine Flamme mehr in die Höhe leckte. Verkohlte Holzscheite glühten traurig vor sich hin.

Die Männer waren dreckig, ihre Uniformen verfilzt, zerrissen, geflickt. Die Gesichter und Glieder mit Wunden und Verbänden bedeckt. Da half auch Jahnkes Abendtoilette nichts ... Engelmanns Leute befanden sich in einem grässlichen Zustand.

»Erinnert mich später daran, dass ich der Führung für dieses wundervolle Wochenende in Weißrussland danke«, brummte Bock mit leichtem Zittern in der Stimme. Die anderen nickten stumm.

»Nun nimmt jeder noch einmal einen kräftigen Zug und dann will ich freigemachte Oberkörper sehen!«, rief Stendal mit einer Freude in der Stimme, die auf Engelmann einen völlig deplatzierten Eindruck erweckte. Der Südtiroler sprang auf den Unterwagen seines Panzers, und weiter auf die Erde.

»Auf, auf, meine Herren!«, trieb er die Männer an. »Nehmen Sie sich ein Beispiel an dem Herrn Gefreiten.« Stendal wies auf Jahnke.

»Hörst du, alter Dickschädel?«, blökte Planken. »Jetzt bist du schon ein Beispiel!«

Jahnke grinste müde, auch die anderen rangen sich einen heiteren Gesichtszug ab, der nur für einen winzigen Moment anhielt. Murrend zogen sie Mäntel, Pullover und Hemden aus, ehe sie sich um den Eimer Wasser versammelten. Es kostete wahrlich Überwindung, bei Minusgraden die Klamotten abzustreifen, doch sie gehorchten dem Leutnant, denn sie wussten, dass Stendal in Sachen Hygiene Rückendeckung von Engelmann genoss.

Der junge Reserveleutnant zog los, um den Rest der beiden Besatzungen herbeizuzitieren. Engelmann starrte schweigend auf die in der Dunkelheit leuchtenden Oberkörper.

»Na, dass uns der Iwan die Nacht mal nicht verhagelt«, berlinerte Planken vor sich hin, ehe er begann, sich über die magere Verpflegung zu beschweren.

*

Der Iwan sollte die 2. Kompanie tatsächlich in Ruhe lassen. Außer einem Fehlalarm nach Mitternacht, bei dem Stendals Funker irgendwelche Tiere für einen feindlichen Infanterieangriff gehalten hatte, geschah nichts Außergewöhnliches.

Am nächsten Morgen, die ersten Sonnenstrahlen blitzten gerade über den Horizont, nahm Engelmann Funkkontakt zur Abteilung auf. Zu seiner Überraschung bekam er sogleich Major Boss zu sprechen, der den sofortigen Abmarsch der Kompanie anordnete. Boss gab dabei zwischen den Zeilen zu verstehen, dass es nicht nur zurück nach Mogilew gehen würde. Nein, die Abteilung würde in einen ganz anderen Verfügungsraum verlegt werden – einen Verfügungsraum, in dem es noch mehr brannte als in diesem Frontabschnitt. Engelmann bestätigte, und 30 Minuten später rollten seine Kästen.

Außerhalb von Stalinsk, Sowjetunion, 09.12.1944

Bernings Körper schmerzte. Die Temperaturen lagen dauerhaft weit unter null. Seit drei Tagen schneite es ununterbrochen. Der anhaltende Schneefall hatte dem Unterlager Nummer 3 ein dickes, weißes Kleid verpasst. Meterhoch lag der Schnee auf den Dächern der Baracken. Es machte das Gerücht die Runde, dass in einem der anderen Unterlager ein Flachdach unter den Schneemassen eingestürzt sei und zwei Landser erschlagen hätte.

Die Krematorien der Lager arbeiteten dieser Tage auf Hochtouren. Dicker Rauch stand wie eine Decke über den Holzgebäuden und zeugte von dem grausamen Blutzoll, den der Winter und die harte Arbeit von den Gefangenen einforderte.

Die Dunkelheit des Abends hatte das Zwielicht des Tages abgelöst. Das ganze Lager leuchtete im Glanz des Schnees.

Berning trat von einem Bein auf das andere. Seine Zehen pochten vor Kälte, dabei trug er mit Filz ausstaffierte, russische Winterstiefel. Jeden Morgen beim Erfrierungsappell zogen die Russen einzelne Gefangene heraus, deren Gliedmaßen Erfrierungen aufwiesen, und schleiften sie ins Krematorium. Berning hieß solche grausam anmutenden Maßnahmen gut. Was sollte die Räterepublik auch mit jenen anfangen, die nicht fähig waren zu arbeiten? Jene dem russischen Volk und den Arbeitern und Bauern feindlich gesonnenen Aggressoren konnten wohl kaum erwarten, durchgefüttert zu werden, wo sogar die russische Bevölkerung Hunger litt.

Die beißende Kälte bearbeitete Bernings Gesicht. Er hatte das Gefühl, seine Haut würde jeden Moment aufreißen. Er ging schließlich einige Meter, suchte Schutz in der schmalen Gasse zwischen den beiden Baracken. Er hielt sich sowieso lieber von den einfachen Landsern fern. Er ertrug deren arrogantes Gerede nicht, das Schwärmen von besseren Tagen und das dumme, politisches Gesülze, das nichts als breites Unwissen und Ignoranz offenbarte. Der Faschismus Hitlers und Halders hatte die Männer durch die Hölle des Krieges gejagt und sie schließlich in die entbehrungsreiche Kriegsgefangenschaft getrieben. Dennoch hielten viele an dieser Ideologie fest. Berning war sich sicher, solche Leute wären nicht mehr zu retten. Sie hatten nichts begriffen, feindeten weiterhin alles an, was ihrer Meinung nach zum Bolschewismus zählte.

Immerhin wagten sie sich nicht mehr an Berning heran. Sein Vergeltungsschlag gegen von Hagen, dazu seine Verbindungen zur Kommandantur und seine sich abzeichnende, aus besserer Ernährung resultierende körperliche Überlegenheit waren Faktoren, die den Landsern Respekt einflößten. Gleichzeitig kümmerte sich Berning auch um die, die ihm nahestanden.

Didi, der von den Gefangenen ebenso als Kommunist identifiziert und gescholten worden war, hatte nichts mehr zu befürchten, denn er stand nun unter Bernings Schutz. Für andere, die nach der Arbeit mit Berning und Didi zusammensaßen, Russisch paukten und sozialistische Bücher wälzten, galt das ebenso.

Berning hatte über die letzte Zeit hinweg bereits eine kleine, illustre Truppe um sich scharen können, deren Interesse am Sozialismus ihre große Gemeinsamkeit war. Schade, dass er Rudolf noch immer nicht dafür hatte gewinnen können – schade für Rudolf, denn wer nicht für den Sozialismus war, der war gegen ihn. Sidorenko betonte dies stets.

Natschalnik Berning fummelte sich eine Zigarette aus seiner amerikanischen Pelzjacke, steckte sie zwischen die Lippen, entzündete sie hinter vorgehaltener Hand.

Ahh, seufzte er innerlich, nachdem er den ersten Zug inhaliert hatte. *Das tut gut!*

Berning lehnte sich gegen die kalte Barackenwand, durch die dumpf die Stimmen bedächtig singender Männer drangen. Salbig hatte für den 25. Dezember einen arbeitsfreien Tag aushandeln können, weshalb sich der Lagerchor mit besonderem Elan auf den Heiligen Abend vorbereitete.

Mit Verachtung dachte Berning an das bevorstehende Christfest. Er spuckte grünen Schleim aus, der sich in seinem Mund angesammelt hatte. Sidorenko hatte ihm genau erklärt, was von religiösen Festen zu halten war.

Wie Berning so rauchte und gedanklich immer weiter abschweifte, bemerkte er gar nicht, dass er längst beobachtet wurde. Eine Person lauerte in der Finsternis zwischen den Baracken. Sie näherte sich langsam, schlich sich an wie ein Panther auf Beutezug. Sie drückte sich an der hölzernen Wand der Baracke entlang, kam Berning mit jedem Schritt näher. Die Glieder der Person waren aufs Äußerste angespannt ob der Absicht, die sie verfolgte. Ihre Atmung raste. Die Hände zu Fäusten geballt, schob sie sich Zentimeter für Zentimeter durch den Schnee, darauf bedacht, keine Geräusche zu verursachen.

Berning bemerkte nichts. Seine Lippen bibberten vor Kälte. Von einem Bein aufs andere hüpfend, nahm er nicht wahr, was in seinem toten Winkel geschah. Er nuckelte an seiner Zigarette. Seine Finger zitterten und schmerzten.

Mit einem Mal schnellte die Person vor. Aus dem Augenwinkel bemerkte Berning die Bewegung im allerletzten Moment. Er fuhr herum, sah nur noch, wie ihm ein Landser in zerlumpter Uniform entgegenstürzte.

Der Mann fiel vor Berning auf die Knie, ließ sogleich die Hände vorschnellen, verkrallte sie in Bernings Jacke. Der Natschalnik wollte erst zum Schlag ausholen, dann aber begriff er, dass von dem Kerl keine Gefahr ausging. Der

Unbekannte kniete vor Berning wie ein Untertan vor seinem König, starrte den Natschalnik aus großen Augen an.

Im reflektierten Licht des Schnees erkannte Berning den Mann: Es war von Hagen. Sein untersetztes Gesicht war verheult. Tränen liefen dem Adeligen auch jetzt ungehemmt über die Wangen. »Ich flehe dich an, Franz«, weinte er. Er zerrte an Bernings Jacke, hatte eine Pose absoluter Unterwürfigkeit eingenommen. Er heulte wie ein Schlosshund. »Bitte … bitte … gib sie mir wieder … ich … sie ist alles, was ich hier habe … ich … ich bitte dich, Franz! Bitte …«

»Was willst du?«, fauchte Berning bösartig.

»Bitte … ich flehe dich an … gib mir die Fotografie wieder. Sie ist meine Verlobte … das Bild ist meine einzige Verbindung zu ihr … ich flehe dich an, Franz. Es ist alles, was ich hier habe!« Von Hagen zog noch kräftiger an Bernings Jacke. Er schluchzte wie ein Weib, zog die Nase hoch, bettelte und jammerte. »Ich flehe dich an«, wisperte er, nun kaum mehr hörbar. Verzweiflung bestimmte die Miene von Hagens.

Es dauerte noch einen Augenblick, dann fiel bei Berning der Groschen. Er hatte dem Adeligen, nachdem er ihn verprügelt hatte, irgend so ein Bild abgenommen, das ihn mit seiner Ollen samt Kugelbauch zeigte. Berning hatte die Fotografie ursprünglich als Pfand an sich genommen, um Vergeltungsmaßnamen von Hagens auszuschließen. Doch dann war alles anders gekommen, Berning stand nun unter dem Schutz Sidorenkos. Er brauchte kein Pfand mehr und hatte das Bild daher vollkommen vergessen; er besaß es auch gar nicht mehr. Das Foto hatte zuletzt in der Tasche seiner alten Feldbluse gesteckt, und die hatte gut gebrannt in Sidorenkos Hinterhof.

»Hab' ich weggeschmissen«, zischte Berning gleichgültig. »Und jetzt geh mir aus den Augen!« Der Natschalnik stieß von Hagen in den Schnee. Er wandte sich um, konzentrierte sich wieder aufs Rauchen und zog von dannen. Berning fühlte sich gut, bärenstark.

Zurück blieb von Hagen. Er schluchzte. Kummer und Leid fraßen ihn auf.

Nordöstlich von Witebsk, Sowjetunion, 09.12.1944

Hinter der Kolchose, genannt Heimat, gab es eine verzweigte, hochgewachsene Eiche. Ihre Rinde war zerfurcht, der Stamm besonders dick. Die kahlen Äste wogten im Wind hin und her. Die Eiche war alt, sehr alt. Womöglich hatte sie Jahrhunderte der Menschheitsgeschichte als stummer Zeuge begleitet. Womöglich hatte sie schon gestanden, als eine wahrlich gesamteuropäische Streitmacht durch das ewige Russland gezogen war, um es unter französische Herrschaft zu stellen. Vielleicht hatte die Eiche den schrecklichen Ereignissen beigewohnt, die sich auf dem Rückzug der Grande Armee zugetragen hatten. Jämmerlich verreckten damals die Angreifer, erstarrten sie im Frost des russischen Winters. Sie verhungerten, erfroren, oder wurden abgestochen von wilden Kosaken ... Tausende hatten damals in Russland den Tod gefunden. Vielleicht brach einer dieser glücklosen Soldaten ganz in der Nähe jener Eiche zusammen, zog sich mit letzter Kraft unter den Schutz des Baumes, entschlief im Bette seiner Wurzeln. Die Eiche jedenfalls hatte viele Kriege, viele Schlachten, viel Leid überdauert. Und nun wurde sie einmal mehr Zeuge, wie ein junger Mann, viel zu jung, um eines natürlichen Todes gestorben zu sein, der Erde zugeführt wurde.

Sachte senkten Richter, Blessing, Calvert und Berger Fritzes Leichnam in das ausgehobene Grab hinab. Sie betteten ihn auf einer Ruhestätte aus Tannenreisig. Sie hatten ihren Zugführer zuvor gesäubert, hatten die Uniform gereinigt und hergerichtet. Piekfein sah der Oberleutnant aus, als hätte er auf einer prächtigen Parade den Tod gefunden. Eine Fotografie, die Fritzes Frau und Kinder zeigte, steckte zwischen seinen Uniformknöpfen. Fritzes Haut war aschfahl, sein Körper steif. Er sah unwirklich und wie eine Puppe aus.

Der gesamte Zug hatte sich um das Grab versammelt: Schneider, Taylor, Katczinsky, Calvert, Blessing, Richter, Schumann, Schütz, Berger, dazu die anderen Gruppenführer, Kaminski, Huber und Ryan mit ihren Männern. Auch Hauptmann Graf war anwesend. Sie alle blickten stumm in das Grab hinein, blickten stumm auf den Toten. Es zuckte durch die Herzen, tropfte aus manchem Auge. Der Tod war steter Begleiter des Soldaten. Das hieß nicht, dass der Soldat mit ihm umzugehen vermochte.

Schneider hob den Klappspaten auf, der zu seinen Füßen lag, rammte das Blatt in die steinharte Erde und rang ihr einige Brocken ab, die er behutsam ins Grab fallen ließ.

»Männer«, sprach er mit bebender Stimme. »Wir betten heute einen von uns zur ewigen Ruhe. Der Tod nimmt uns einen guten Führer und treuen Kameraden, doch es ist nicht der Tod, der uns trennt. Im Gegenteil eint er uns alle, denn er kennt keinen Stand und keine Geburtsrechte. Dies gilt für uns Brandenburger umso mehr. Tod und Kampf machen uns härter, und wenn wir irgendwann nach Hause zurückkehren, werden wir bessere Menschen sein.«

Einige der Männer bekreuzigten sich, anderen starrten mit stumpfen Augen auf die Leiche. Die Moslems unter den Brandenburgern brachten ihr »Allah ist groß« auf Deutsch und auf Arabisch zum Ausdruck.

Schneider reichte den Spaten weiter. Reihum ging das Werkzeug, ein jeder schaufelte einen Schwall Erdreich ins Grab. Um den Toten schloss sich die Erde, wölbte sich ein Hügel. Schneider steckte ein hölzernes Kreuz darauf.

Taylor schaute sich unter seinen Kameraden um; die Männer waren sichtlich ergriffen. Die Miene Schneiders war wie versteinert. Unmöglich, zu erraten, was der Oberfeldwebel in diesem Moment dachte und fühlte. Schneider befahl dem Zug schließlich, abzurücken. Die Elitesoldaten machten kehrt, trabten wortlos zurück zur Talhütte. Taylor bemerkte, dass Richter hinkte.

*

Schneider hatte Fritzes Geländesandkasten aus der Talhütte heraus nach draußen verlegen lassen, wo er den gesamten Zug nun sammeln ließ. Taylor hatte das Kommando über die 1. Gruppe übernommen, damit sich Schneider auf seinen Posten als kommissarischer Zugführer konzentrieren konnte. Der Tod Fritzes war bereits an die Division gemeldet worden, die versuchen wollte, die Nachricht an den Sonderverband 804 weiterzuleiten. Bis dahin mochten allerdings Wochen vergehen.

Indes blieb es keinen Tag friedlich an der Wetterspitze. Immer und immer wieder versuchte sich der Russe an den deutschen Linien, indem er Spähtrupps aussandte, die einen Postenklau probierten oder nach Lücken in der Verteidigung suchten. Oftmals waren diese Trupps auf Skiern unterwegs. Die geübten Langläufer agierten unglaublich fix auf ihren Brettern und waren nicht zu fassen. Wurden sie einmal entdeckt, verschwanden sie blitzschnell, tauchten anderswo wieder auf, stifteten Unruhe, verschwanden erneut.

»Herhören, Männer!« Mit lauter Stimme vereinte Schneider die Aufmerksamkeit auf sich.

»Ich habe mich mit den Herren Offizieren Graf und Boll auf einen Kriegsplan verständigt, den ich euch im Folgenden erläutern will. Im Anschluss haben die Gruppenführer alle Maßnahmen zu ergreifen, den Plan in die Tat umzusetzen. Vollzugsmeldung bis Einbruch der Nacht an mich.«

Die Männer nickten, die Blicke richteten sich auf den Sandkasten. Taylor hingegen musterte Calvert, der innerlich sehr bewegt schien. Mit verbissener Miene stand der Südafrikaner da, die Augen zuckten. Taylor fasste den Entschluss, abermals mit Schneider reden zu wollen. Vielleicht konnte er endlich dafür sorgen, dass Schneider und Calvert redeten, am besten unter vier Augen. Die Sache musste schnellstmöglich bereinigt werden, noch vor dem nächsten Kampfeinsatz.

»Unser Stützpunkt wird die Talhütte bleiben. Ich will, dass sich der Zug gruppenweise im Birkenwäldchen hinter uns einrichtet. Baut meinetwegen Zelte, Hütten, ganze Dörfer. Richtet euch wohnlich ein, denn wir werden eine Zeitlang bleiben. Bettelt von mir aus die Grenadiere und Sturmpioniere um Material an. Ihr seid ja sowieso allesamt Helden im Organisieren von Zeugs.« Schneider zeigte die Zähne, die Männer taten es ihm gleich. Im Soldatenjargon hatte der Begriff »organisieren« eine ganz eigene Bedeutung. »Die Grenadiere sind ohnehin für uns zuständig, da können die ruhig etwas abdrücken.«

In der Tat hatte sich Hauptmann Graf verpflichtet, die Brandenburger zu unterstützen, was Munition, Verpflegung und den Papierkrieg anbelangte. Sogar die Löhnung der Männer würde vorübergehend durch den Rechnungsführer der MG-Kompanie erledigt werden. Schneiders Männer waren schließlich ohne eigene Kompanie vor Ort.

Das Schlechteste war es jedenfalls nicht, durch Grafs Grenadiere versorgt zu werden. In der Küche der weißen Kameraden hatten zwei ganz ausgezeichnete Männer das Kommando. Der eine war gelernter Koch aus der Hotelbranche, der andere von Beruf Schlachtermeister. Beide verstanden es, schmackhafte Speisen zu zaubern … und zu improvisieren. So hatten sie sich nach der Schlacht des Vortages gleich über die Pferde des Gegners hergemacht. Die tödlich getroffenen Gäule wurden von einem Trupp unter der Führung des Schlachtermeisters getötet, gehäutet und zu Schnitzeln und Koteletts verarbeitet. Die ganze Nacht hindurch hatten der Koch und der

Metzger kiloweise Pferdefleisch gebraten, und so einen großen Fleischvorrat angelegt, der über Wochen reichen würde.

Der eine oder andere kaute noch jetzt auf einem Pferdeschnitzel herum, unterdessen schloss Schneider seine Befehlsausgabe mit den Worten: »Ich möchte, dass die Gruppenführer ebenfalls draußen bei den Gruppen pennen. Die Gruppen sollen in allen Lagen zusammenbleiben.«

Der Oberfeldwebel bedachte die Brandenburger mit einem erwartungsvollen Blick. Taylor verzog das Gesicht. Er hatte fest damit gerechnet, in der Hütte zu nächtigen, statt draußen im Wald, wo er Wind und Wetter ausgesetzt war. Taylor aber sagte natürlich nichts, obwohl die kleine Hütte Platz für den gesamten Zug bot. Die letzte Nacht hatte dies unter Beweis gestellt.

Dafür machte Calvert den Mund auf, zischelte wie eine gifte Schlange: »Ich nehme an, Euer Majestät beziehen das kleine Hüttenschloss als Wohnresidenz?«

Stille. Niemand wagte es, etwas zu sagen. Schneider kniff die Augen zusammen, schien allein mit dem Blick Calvert durchbohren zu wollen. Der blieb standhaft, bohrte zurück.

»Ja, richtig. Natürlich nur, wenn du einverstanden bist, Jack«, frotzelte Schneider.

»Aber sicher doch, Old Pale. Es könnten natürlich locker 30 Mann in der Hütte wohnen, aber ich kann verstehen, wenn du den Platz für dich brauchst.«

Schneider und Calvert lieferten sich ein gnadenloses Blickduell.

»Richtig«, stellte der Oberfeldwebel klar. »Ich brauche den Platz für mich. Und warum auch nicht? Ich bin der Zugführer. ICH habe hier das Sagen! Und wenn ich die Hütte für mich will, nehme ich sie mir!«

»Jawohl ...«, erwiderte Calvert selbstgefällig. Peinlich berührt unternahmen die umstehenden Männer alles, um weder den Südafrikaner noch Schneider direkt anzuschauen. Nur Taylor fokussierte Calvert mit seinem Blick. Gedanklich flehte er den Südafrikaner an, endlich den Rand zu halten. Sie alle wussten genau, wie unerträglich Schneider sein konnte, wenn man ihn reizte. Der cholerische Oberfeldwebel verfiel rasch in einen Zustand, der irgendwo zwischen Jähzorn und Wahnsinn angesiedelt war, und keiner der Brandenburger war scharf darauf, das zu erleben.

Calvert jedenfalls schien Taylors stummes Flehen erhört zu haben ... er gab keinen weiteren Ton mehr von sich. Sein Blick aber war erfüllt mit Spott und Abscheu. Wenn Blicke töten könnten ...

»Macht euch an die Arbeit«, brüllte Schneider aus heiserer Kehle. Die Männer stoben auseinander, so schnell sie konnten.

»Du nicht, Calvert«, bestimmte der Oberfeldwebel und zeigte mit ausgestrecktem Arm auf den Südafrikaner. Taylor erstarrte zur Salzsäule, blickte an den davonspritzenden Soldaten vorbei auf Calvert, der wie angewurzelt dastand und seinen neuen Zugführer anstarrte. Schneiders Gesicht zeugte von Kampfeslust, sein Körper straffte sich, bereit für einen Angriff. Calvert tat es ihm gleich, stierte immerzu sein Gegenüber an. Eine wilde Wut stand dem Obergefreiten ins Gesicht geschrieben.

Taylor seufzte in sich hinein. Schneider verstand einfach nicht, dass der militärische Führer nicht immer nur auf sein Befehlsrecht pochen durfte. Manchmal musste er auch auf die Seele des Soldaten einwirken, musste Probleme durch eine Unterredung auf Augenhöhe ausräumen, denn nicht jeder Konflikt konnte einfach »wegbefohlen« werden.

»Was läuft eigentlich falsch in deinem beschissenen Katzenhirn?«, blökte Schneider den Südafrikaner an. Und der keifte zurück: »Du weißt ganz genau, worum es geht!«

»Ja. JA DOCH! Aber mir dämmert nicht, was du damit zu schaffen hast!«

»Nicht nur ich! Auch anderen geht es zu weit!«

»Schön für euch! Wenn ich es nicht besser wüsste, würde ich sagen, du bist ein elender Jude, so wie du die Kampfmoral meiner Männer unterwanderst!«

»Du machst dich lächerlich, Pantelis!«, spuckte Calvert. Er und Schneider starrten sich an wie zwei Bullen, die vor ihrem Duell die Körperkraft des jeweiligen Gegners abschätzten. »Meine Männer, meine Männer ... wenn ich das immer höre, kriege ich schon das bloody Kotzen! Wir sind dir unterstellt, ja! Aber wir sind nicht dein gottverdammtes Eigentum!«

»Da sieht man wieder, dass ihr Ausländer eben doch keine Ahnung vom deutschen System habt«, spottete Schneider. »Ihr seid nämlich mein Eigentum! Wenn ich das Springen befehle, dann springt ihr! Und wenn ich euch ins verfluchte MG-Feuer schicke, dann rennt ihr gefälligst mit einem Hurra auf den Lippen hinein! So sieht es aus.«

Taylor öffnete den Mund, wollte etwas sagen ... er ließ es bleiben. Die Köpfe der beiden Streithähne waren puterrot angelaufen. Sie hatten sich voreinander aufgebaut und versuchten sich gegenseitig mit Drohgebärden einzuschüchtern. Es sah so aus, als würden sie jeden Moment übereinander herfallen.

»Na, danke fürs Gespräch! Da weiß ich wenigstens, woran ich bin!«, fauchte Calvert.

»Was hast du denn gedacht? Dass du aus deinem verschissenen, afrikanischen Kaff hierherkommst und wir machen dich gleich zum General?«

»Dass meine Leistungen und mein Einsatz für Deutschland anerkannt werden!«

»Du machst nur dass, was alle anderen auch machen, also mach mal 'nen Punkt!«

»Ja, genau.« Calvert stieß einen künstlichen Lacher aus. »Jeder deutsche Landser hat sich wohl schon einmal wochenlang in der Schweizer Wildnis selbst versorgen müssen, ständig verfolgt von den Behörden!«

»Du verstehst gar nichts!«, plärrte Schneider. »Und jetzt geh mir aus der Sonne!«

»Doch, alter Freund, ich verstehe ...« Calvert kniff die Augen zu schmalen Schlitzen zusammen. »Ich verstehe sehr wohl ... ich verstehe jetzt endlich, warum du – mir nichts, dir nichts – Yusuf abgeknallt hast. Weil wir dir im Grunde alle doch egal sind.«

»Genau«, lautete Schneiders vor Sarkasmus triefende Antwort. »Im Übrigen hat Yusuf geltende Befehle missachtet. MEHRFACH! Ich stehe im Recht.«

»Er hatte seinen Bruder verloren, GODDAMMIT! Du weißt doch, wie dicke die beiden waren, Mensch.«

»Der Scheiß Libyer hätte einfach keinen Zwergenaufstand veranstalten sollen!«

Taylor zuckte zusammen. Er wäre in diesem Moment am liebsten woanders gewesen. Scham stieg in ihm hoch.

Calverts Wangen wurden röter und röter, als wäre sein Kopf ein köchelnder Kessel. »*Der Scheiß Libyer*?«, wiederholte er entsetzt. »DER SCHEISS LIBYER?«

»Ja! Ja, Herrgottszeiten, ja!«

»Ist es das, was wir am Ende für dich sind? Nur die Scheiß Libyer? Die Scheiß Polen? Die Scheiß Afrikaner? Ja?«

»Ach! Geh mir einfach aus den Augen!«, brüllte Schneider und machte mit einer Handbewegung deutlich, dass das Gespräch damit beendet war.

Calvert salutierte überschwänglich, rief: »Jawohl, Herr Oberfeldwebel!« Er machte auf dem Absatz kehrt und eilte den anderen nach.

Taylor starrte Schneider abwartend an. Dicke Adern pulsierten auf den Schläfen des Oberfeldwebels. Schneider zitterte am ganzen Leib, so wütend war er.

»Clever gemacht, Kumpel«, gab Taylor ihm nüchtern zu verstehen.

»Halt' die Fresse, Thomas!«

Außerhalb von Stalinsk, Sowjetunion, 14.12.1944

Für Berning hatten sich die Dinge vortrefflich entwickelt. Sidorenko versorgte ihn beständig mit Nahrung, mit Kleidung, mit Zigaretten und anderen Dingen. Ihre gemeinsamen Gespräche über den Krieg und die Politik empfand Berning als äußerst inspirierend. Zur gleichen Zeit hatte er sich seinen festen Platz in der Lagerhierarchie erkämpft. Ihn umgarnte mittlerweile eine kleine Gruppe Landser, die seine politischen Ansichten teilte und in Bernings Windschatten darauf wartete, dass etwas von Sidorenkos Gaben für sie abfallen würde. Wer nicht auf Bernings Seite stand, der mied den Österreicher ... und vermied es vor allem, ihn zu verärgern. Natschalnik Berning hatte sich einige Male des Knüppels bedient, um Querulanten vor versammelter Mannschaft Disziplin einzutrichtern. Niemand würde es nunmehr wagen, gegen den wohlgenährten Berning aufzubegehren, nicht einmal der selbstgefällige Salbig.

Es war Abend. Die Männer des Unterlagers Nummer 3 verbrachten ihre limitierte Freizeit nach der Arbeit mit Gebeten, mit Kartenspielen, mit bedächtigem Beisammensitzen oder der Pflege ihrer schäbigen Klamotten und Stiefel, damit diese noch ein paar Wochen länger hielten.

Berning, Didi und einige andere standen im Halbkreis abseits ihrer Baracke und rauchten. Die Glut ihrer Kippen leuchtete wie Glühwürmchen in der Finsternis. Neidvolle Blicke trafen die rauchende Gruppe. Auch die sowjetischen Wachleute beobachteten Berning dann und wann mit Argwohn. Seine Freundschaft zu Sidorenko schien einigen der Genossen nicht zu schmecken, doch auch sie hielten sich zurück, denn niemand wollte den Zorn des Kommandanten auf sich ziehen.

»Ich habe einfach Schiss, Franz, dass es bei uns nicht klappen könnte«, offenbarte Didi. Einige der anderen Landser nickten.

»Mach dir keine Sorgen, mein Freund«, beschwichtigte Berning, der Didi die Hand auf die Schulter legte. »Es wird passieren. Schon bald.«

»Das mag für deine Heimat zutreffen. Österreich ist selbst ein besetztes Land. Die Österreicher wünschen sich los von den Faschisten und liebäugeln natürlich mit dem Sozialismus, der ihnen Freiheit und Wohlstand verspricht. Aber du kennst mein Volk nicht so wie ich, Franz. Die meisten Deutschen sind pure Faschisten, ganz schreckliche Menschen. Machtversessen, brutal und immerzu fürchterlich diszipliniert. Die Deutschen werden den Sozialismus nie verstehen ...«

Nach und nach warfen Bernings Genossen ihre Zigarettenstummel in den Schnee.

»Zermartere dir nicht dein Hirn, Didi. Die historische Dialektik der Dinge lehrt uns, dass die Revolution unausweichlich der nächste Schritt ist. Auch Deutschland kann sich dieser Tatsache nicht entziehen.«

»Ja, das hört sich richtig an, wenn du es so sagst ...«, überlegte Didi.

»Servus, Mädels«, erklang plötzlich Rudolfs Stimme. Der alte Unterfeldwebel gesellte sich mit hängenden Schultern zu Berning und den anderen, die ihn wortlos in ihren Kreis ließen. Es war selten geworden, dass Rudolf sich bei Berning und Konsorten blicken ließ. Rudolf war allgemeinhin ein beliebter Geselle im Unterlager, der allerdings aufzupassen schien, sich nicht allzu oft mit den »Roten« zu zeigen. Berning war das nur recht. Egal, was er bei dem alten Sturkopf auch versucht hatte, Rudolf war einfach nicht empfänglich für die überlegenen Werte des Sozialismus.

»Rudolf«, grüßte Berning reserviert.

»Na?« Rudolf grinste breit in die Runde. »Heckt ihr immer noch die große Weltrevolution aus, Kinder?« Stumpfe Blicke trafen den Unterfeldwebel. Niemand antwortete.

»Sag mal, Franz«, flüsterte Rudolf zögerlich und trat nah an Berning heran. Mit wehmütigem Blick stocherte der Unterfeldwebel in der Dunkelheit. »Hast du vielleicht noch eine Zigarette für den alten Rudolf?«

Berning schüttelte den Kopf. Er nahm die Kippe, die ihm zwischen den Lippen hing, zwischen Zeige- und Mittelfinger. Einige Züge waren aus der Zigarette noch herauszuholen. Berning aber schnipste sie zu Boden und drückte sie mit dem Stiefel aus.

»Izvinite, Kumpel«, erwiderte er. »Das waren die letzten.«

Rudolfs Antlitz verwandelte sich in ein Konglomerat aus Falten. »Verstehe«, sagte er zerknirscht. Darauf nickte er langsam, sich über das Kinn wischend. Rudolf drehte sich um und schlurfte von dannen.

»Ich dachte, du hast noch jede Menge Glimmstengel«, flüsterte Didi, als Rudolf außer Hörweite war.

»Ja, habe ich auch.«

Nordöstlich von Witebsk, Sowjetunion, 16.12.1944

Die Sowjets testeten nun nahezu täglich die deutschen Linien. Wieder und wieder hatten die Brandenburger ausrücken müssen, um irgendwo den Tag zu retten. Mal brannte die Front vor der Ruinenstadt, mal drohten Grafs Männer überrannt zu werden. Bolls Sturmpioniere erhielten zudem andauerndes Feuer vom Kuhdamm. Der hyperaktive Boll hatte daher am Vortag einen Stoßtrupp zusammengestellt, der die gegnerischen Stellungen auf der Bodenwelle über die linke Flanke angreifen und aufrollen sollte. Das Unternehmen geriet zum Desaster. Boll verlor sich in sinnlosen Befehlen, die die Lage weiter verschlimmerten.

Fähnrich von Blankenau fasste sich letztlich ein Herz, rief per Feldsprecher Schneider und seine Männer herbei, die anrückten und die Verwundeten in einer kühnen Aktion heraushauten. Berger fing sich dabei einen Schuss in den Hintern ein; der Unglücksrabe wurde zur Stunde im Lazarett der Division behandelt. Bolls Einheit aber hatte es weit schlimmer erwischt: Zwölf Tote, dazu viele Verwundete. Einer hatte durch Splitterwirkung sein Augenlicht verloren, es waren zudem mehrere Abrisse von Gliedmaßen zu beklagen.

Boll grämte sich, weil die Brandenburger eingegriffen hatten. Auf diese Weise ließen sich nun einmal keine Orden verdienen. Es hieß, Boll hätte sich den Fähnrich zur Brust genommen, nachdem Schneiders Truppe wieder abgerückt war.

*

Die Sowjets kamen vorwiegend bei Sauwetter, und davon gab es während der Dezembertage mehr als genug. Sie kamen bei Bodennebel, bei

Schneestürmen, bei Hagel und Regen. Am Morgen dieses Tages, beim allerersten Büchsenlicht, unternahm der Iwan einen erneuten Angriffsversuch. Im Schutze des Kuhdamms trat er mit einer Kompanie Fußsoldaten und zwei Panzern auf die linke Flanke der Ruinenstadt an. Heftige Schneefälle begleiteten den Sturm auf die deutschen Stellungen. Es kam zur Schießerei. Detonationen hallten über das Land, ihr Schall brach sich an den steilen Hängen der Wetterspitze. Und wieder rückten die Brandenburger aus, um von der Dorfstraße aus ins Gefecht einzugreifen. Glücklicherweise hatte sich einer der Tanks bald festgefahren, und der andere trat daraufhin den Rückzug an. Calvert jagte dem festgefahrenen Russenpanzer eine Panzerschreck-Rakete in die Flanke und beendete damit den Spuk.

So verstrichen die Tage. Jeder Angriff kostete Leben, dünnte die Linien der Deutschen weiter aus. Auch die Brandenburger hatten neben Fritze zwei Gefallene zu beklagen, und Berger lag noch immer im Lazarett. Die Roten jedoch schienen mit jeder Attacke frisches, unverbrauchtes Blut in die Schlacht zu werfen.

Die ersten Dezemberwochen ließen die deutschen Verteidiger geradezu depressiv werden. Schutzlos dem russischen Klima ausgeliefert, führten sie einen harten, oftmals verzweifelten Kampf gegen den eigenen Körper, gegen Mutter Natur und gegen einen starken, zahlenmäßig überlegenen Gegner. Die Deutschen harrten bei der Wetterspitze aus, ohne dass eine Ablösung in Sicht war, ohne Verstärkung. Graf schickte seine Landser gruppenweise für zwei Tage in die Etappe, damit sie sich dort ein wenig erholen konnten. Der Hauptmann selbst gestand sich dieses Privileg nicht zu. Er schien überarbeitet, schlief kaum, und seine Hände zitterten Tag und Nacht.

*

Am Himmel drehte ein sowjetischer Aufklärer seine Runden. Calvert, Blessing und Taylor trugen geschlagene Birkenstämme auf ihren Schultern. Sie stapften durch das lichte Birkenwäldchen südlich der Talhütte, das zu ihrem Zuhause geworden war. Im Hintergrund werkelten Richter und Schütz an der Lehmhütte herum, die sie sich gebaut hatten. Sie dichteten an ihrer Konstruktion hier und dort durchlässige Stellen ab, schaufelten einen Wassergraben, um Regen- und Tauwasser abzuleiten. Richter zog irgendwann los, um weiteres Baumaterial herbeizuschaffen. Dabei fiel Taylor schon wieder auf, dass der Obergrenadier ganz schön humpelte. Er nahm sich vor, Richter nachher mal auf den Zahn zu fühlen. Doch nicht jetzt; jetzt wollte er sich erst einmal im eigenen Unterschlupf verkriechen, ein Feuerchen entfachen und sich wärmen. Jenen Unterschlupf, eine Art Höhle aus Lehm, Erde und Holz, die äußerlich an einen Dachsbau erinnerte, teilte sich Taylor mit Calvert und Blessing.

Blessing faselte irgendetwas von Urzeitechsen, Taylor hörte gar nicht genau hin. Es war ja schön und gut, dass sich der Junge so sehr für alle möglichen natur- und gesellschaftswissenschaftlichen Dinge interessierte, aber musste er zu jeder Tages- und Nachtzeit darüber dozieren?

Blessing balancierte vier dicke Birkenstämme auf seinen Schultern. Er trug zusätzlich einen ausgefransten Stoffrucksack, der zu seinem Markenzeichen geworden war. Granatsplitter, Hiebe, Wind und Wetter, Dreck und Projektile hatte das Ding bereits abbekommen. Und genau so sah der schon zigmal von Blessing geflickte Rucksack auch aus: wie eine ausgemusterte Schießscheibe. Blessing trug in diesem Rucksack stets die zwei, drei Bücher mit sich herum, die er aktuell las. Der Gefreite nutzte wahrlich jede freie Minute zum Lesen, hatte sogar schon unter Artilleriebeschuss Bücher gewälzt.

Taylor verlor sich in seinen Gedanken über Blessing, indes lud er die Stämme neben dem Unterschlupf ab. Er linste dabei zur Talhütte hinüber. Sollte Schneider doch in seinem Hexenhäuschen versauern! Taylor und seine Kameraden hatten es sich in dem kleinen Birkenwald mittlerweile richtig wohnlich eingerichtet, und mit jedem Tag, der verstrich, bauten sie ihre *Residenzen* weiter aus. Es hatte mit einfachen Zelten auf dem gefrorenen Erdreich angefangen. Inzwischen aber hatten die Männer, unter denen sich einige Handwerker tummelten, eine ganze Stadt aus Hütten und Höhlen geschaffen, abgedichtet mit Lehm und den Mänteln gefallener Russen. Sogar eine Trockenkammer, die mit Rauch betrieben wurde, hatten sie gebaut, denn nichts zermürbte einen Soldaten mehr als eine nasse Uniform. Der in die Kleidung einziehende Rauchgeruch half zudem, die Läuse fernzuhalten.

Im Inneren der Unterschlüpfe gruben die Männer tiefer und tiefer, schufen richtige unterirdische Apartments, in denen es dank Feuerstelle und Hindenburglichtern mollig warm wurde.

Von außen waren die Bauten kaum auszumachen. Immer neue Schneefälle ließen sie unter einer dicken, weißen Decke verschwinden; Gleiches galt für die Spuren, die die Brandenburger hinterließen.

Vereinzeltes Artilleriefeuer grollte dumpf in der Ferne, der tägliche Feuersegen des Iwans. Die Einschläge lagen bei Bolls Stellungen zwischen Wetterspitze und Kuhdamm. Für die Sturmpioniere bedeutete das, die Köpfe einzuziehen und abzuwarten. Manchmal folgte auf das Trommelfeuer ein Angriff, manchmal nicht. Der Beschuss erschien Taylor im Moment als zu sporadisch, als dass er einen weiteren Angriff vorbereiten würde. Dennoch stellte er sich mental darauf ein, gleich wieder los zu müssen. Helm, Munition und Waffe trug er bei sich, es konnte also nichts schiefgehen.

Calvert lud das Holz ab, das er geschultert hatte, schritt auf den Eingang des Unterschlupfs zu und zupfte den »Korken« aus zusammengenähten Mänteln aus der Öffnung. Nacheinander krochen Taylor und Calvert ins Innere. Eine in einer Wandnische stehende Karbidlampe spendete Licht. Blessing schob von draußen das gesammelte Holz nach, und Taylor und Calvert verstauten es in einer extra dafür angelegten Senke in der Wand. Schließlich zwängte sich auch Blessing durch den schmalen Eingangstunnel in die improvisierte Behausung. Er faselte mittlerweile irgendetwas von den alten Römern, zerrte dabei einen kleinen Tannenbaum hinter sich her, den er neben dem Ausgang aufstellte, ohne dabei auch nur für einen Augenblick die Klappe zu halten.

»In den römischen Legionen zählten allein die Meriten des Soldaten«, sabbelte Blessing vor sich hin, indes griff er in ein Paket, das seine Mutter ihm geschickt hatte. Es enthielt Engelsbilder aus Blech und Korksterne, mit denen Blessing auf liebevolle Art den Tannenbaum schmückte.

Calvert schob dünne Zweige in der Feuerstelle zusammen, legte einen Esbit-Würfel darauf und zündete ihn mittels Sturmfeuerzeug an. Der Esbit stand augenblicklich lichterloh in Flammen. Calvert legte Reisig nach. Dichter Rauch quoll nach oben und durch einen Abzug im Dach nach draußen. Jener Abzug war wichtig, verhinderte er doch, dass die drei Soldaten in ihrem Eigenheim erstickten. Der chemische Gestank von brennendem Esbit vermischte sich in der Luft mit dem weihnachtlichen Duft brennender Tannennadeln.

»Jedenfalls bin ich überzeugt: Das alte Römische Reich zur Zeit der Übergangsepoche zwischen Heidentum und Christentum war uns bei Weitem überlegen.«

»Das sehe ich anders«, knurrte Calvert angefressen. »Lass doch mal eine Römische Legion gegen eine deutsche Panzer-Division antreten. Dann siehst du, wer überlegen ist.«

»Mensch, Jack. Du verstehst mich immer absichtlich falsch!«, beschwerte sich Blessing. Taylor grinste vor sich hin, während er sich in seiner Ecke

langmachte. Er hatte sich aus russischen Mänteln ein gemütliches Bett geschaffen.

»Richtig«, erwiderte Calvert, ohne eine Miene zu verziehen.

»Ich meine doch, dass in der Römischen Armee Stand und Herkunft keine
Rolle spielten. Das Einzige, was zählte, war Leistung. Es gab sogar Mohren als
Legionsführer im alten Rom. Und heute? Unvorstellbar! Alles, was dieser
Tage zählt, ist dein Geburtsname und der Ort, an dem du das Licht der Welt
erblickt hast.«

»Blessing«, seufzte Calvert.

»Jo?«

»Du nervst.«

»Immer wieder gerne.«

»Na ja«, überlegte Calvert, plötzlich ganz ernst. »Wären wir im Römischen
Reich, würde Pantelis vielleicht nicht so am Rad drehen.«

»Du kannst nicht ändern, wie er ist«, beschwichtigte Blessing, der den auf-
kommenden Ärger zu vermeiden suchte. Taylor befreite sich von Koppel und
Helm, hörte dabei aufmerksam zu.

Calver schnalzte mit der Zunge. »Ich kann immer noch nicht fassen, wie er
über Yusuf geredet hat«, erboste er sich.

»Yusuf war ein Dummkopf.«

»Ja, natürlich war er ein Dummkopf«, tobte Calvert. »Aber er war einer von
uns! Wir Kerle vom Quenzgut haben doch oft genug Ablehnung und Spott
erfahren … von hohen Offizieren, von Adelsgestalten und deutschen Klein-
geistern, die sich für was Besseres halten, weil sie irgendwo zwischen Rhein
und Weichsel zur Welt gekommen sind. Immer haben sie mit dem Finger auf
uns gezeigt. *Schaut her, der fremdländische Soldatenzirkus!* Und wir haben
dann ihre Kohlen aus dem Feuer geholt!« Calvert schüttelte den Kopf,
schniefte.

Taylor bemerkte in diesem Augenblick, dass sein südafrikanischer Kamerad
nicht nur wütend war. Calvert war auch traurig, enttäuscht.

»Ich dachte immer, wenigstens innerhalb unserer Einheit würde eine andere Denkart herrschen … und goddammit, wie kann Pantelis so dumm sein?
Er ist doch selbst nicht einmal ein richtiger Deutscher?«

»Zermartere dir nicht die Birne, Kumpel. Vielleicht hat er es nicht so gemeint«, sagte Blessing.

»Doch, doch, der hat das ganz genau so gemeint!« Calvert musste schlu-
cken. Ihm ging die Sache nahe, das spürte Taylor. Aufmerksam verfolgte er

die Konversation. Er wollte sich erst einmal heraushalten, wollte, dass sich Calvert alles von der Seele redete. Vielleicht würde das schon ein wenig helfen.

Blessing zückte seine Feldflasche, die zu einem kleinen Teil mit Wodka gefüllt war. Calvert nahm einen Schluck, bedankte sich kleinlaut.

»Ich schwöre bei Gott, ich stand kurz davor, Pantelis in die Schnauze zu hauen!«, offenbarte er dann.

Taylor erschrak. Meinungsverschiedenheiten hin oder her, er als militärischer Vorgesetzter musste nun doch eingreifen. »Vergiss bitte nicht, wo dein Platz in dieser Armee ist, Jack«, sagte Taylor eindringlich. Er blickte Calvert an, dessen Antlitz sich böse verdunkelte. Der Südafrikaner knirschte mit den Zähnen. »Fang du nicht auch noch an«, knurrte er.

Taylor und Calvert starrten einander an. Taylor stand die Unentschlossenheit, wie er mit den herben Worten des Obergefreiten umgehen sollte, ins Gesicht geschrieben. Er öffnete den Mund, wollte etwas sagen, da erschien Schneider vor ihrer Höhle. Freudig strahlend kroch er durch den Eingangstunnel in den Unterschlupf, blickte verheißungsvoll in die Runde.

»Ich weiß, es ist noch nicht Weihnachten ...«, sprach er überschwänglich wie ein Politiker, der eine wichtige Rede hielt. Schneiders Lächeln reichte bis zu den Ohren, »... ich habe trotzdem schon Geschenke für euch.«

»Ich hoffe, es sind Nutten«, knurrte Calvert, ohne seinen Zugführer anzuschauen.

»Besser«, feixte Schneider.

»Besser als Nutten?«, überlegte Blessing mit vieldeutigem Mienenspiel. »Dann können es eigentlich nur Bücher sein.«

»Mit Bildern von Nutten drin«, brummte Calvert, der Schneider noch immer keines Blickes würdigte.

»Na ... jah ...« Schneider spannte die Männer auf die Folter. »Es ist etwas größer als das«, erklärte er schließlich.

»Dicke Nutten. Dann müssen es dicke Nutten sein«, erwiderte Calvert säuerlich.

»Bäh.« Blessing streckte die Zunge raus, die anderen prusteten los. Sie lachten gemeinsam Blessing aus, von dem bekannt war, das er noch nie ein Mädchen gehabt hatte.

»Iwo«, witzelte Calvert. »Die Dicken sind die besten. Die sind billig, und die halten's Maul, weil die dankbar sind.«

»Dankbar?«

»Verstehst du nicht?«

»Nö.«

»Wir unterhalten uns weiter, wenn du erwachsen geworden bist, Honey«, grinste Calvert. Taylor boxte Blessing gegen die Schulter.

»Lasst mich doch in Ruhe!«, fauchte der.

»So, was ist jetzt?«, fragte Schneider dazwischen. »Wollt ihr eure Geschenke haben oder nicht?«

Calvert erhob sich. Streckte sich. Gähnte. »Jo, lass knacken.«

Taylor starrte noch einen Moment lang gegen die Lehmwand der Höhle, während Calvert und Blessing samt seines Bücherrucksacks schon wieder nach draußen krochen.

Schneider und Calvert hatten zusammen gelacht, so weit, so gut. Schneider schien sich auch etwas entspannt zu haben. Nichtsdestotrotz mochten auch die tollsten Sprüche nicht darüber hinwegtäuschen, dass zwischen den beiden ganz gewaltig etwas im Argen lag.

*

Taylor wären beinahe die Augen aus dem Schädel gefallen, als er sah, wovon Schneider gesprochen hatte.

»Sweet Jesus!«, rief Calvert überbordend. Blessing, der sich seinen Lumpenrucksack umgeschnallt hatte, grinste wie ein Honigkuchenpferd.

Vier gigantische Tiger-Panzer der Ausführung C, versehen mit einem braundunkelgrün-beige gemusterten Tarnanstrich, parkten in einer Reihe auf der Dorfstraße. Mit ihrer abgeschrägten Panzerung sahen sie dem etwas kleineren Panther sehr ähnlich, doch der flache Turm mit der wuchtigen 88-Millimeter-Kanone war unverkennbar. Die Tiger waren wahre Biester von Kampfwagen. Über drei Meter hoch, fast neun Meter lang – Taylor war froh, dass diese Kästen auf seiner Seite kämpften.

Auf dem Rohr des Führungspanzers stand in weißer Farbe der Name »Irma« geschrieben. Zwei Dutzend Männer traten nun davor an. Ein langer Kerl, dessen Uniform die Achselstücke eines Leutnants aufwies, stand wie eine Kerze vor der Front der schwarz gekleideten Panzermänner. Dem Äußeren nach zu urteilen, schien der Offizier noch ein wenig jung zu sein für seinen Dienstgrad ... und erst jetzt fiel Taylor auf, dass am Koppel des Mannes ein seltsames ... Ding baumelte. Es war lang, leicht gebogen, lief an der unteren Seite spitz zu. Für Taylor sah es so aus, als ob der Leutnant ein exotisches Schwert führte.

Ein zweiter Offizier der Panzertruppe kam den Brandenburgern entgegen. Dunkle, krause Haare lugten unter seiner Schirmmütze hervor, die Rangabzeichen wiesen ihn als Hauptmann aus. Er war hochgewachsen; harte Gesichtszüge zeichneten ein vom Kriege geprägtes Gesicht. Die Wangen waren eingefallen, um die Augen lagen dunkle Ringe. Der Offizier wirkte älter, als er vermutlich war.

Die Brandenburger machten auf Schneiders Kommando hin Männchen. Der Hauptmann erwiderte den Salut mit einer schlaksigen Handbewegung, dann gab er allen nacheinander die Hand.

»Hauptmann Engelmann«, stellte er sich vor. »Die Division hat meine Kompanie in diesen Raum beordert, um Sie zu unterstützen. Wo finde ich Herrn Boll?«

Dieser Engelmann schien in Ordnung zu sein, das spürte Taylor sofort. Und auch die Männer Engelmanns schienen anständige Burschen zu sein, mal abgesehen von dem verlorenen Ritter.

»Schicke Kisten haben Sie da, Herr Hauptmann.« Calvert kam aus dem Grinsen nicht mehr heraus.

»Ähem … danke. Und Sie pflegen mit einem interessanten Akzent zu sprechen. Darf ich fragen, wo Sie herstammen?«

»Aus Durban.«

»Ah … ist das nicht …« Engelmann überlegte einen Augenblick lang. »… liegt das nicht in Südafrika?«

Calvert gingen die Augen auf. Taylor war mächtig beeindruckt.

»Jawohl, Herr Hauptmann«, antwortete der Südafrikaner stolz.

»Wirklich, sehr faszinierend. Sie müssen mir beizeiten unbedingt mehr von Ihrer Heimat erzählen.«

»Wann immer Herr Hauptmann wünschen.« Es schien, als wäre Calvert ein ganzes Stück größer geworden.

»Aber zuerst muss ich Leutnant Boll sprechen.«

»Iwo.« Schneider winkte scherzend ab. »Wir sind die Brandenburger, Sondereinsatzkommando Ost. Übergeben Sie uns einfach Ihre Raubkätzchen, lehnen Sie sich zurück, erholen Sie sich. Wir besorgen den Rest.«

Hauptmann Engelmann hob ungläubig eine Augenbraue, blickte die drei Brandenburger der Reihe nach an. »Verlockendes Angebot«, antwortete er. »Würde ich gerne machen.« Der Offizier konnte ein breites Grinsen nicht länger verbergen. »Allerdings darf ich meine Panzer nur an Volljährige abgeben.« Die Brandenburger zeigten die Zähne.

Sehr gut, dachte Taylor. Der Mann hat Format UND Humor. Ein Volltreffer!

»Nein, ich bringe Sie natürlich gerne persönlich zum Herrn Oberleutnant«, ergänzte Schneider untertänigst.

»Sehr freundlich. Meine rechte Hand wird mich begleiten.« Engelmann pfiff den Schwert-tragenden Leutnant heran, der augenblicklich angespritzt kam. Er nahm neben dem Hauptmann Aufstellung, schlug die Hacken aneinander. Brust raus. Hand zum Gruß. Überschwängliches Lächeln im Gesicht. Auf der Bluse des Leutnants strahlte die blitzblank polierte Auszeichnung »Abwehrschlacht Normandie 1944«, als wäre sie etwas Besonderes. Auch sonst machte der Schwertträger einen eher verklärten Eindruck. Taylor schwante Übles.

»Das ist Leutnant Stendal, mein Stellvertreter«, stellte Engelmann den Jungen vor.

Aus welchen Kinderstuben nur fischt die Wehrmacht immer diese Kerle?, fragte sich Taylor insgeheim.

Nach einer kurzen Begrüßungsrunde schickte Schneider seine Männer zurück ins Birkenwäldchen. Taylor, Calvert und Blessing machten sich gerade vom Acker, da passierte es. Blessings Lumpenrucksack riss auf, und mehrere Bücher plumpsten in den Schnee. Der Gefreite stieß einen unflätigen Fluch aus und errötete umgehend angesichts der Anwesenheit der beiden Offiziere.

Stendal warf Blessing einen vernichtenden Blick zu. Engelmann allerdings hockte sich sogleich in den Schnee, hob neugierig die Bücher auf.

»Also sprach Zarathustra?«, las er einen der Titel laut vor.

Blessing nahm dem Panzeroffizier mit gesenktem Haupt das Buch aus den Händen, beschämt über sein Malheur und darüber, dass sich der Herr Hauptmann für ihn hatte bücken müssen. Engelmanns Gesicht aber war erfüllt von ehrlicher Freude.

»Harter Tobak, den Sie da lesen«, sagte er nicht ohne Bewunderung.

»Danke.« Der junge Blessing lief purpurrot an.

»Unser Bücherwurm liest Dinge, da würden Sie in grenzenloses Staunen verfallen«, warf Schneider ein.

»Ich staune schon über den Zarathustra. Sie müssen mir unbedingt mal eines Ihrer Bücher ausleihen.«

»Sehr gerne, Herr Hauptmann.«

Nordöstlich von Witebsk, Sowjetunion, 18.12.1944

Unterfeldwebel Thomas Taylor befand sich in der Heimat. *Na ja, schön wär's!*, sinnierte er kleinmütig. Er befand sich bei den Gebäuden der Kolchose, warf von dort aus einen Blick auf Engelmanns Tiger-Panzer, die am Südrand des Kastenwaldes im Unterholz abgestellt waren. Heimat diente den Panzermännern als Unterkunft.

Taylor konnte sich einfach nicht sattsehen an den mächtigen Kampfwagen vom Typ Tiger. Monster aus Stahl waren das, riesengroß, von bedrohlicher Erscheinung. Sie mutete dem Unterfeldwebel so kalt und präzise an, als wäre jede Schraube, jede Schweißnaht und jedes Bauteil einzig darauf ausgelegt, so effizient wie möglich Menschenleben auszulöschen. Nichts an diesen Panzern mutete künstlerisch an, sie waren stumpfe Fahrzeuge, rollenden Steinen gleich. Ihr Zweck bestimmte die Form, bestimmte die Beschaffenheit der Hülle, die Ausgestaltung des Turms.

Taylors Gruppe war zur Stunde damit beschäftigt, Fliegerabwehrstellungen für das MG 42 rund um Heimat auszuheben, denn die Flaktruppe hatte kein einziges Rohr für den Schutz der Wetterspitze übrig.

Heimat, seufzte Taylor. Ein heißkalter Stich zog durch sein Herz. Taylor fürchtete sich vor seiner Heimat, vor einem Leben nach dem Kriege, ja sogar vor jeder kurzen Auszeit vom armseligen Frontdienst. Kam er zur Ruhe, klopften bald darauf Gedanken und Gefühle, Gewissensbisse und Erinnerungen an verdrängte Erlebnisse bei ihm an. Einzig bei der Arbeit oder in der Hitze des Kampfes vermochte Taylor noch seinen Seelenfrieden zu finden. Wenn er um das eigene Überleben focht, hatte sein Geist Sendepause. Er kämpfte dann, er tötete, er litt, er rannte, er sprang in Deckung, er schindete seinen eigenen Leib. Im Gefecht war er eine rohe Bestie, die tat, was von ihr verlangt wurde, statt über Taten und Konsequenzen nachzudenken. War der Kampf aber vorüber, und gab es keine Arbeit mehr zu erledigen, keine Gräben auszuheben, keine Männer beim Exerzierdienst zu beaufsichtigen, keinen Zugunterricht abzuhalten; gab es kurzum nichts zu tun, was der Ablenkung diente, war Taylor seinem eigenen Selbst ausgesetzt. Und sein eigenes Selbst hatte sich als sein schlimmster Gegner herausgestellt … ein Gegner, den er nicht bezwingen konnte, dem er entrinnen wollte – ohne Aussicht auf Erfolg. Taylor befand sich auf der Flucht, auf der ständigen, ewigen Flucht vor sich selbst. Er hatte schlimme Dinge getan, hatte gemordet – an der Front und in der Schweiz. Das Völkerrecht mochte kodifizieren, was es wollte, Taylor war das einerlei. An der Front war das Erschießen des Gegners kein Mord, in der Schweiz plötzlich schon. Taylor sah den Unterschied nicht. Er wusste, was er getan hatte. Und er brauchte kein internationales Recht, um eine Bewertung seiner Taten vorzunehmen. Seine Gedanken drifteten ab, drehten sich plötzlich um etwas anderes. Drehten sich um etwas, dass zum Mittelpunkt seines von Selbstmitleid und Anschuldigungen vollgestopften Verstandes geworden war ...

Er hatte sie geschlagen ... hatte ihr porzellanfarbenes, bildhübsches Gesicht zertrümmert. Sie mochte überlebt haben, doch für Taylor war dieser Faustschlag an jenem Tage ein größeres Verbrechen als all seine anderen Taten zusammengenommen. Einzig der Kampf und die Arbeit versprachen ihm Ablenkung, konnten für einige Augenblicke die bittere Vergangenheit verdrängen.

Taylor war so dumm gewesen, so unendlich dumm! Hatte sich benommen wie ein Jüngling! Wie ein Raufbold! Hatte gedacht, die Welt läge ihm zu Füßen! Nun, die Schweiz hatte ihn gelehrt, dass es umgekehrt war, dass Thomas Taylor ein Gefangener dieser Welt war, in der die Gefühle und Bedürfnisse der Menschen mit ihren Handlungen unvereinbar schienen. Taylor hatte all das mittlerweile erkannt, hatte begriffen, dass er kein Held, kein weißer Ritter, kein majestätischer Herrenmensch war. Er war ein Opfer alter Männer, die ihre Konflikte auf seinem Rücken austrugen. Er hatte das nun verstanden. Aber was sollte er mit dieser Erkenntnis anfangen?

»Alles in Ordnung, Unterfeld?«, brummte Hauptmann Engelmann mit müder Stimme, die Taylors Gedankenwelt zu Scherben zerspringen ließ. Der Brandenburger schüttelte sich, blickte den Offizier direkt an. Engelmanns Augen spiegelten eine Mischung aus Erschöpfung und Resignation. Seine Schultern schienen eingedrückt, die mit Stoppeln besetzen Wangen waren hohl. Taylor fühlte sich Engelmann auf bizarre Weise verbunden. Erklären konnte er das nicht. Er wusste nur, dass er sich wohlfühlte in der Nähe des Panzeroffiziers.

»Ich bin okay, Herr Hauptmann«, sagte er.

»Okay?«

»In Ordnung.«

»Dann sagen Sie doch ›in Ordnung‹.«

»In Ordnung, Herr Hauptmann.«

»Okay.« Engelmann rang seinem müden, von Sorgenfalten zerfurchten Antlitz ein Lächeln ab.

Dann hielt er Taylor eine Lagekarte unter die Nase, die auf eine Weise zusammengefaltet war, dass der obenauf liegende Teil genau den Frontabschnitt um die Wetterspitze zeigte.

»Sagen Sie Ihrem Zugführer, unser Treffpunkt befindet sich auf der Dorfstraße, genau zwischen Heimat und Talhütte. Hier.« Engelmann tippte mit der Spitze seines Bleistiftes auf die besagte Stelle.

»Wenn es ernst wird, werden meine Panzer sowie Ihre Männer über den Feldfernsprecher alarmiert. Wir treffen uns dann an besagter Stelle, Sie sitzen auf, und wir fahren vor bis auf Höhe Südkante Ruinenstadt. Ich bilde mit meinen Wagen zwei Gruppen zu je zwei Fahrzeugen, die links und rechts der Straße in Stellung gehen. Alles Weitere dann entsprechend der Lage.«

»Verstanden.«

»Unsere Panzer sind in der Lage, drei bis vier Gruppen mitzuführen. Der Rest Ihres Zuges wird als Infanterieelement zu Fuß verbleiben und im Alarmierungsfall bei der Gabelung Dorfstraße-Gasse auf weitere Befehle warten. Entsprechende gedeckte Stellungen sind anzulegen.«

»Sehr wohl.«

»Ich setze für heute Mittag, 12 Uhr, eine Übung an, wenn Ihr Herr Oberfeldwebel keine Einwände hat. Ich möchte Ihren Männern den Tiger vorstellen, Ihnen zeigen, wie Sie am schnellsten und sichersten aufsitzen und Sie auf die Tücken des Wagens aufmerksam machen, zum Beispiel die giftigen Gase, die der Kühler ausströmt.«

»Der Tiger ist eben ein Biest. Tödlich bis ins Detail.«

»Gucken Sie nicht so viel Wochenschau. Solange Schnee liegt, würde ich lieber einen T-34 fahren.«

»Jawohl, Herr Hauptmann. Weniger Wochenschau!« Taylor knallte die Sporen aneinander, salutierte zackig.

»Alles klar«, lachte Engelmann. »Ich bitte schnellstmöglich um Meldung, ob die Ausbildung stattfinden kann. Darüber hinaus würde ich mit Herrn Schneider gerne über den Kuhdamm sprechen. Die feindlichen Stellungen dort sind mir ein gewaltiger Dorn im Auge, und ich glaube, wir sollten dagegen etwas unternehmen.«

Taylor nickte. »Ich erstatte ihm gleich Meldung.«

»Na dann.«

Der Hauptmann legte die Hand an den Stahlhelm, nickte Taylor zu, drehte sich um und ging zu der großen Scheune, in der der Tross der Kompanie einiges an Material untergestellt hatte.

Taylor mochte Engelmann, und das hatte mehrere Gründe. Allein der Umstand, dass der Offizier nicht nur seinen Männern die Helmpflicht verordnete, sondern selbst mit gutem Beispiel voranging, war für Taylor ein Beweis für Engelmanns Format. Andere Offiziere sprangen selbst in der gröbsten Schießerei noch mit der dämlichen Schirmmütze auf dem Kopf herum, weil sie wohl glaubten, von Gott gesandte Unsterbliche zu sein.

Der Schnee knirschte unter den Stiefeln des sich entfernenden Hauptmanns. Taylor spürte mit einem Mal, wie kalt seine Füße geworden waren. Seine Stiefel steckten bis zum Spann im weißen Nass. Er zog sich den Mantel am Kragen enger zusammen, strich sich bibbernd über die Arme. Dann bekam er den ersten Tropfen ab. Ganz leichter Nieselregen setzte ein. Schnee, Regen, Wind, Temperaturen unter null. Es war ein furchtbares Klima.

Taylor verspürte unvermittelt den Drang, austreten zu müssen, und lief auf die Südwestspitze des Kastenwaldes zu. Schon von Weitem erkannte er zwei der Tiger-Tanks im Unterholz stehen. Panzermänner wuselten zwischen ihnen umher.

Als Taylor näher herankam, erblickte er auch diesen Leutnant mit seinem depperten Schwert am Koppel. Vier Männer standen vor dem Panzer des Schwertträgers zusammen, stopften sich Pfeifen oder zündeten sich Zigaretten an. Sie erzählten, sie lachten. Wahrscheinlich Weibergeschichten. Der Leutnant kraxelte auf dem Turm seines Panzers herum wie ein Kletteraffe. Irgendwie unbeholfen. Taylor musste grinsen. Er fand diesen Kerl zum Schießen.

Der Panzerleutnant hielt urplötzlich inne, blickte auf, schaute zu seinen Männern am Fuße des Panzers herunter. »Was hab' ich da gehört, Planken?«, fragte er mit einem Ton, der Taylor an einen scharfen Wachhund erinnerte.

»Gar nichts, Herr Leutnant«, sagte einer der Landser.

Der Leutnant war mit zwei Sätzen von seinem Panzer gesprungen, baute sich in schier lächerlicher Drohgebärde vor den Männern auf. »Ich bin Ihre Stänkereien endgültig leid!«, fauchte er.

»Es fängt zu pissen an. Darf ich mich darüber nicht mal mehr ärgern?«

»Sie Griesgram stecken die ganze Mannschaft an, Planken! Immer nur am Lamentieren, als wenn es kein Morgen gäbe!«

»Lamentieren? Da weiß ich gar nicht, was das ist.« Die Landser unkten wie die Brülläffchen. *Oh Mann!,* dachte Taylor, der sich vor einer hochgewachsenen Erle aufstellte und seine Hose öffnete. *Die Jungs verarschen den Leutnant nach Strich und Faden.* Sie zauberten Taylor damit ein Lächeln ins Gesicht. Diese Männer waren ihm ebenfalls gleich sympathisch.

»Machen Sie sich gefälligst nicht lustig!«, erwiderte Stendal zornig. Der Kopf des Leutnants war puterrot angelaufen. »Wo bleiben denn Ihr Frohsinn und Ihre Soldatenfreude, Mensch?«

»Herr Leutnant entschuldigen bitte, dass der Obergefreite Planken melden muss, seinen Frohsinn verlegt zu haben«, faselte einer der Landser.

»Den hat er, glaube ich, beim letzten Waffenappell verloren, Herr Leutnant«, warf ein anderer ein. Die Männer mussten sich zwingen, nicht loszuprusten.

»Reden Sie keinen Schmarren! Ich verbiete es! Sie verstehen alle nicht die Wichtigkeit der Sache, an der wir uns beteiligen. Oder Sie wollen es nicht verstehen.«

»Oder wir glauben nicht daran.«

»Das sollten Sie aber!«

»Befehlen können Sie es nicht.«

»Doch, das kann ich. Ich bin Leutnant!«

»Ja, Sie können uns befehlen, wie wir zu handeln haben. Wie es aber in unseren Köpfen aussieht, wissen nur wir, und das gehört auch nur uns. Bis dahin dringt kein Befehl vor.«

Stendal seufzte plötzlich, so, als habe er die Niederlage erkannt. »Liebe Kameraden«, antwortete er kleinlaut, »es tut mir weh zu erfahren, dass ich das Feuer der Leidenschaft, das in meinem Herzen brennt, nicht auf Sie zu übertragen vermag.«

»Ich stecke seit 1940 in dieser Scheiße«, erwiderte dieser Planken, »geben Sie sich noch ein paar Jahre, dann haben auch Sie nur noch Schlamm in Ihrem Herzen.«

»Schlamm, Kumpel?«, hakte einer der anderen Landser nach.

»Ja, Schlamm.«

»Bist ein verdammter Philosoph.«

Kopfschüttelnd schloss Taylor seine Hose. Leutnant Stendal sagte hintergründig: »Allein Ihnen fehlt der Glaube, meine Herren.«

»Oh, Mann …«, erwiderte Planken.

Stendal überhörte absichtlich den Zwischenruf, fuhr unbekümmert fort: »Ich werde noch einmal den Herrn Hauptmann um Erlaubnis bitten, der Kompanie in einem Unterricht die Lehren der Bibel näherbringen zu dürfen. Es wäre eine Bereicherung für jeden von uns, die Ewigkeit des göttlichen Ideals im deutschen Menschen zu erkennen ... und niemand ist besser dazu geeignet als der rechtschaffene Soldat, dieses Ideal darzustellen. Damit Sie dazu in der Lage sind, müssen Sie aber erst begreifen, wer Sie sind, was Sie darstellen, warum Sie hier sind.«

»Na, ich bin hier, weil es auf meinem Marschbefehl steht!«, warf Planken ein.

»Das meine ich. Darum ist dringend eine seelische Schulung bei Ihnen nötig.«

»Das hat mein Pfarrer auch gesagt. Dann hab' ich seine Tochter gebumst!« Die Landser grölten.

Taylor drehte sich um, trabte langsam davon. In seinem Rücken ging die komische Szene weiter. *Was für Halunken!* Mit denen würde sich Taylor gerne einmal auf eine Tasse Bier treffen.

»Und überhaupt«, echauffierte sich Planken hörbar erbost. »Bei allem Respekt, aber Sie sind doch gar kein richtiger Deutscher.«

»Das ist richtig. Ich bin Wahldeutscher, ich durfte mich für meine Heimat entscheiden. Ich habe mit diesem Bekenntnis die Liebe zu meinem Vaterland bekundet, was doch wohl einen ganz besonderen Stellenwert haben muss, meinen Sie nicht?«

»Aha. Warum dürfen dann die Russen nicht wählen?«

Auf diese scharf gestellte Frage folgte betroffenes Schweigen. Dieser Leutnant hatte womöglich ein Talent dafür, sich selbst ins Abseits zu argumentieren. Nun stand er vor seinen Männern wie ein bedröppelter Pudel.

Taylor schüttelte noch einmal den Kopf. Er hatte sich mittlerweile so weit entfernt, dass die Stimmen der Männer sein Ohr nicht mehr erreichten. Er stapfte durch den Schnee, was sehr anstrengend war. Sein Kopf lief rot an, ihm wurde warm. Feiner, kalter Regen nieselte ihm ins Gesicht. Er verlor sich abermals in Gedanken.

Schlagartig gingen bei der Ruinenstadt die MG los. Gewehrfeuer klopfte dazwischen. Granatwerfer poppten. Das Knallen von Detonationen folgte auf dem Fuße, ihr Schall fegte über den ganzen Frontabschnitt.

Taylor blickte einen Moment verdutzt gen Norden, sah aber nichts wegen des Brombeerbewuchses. In seinem Rücken bestiegen die Panzermänner ihre Fahrzeuge. Wie vom Affen gebissen sprang Tayor nach links, wetzte über die Dorfstraße, der Talhütte entgegen.

*

»Anna 2 einsatzbereit«, meldete Stendal.

»Anna 3 einsatzbereit«, gab Perscher über Funk durch.

»Anna 4 einsatzbereit«, schloss Centkiewicz den Rapportreigen.

Engelmann nickte mit ernster Miene. Er hatte sich eine Skizze des Geländes an die Innenwand seiner Kuppel geklebt.

»In Kolonne bis zur Gabelung vorfahren. In der Deckung des Gestrüpps bleiben«, befahl er. Dorfstraße und Gasse lagen auf der Höhe der Y-Gabel in einer Vertiefung, Brombeersträucher wuchsen rechts und links auf den Böschungen. Feindseitig war die Gabelung nicht einzusehen.

Engelmann streckte sich hoch, öffnete seine Luke. Er sah diesen Unterfeldwebel mit dem britischen Namen auf die Talhütte zulaufen.

Engelmann blinzelte gegen den wolkenverhangenen, steingrauen Himmel. Eine frische Brise wehte ihm um die Nase. Das Klima war kühl, aber nicht eisig. Zudem ratterte die Heizung von Irma bereits auf Hochtouren. Schon umwölkte heiße Luft Engelmanns Beine und Unterkörper.

Die vier Panzer fuhren bis zur Gabelung vor. Engelmann sah nichts als Brombeerpflanzen, doch er hörte, dass es vor den deutschen Stellungen zur Sache ging. Detonationen, Geschrei, Einzel- und Automatikfeuer. Maschinengewehre belferten. Es roch nach Feuer.

Engelmann hatte sich bereits mit Graf kurzgeschlossen. Der feindliche Angriff richtete sich allein gegen die Ruinenstadt. Und die Sowjets hatten dazugelernt, traten nur noch aus dem Westsack heraus auf die deutschen Stellungen an, damit sie vom Kastenwald aus nicht unter Kreuzfeuer genommen werden konnten. Angreifer, die über den Westsack kamen, wurden zudem durch die Geschütze auf dem Kuhdamm gedeckt.

Die Tiger hatten die Gabelung erreicht, warteten. Engelmann musste herausfinden, was genau vor sich ging. Wölk versuchte verzweifelt, eine Leitung zu Bolls Einheit herzustellen. Seine Versuche blieben vergebens. Zeit ... viel zu viel Zeit verstrich. Der Kampflärm war intensiv, schwoll immer weiter an. Aus einem Scharmützel wurde eine Schlacht.

Engelmanns Ohren waren es gewöhnt, dem Orgeln und Krachen von Kriegsgerät ausgesetzt zu sein. Über die Jahre hatten sie sich zu

136

meisterhaften Messfühlern entwickelt, die in der Lage waren, jede Feinheit einzelner Abschüsse im Knallgewitter der Waffen auszumachen. Diese Fähigkeit versetzte ihn in die Lage, Kriegsgerät allein anhand des Mündungsknalls und Munition allein am Ton der Detonation zu identifizieren. Als inmitten des Kampfes ein helles, zischendes Fauchen ertönte, auf das nur einen Wimpernschlag später eine Detonation folgte, wusste Engelmann sogleich, was das war: eine Panzerschreck. Und die würden Bolls Männer sicherlich nicht gegen Fußsoldaten einsetzen. Engelmanns Körper straffte sich, seine Finger klammerten sich um den kalten Stahlrand des Kuppelrandes. Russenpanzer!

»Wölk!«, rief der Hauptmann seinen Funker an. »Wie sieht es aus?«

»Ich bekomme die Pioniere einfach nicht ans Funkgerät, Herr Hauptmann.«

»Probier's weiter.«

Engelmann kniff die Augen zusammen, betrachtete die Abzweigung der Gabel, die direkt vor die feindlichen Rohre auf dem Kuhdamm führte. Die Alternative war, über die Ruinenstadt an den Gegner zu gehen, doch die dicht stehenden Gebäude würden seine Tiger gefährlich behindern. Er könnte auch einfach durch die Brombeersträucher preschen, würde der Gabelung und dem Hinterland damit aber für lange Zeit den Sichtschutz rauben.

»Anna 1 an alle«, raunte Engelmann in den Äther. »Vermutlich Feindpanzer voraus. Schießerlaubnis an alle! Anna 2 und 4 bleiben bei Gabel. 3 folgt mir.« Die Kommandanten bestätigten nacheinander.

Engelmann ließ seinen Panzer anrollen, ließ Fahrt aufnehmen. *Die Gasse hinauf, scheiß auf den Kuhdamm!* Der musste sowieso zusammengeschossen werden. Und seine Tiger hielten einiges aus.

»Hals und Bein an alle«, wisperte Engelmann in sein Kehlkopfmikrofon. Er blickte sich einmal um, sah zu seiner Linken die Brandenburger im Schutze der Wetterspitze vorrücken. Die in ihrem Leibertarn wie bunte Hunde aussehenden Soldaten trugen MG, Panzerfäuste, Panzerschreck und Haftbomben. Die Spezialisten eilten im Laufschritt auf die Dorfstraße, folgten dieser gen Norden.

»Anna 2.«

»Hört!«, erklang Stendals Stimme über Funk.

»Unsere Spezialisten sollen in die Ruinenstadt einrücken. Schwerpunkt Westflanke.«

»Ich sag es ihnen.«

»Danke. Anna 1 Ende.«

Damit waren alle Schachfiguren in Position gebracht. Engelmann behielt sich Stendal und Centkiewicz in der Hinterhand. Er atmete tief durch, tauchte unter Luke, schloss den Deckel.

Engelmanns Tiger arbeitete sich im Schutze des Bewuchses die Gasse hinauf, Perscher folgte unmittelbar dahinter. Die Böschungen rechts und links wurden mit jedem Meter niedriger, dann ragte das Dach von Irmas Turm bereits über die Brombeersträucher hinaus.

Engelmann setzte sich auf seinen Kommandantensitz, die Hand am Deckel, und warf Jahnke einen Blick zu. Der Ladeschütze hatte sich die Bereitschaftsmunition zwischen die Beine gestellt, je zwei Schuss Spreng und Antipanzer. So war es gut, denn sie wussten nicht, was alles kommen mochte.

»Was soll ich laden?«, fragte Jahnke.

»Warte noch.« Engelmann hob die Hand, als wollte er seine Aussage damit unterstreichen. Er blickte durch die Winkelspiegel aufs Vorgelände, konnte über das Gesträuch hinweg weitläufig die Gegend beobachten. Nur wenige 20 Meter vor ihnen, halbrechts, lag der Kuhdamm. Der Schnee auf der Bodenwelle war durchsetzt mit schwarz umrahmten Einschlagstellen. Blitze zuckten dort auf, aber auch links der Gasse, wo Bolls Pioniere in Stellung lagen. Der unebene Untergrund, über den Engelmanns Panzer rollte, brachte sein Sichtfeld fürchterlich zum Zittern. Die Böschung rechts war nun komplett eingeebnet, einzig das Gesträuch lag noch zwischen Engelmanns Tank und dem Kuhdamm.

Abrupt stieg eine weiße Rauchwolke bei den feindlichen Stellungen auf. Es schepperte brachial, als das Geschoss den Unterwagen von Engelmanns Tiger traf. Dann ein Rasseln. Ein Klappern. Ein gewaltiges Klirren metallischer Herkunft. Augenblicklich drehte der Panzer nach rechts, quälte sich von der Straße hinunter, fuhr ins Gestrüpp. Birne drückte die Bremse, sein feuerrotes Gesicht war schweißgebadet.

»Kettentreffer!«, meldete er.

»Spreng! LADEN UND ENTSICHERN!«, sagte Engelmann keuchend.

Das Schloss klackte.

»Geladen!«, brüllte Jahnke aus heiserer Kehle.

Perscher rollte an Engelmanns Tank vorüber, setzte sich davor. Richtete das Rohr auf den Kuhdamm aus. Dort stiegen mit jedem Kanonenschuss Rauchschwaden auf. Die Einschläge lagen dicht bei den beiden Tigern, wühlten die Gasse auf, zerrissen die Sträucher. Fußballgroße Erdklumpen prasselten gegen die Stahlhäute der Kästen. Perscher schoss. Auf dem Kuhdamm blähte sich ein Erdballon aus dem Boden, platzte auseinander. Auch Bock visierte. Drücke den Auslöser. Mit einem ohrenbetäubenden Knallen verabschiedete sich die Sprenggranate, bohrte sich in den Kuhdamm, explodierte. Riss ein Loch in den Boden.

Die Sowjets waren Meister im Schanzen. Kein Geschütz, kein Rohr war auf dem Kuhdamm zu erkennen, so, als würden die deutschen Panzer von unsichtbaren Waffen angegriffen. Die russischen Geschosse pfefferten mit voller Wucht gegen die Flanken der Tiger, wurden abgeleitet, heulten davon. Splitter fetzten umher. Irma schüttelte sich furchtbar unter dem Beschuss. Engelmann klammerte sich an seinem Sitz fest. Der Stahl des Panzers erhitzte sich durch die Energie der Treffer. Mehr und mehr Granaten hagelten auf die Tigerpanzer ein.

Perscher feuerte. Bock ebenso. Der Kuhdamm zerfetzte förmlich unter den Einschüssen. Doch die sowjetischen Geschütze gaben unversehens die nächste Salve ab.

Die Bastarde haben sich verdammt gut eingegraben, die sind nicht auszumachen, dachte Engelmann. Die Deutschen, ohne ihr Ziel zu sehen.

Engelmann presste die Augen gegen den Winkelspiegel, sondierte das Vorfeld. Die Waffen blitzten. Der Kampf tobte brutal. Bock und Perschers Schütze deckten den Kuhdamm mit einer Sprenggranate nach der anderen ein. Das Feuer aus den feindlichen Rohren aber ebbte nicht ab. Weitere Treffer klatschten gegen Engelmanns Tiger, schoben den Tank Stück für Stück rückwärts durch das plattgewalzte Gestrüpp. Irma knarzte unter den Einschlägen, die zwitschernd als Querschläger davonstoben. Bolls Männer feuerten aus allen Rohren auf den Kuhdamm, doch die Wirkung ihrer Handwaffen verpuffte förmlich ob des gigantischen Erdwalls.

Dann sah Engelmann sie. Sah, was er wegen der Geschütze beinahe vergessen hatte: Russenpanzer! Fünf T-34/85, auf der Ebene vor Ruinenstadt. Die Panzer ballerten auf die deutschen Stellungen. Im Schutz der Stahlungetüme stürmten Rotarmisten voran. Es waren viele, bestimmt ein ganzes Regiment. Etliche sanken im deutschen Feuer zusammen, doch die feindlichen Panzer waren imstande, den Angriff zum Erfolg zu führen. Sie mussten sofort ausgeschaltet werden.

Engelmanns Gedanken wurden von zwei zeitgleichen Treffern unterbrochen, die ihn vom Stuhl warfen. Der Kuhdamm war nicht zu knacken, das war ihm nun klar. Nicht so zumindest.

Über den Funkkreis brüllte er Perscher neue Befehle zu, musste so laut schreien, wie er konnte, um den krassen Geräuschpegel des Beschusses zu übertönen. Perscher bestätigte. Engelmann befahl Birne, zurück auf die Gasse zu setzen. Der legte den Rückwärtsgang ein, gab Gas. Wegen der geworfenen Kette vollführte der Panzer eine Vierteldrehung, dann stand er auf der Gasse. Das Brombeergestrüpp rechts explodierte förmlich im feindlichen Feuer. Perscher fuhr rückwärts an. Granaten krepierten vor ihm auf der Straße. Granaten ohne Ende. Die furchtbaren Geschosse rasten zwischen den beiden Tigern hindurch und detonierten im Hinterland, einige knallten mit lautem Karacho gegen die Tanks. Detonationen überall. Die Welt drohte zu zerbersten ob der unzähligen, tosenden Einschläge. Haushohe Wände aus Erde und Schnee flogen aus dem Erdengrund.

»ANNA 2!«, brüllte Engelmann ins Mikrofon.

»Jawohl?«

»In Ruinenstadt einfahren! Feindpanzer im Westsack, Stärke fünf! Sofort Kampf aufnehmen, wir stecken bei der Gasse fest!«

»Jawohl, Herr Hauptmann!«

»Bock!«, plärrte Engelmann dann aus heiserer Kehle.

»Ja?«, stöhnte der.

»Turm auf 90 Grad rechts. JETZT!«

Bock betätigte mit schwitzigen Fingern die Schwenkeinrichtung, die ratternd ihre Arbeit aufnahm. Mit einem wahnsinnigen Krachen schlug Perschers Tank mit dem Heck gegen Irmas Frontseite. Die Panzer verkeilten sich, Perschers Motor brüllte wie ein Löwe. Das war sicherlich nicht die feine englische Art des Abschleppens, doch es musste gehen.

Langsam schob Perscher Engelmann die Gasse hinunter, zurück hinter den Schutz der Böschung. Russische Geschosse begleiteten sie. Ein Projektil traf Irma am Turm, grub eine tiefe, glühende Kerbe in den Stahl, sauste davon. Armdicke Funken sprühten.

Perscher und Engelmann packten es, entrannen dem Schussfeld der Kuhdammkanonen. Der Hauptmann riss den Deckel seiner Kuppel auf, verbrannte sich am Turmstahl die Flossen, sprang auf den Unterwagen und in den Schnee. Perscher zeigte sein rußgeschwärztes Antlitz.

»Fahr zu Stendal!«, brüllte Engelmann. Perschers Panzer vollführte einen Satz nach vorn, umsteuerte im Rückwärtsgang den anderen Tiger und sauste rücklings die Gasse hinab zur Y-Gabel. Birne und Wölk öffneten ihre Luke, krochen mit gezückter Pistole aus dem stählernen Wagen und betrachteten den Kettenschaden.

Engelmann aber, bewaffnet mit Scherenfernrohr und Taschenflak, stürmte die Böschung hinauf, warf sich in die Brombeersträucher, fluchte ob der Dornen. Ungeachtet des widerborstigen Gestrüpps, das ihm die Haut auf den Händen und im Gesicht zerkratzte, kroch er durch das Dickicht, so schnell es ging. Der Schnee benetzte seine Uniform, der Schweiß lief ihm in die Augen, brannte dort. Engelmann ignorierte all das, so gut er konnte. Arbeitete sich weiter vor. Schließlich hatte er sich weit genug durch das Brombeerfeld gekämpft, um einen Blick auf das Schlachtfeld zu erhaschen. Gerade sah er, wie Stendals und Centkiewicz' Tiger zwischen den Trümmerhaufen der Ruinenstadt auftauchten. Die Russenpanzer hatten ihre Gegenspieler sofort ausgemacht. Ein kurzes Panzerduell entbrannte, doch Engelmanns Männer verstanden ihr Handwerk. Der Turm eines T-34 flog davon, in einem anderen entwickelte sich ein Schwelbrand, sodass die Wanne bald fetten Rauch produzierte. Dann sah Engelmann etwas anderes. Er zog sich das Fernrohr vor die Augen, suchte die Stelle, die er im Blick gehabt hatte. *Da. Genau da!* Drei Mann sprinteten samt Panzerschreck aus den deutschen Stellungen heraus aufs offene Schlachtfeld. Mitten ins Getümmel! Wahnsinn, überall Rotarmisten, und die drei rannten mitten hinein. Warfen sich in den Schnee. Einer hockte sich hin, hatte schon das Ofenrohr auf der Schulter. Die Rakete zischte aus der Waffe, traf einen T-34 in die Flanke. Die Detonation verschluckte den Panzer, der sofort darin verging. Die Männer des Panzervernichtungstrupps waren da bereits auf dem Rückweg, hetzten im Zickzacklauf über das Feld. Erdfontänen begleiteten sie. Es war kaum mitanzusehen! Einschläge links und rechts. Doch die Männer schafften es, verschwanden auf Höhe der Ruinenstadt aus Engelmanns Blickfeld. Es waren Schneiders Soldaten gewesen, unverkennbar am bunten Leibertarnmuster.

Gleichzeitig ging ein weiterer Russenpanzer durch einen Treffer Stendals in die Binsen. Perscher rollte von halbrechts aufs Schlachtfeld. Die MG der Pioniere und Brandenburger mähten Welle um Welle der Angreifer um.

Das war's!

Der feindliche Ansturm hatte keine Chance mehr. Die Sowjets erkannten dies, stoben auseinander. Traten den Rückzug an. Die Deutschen töteten so viele der Fliehenden wie möglich. Einige wenige ergaben sich. Sie wurden zusammen mit den Verwundeten in der Ruinenstadt gesammelt und auf Bolls Befehl hin zur Gefangenensammelstelle der Division abgeführt.

Nordöstlich von Witebsk, Sowjetunion, 25.12.1944

Undurchsichtiger Nebel hielt das Land im Würgegriff. Er hatte sich über dem gesamten Frontabschnitt ausgebreitet, verwehrte den Brandenburgern in ihrem Birkenwäldchen den Blick auf die Wetterspitze, ließ sogar die nur wenige Schritte entfernt liegende Dorfstraße verschwinden. Hinzu kamen bitterkalte Böen, die das Land peitschten. Um die minus 25 Grad Celsius maß das Quecksilber. Die Wipfel der Bäume waren zu Eisklumpen geworden. Das vom Schnee verwehte Gelände glich einem weißen Meer, dessen Wogen erstarrt waren. Der Schnee atmete eisige Kälte. Er versorgte das Unterholz der Wälder mit Temperaturen, die es sonst wohl nur auf dem tiefen Grund des Atlantiks zu finden gab. Eisige Luft sammelte sich unter den Bäumen.

Jeder Atemzug war als weiße Wolke sichtbar. Die klirrende Kälte förderte Ladehemmungen, fror die Verpflegung ein, fraß sich in die Knochen der Soldaten. Bei den Grenadieren mussten zwei Mann mit Erfrierungen ins Lazarett abtransportiert werden, weil die Erfrierungsstreife vergessen hatte, ihr Deckungsloch abzulaufen.

Schneiders 1. Zug stand angetreten, die Männer klapperten mit den Zähnen. Berger war aus dem Lazarett zurückgekehrt. Schneider stolzierte vor den Brandenburgern umher wie ein Vogel Strauß. Mit nickendem Kopf besah er sich seine Soldaten, prüfte deren Uniform, ließ sich die Versiegelung der eisernen Rationen zeigen.

Taylor kam sich vor wie in der Grundausbildung. Seine Nase war derweil zu einem Eiszapfen geworden. Die Kälte ritzte mit eiskalten Klingen in die Haut seiner Wangen und Hände. Schneider ließ sich viel Zeit für seine Inspektion, was Taylors Zweifel nur weiter nährten. Er wusste, dass Schneider vor einigen Tagen eine schriftliche Meldung vom Chef erhalten hatte. Über den Inhalt schwieg sich der Oberfeldwebel jedoch aus.

Schneider baute sich nun mit geschwollener Brust vor seinen Männern auf, sagte: »Ich habe den Dienstplan für die nächste Woche an meiner Hütte angeschlagen. Die Panzer des Herrn Hauptmann stehen uns heute nicht zur Ausbildung zur Verfügung, doch das macht nichts.«

Klar, überkam es Taylor. Bittere Gedanken ließen ihn frösteln. *Die feiern Weihnachten, weil die Bolschewisten uns lassen. Und das solltest du dem Zug auch ermöglichen!*

»Wir werden uns die Zeit schon vertreiben.« Schneider grinste ekelhaft. »Für den Vormittag habe ich eine Wiederholungsausbildung am Maschinengewehr 42 angesetzt. Am Nachmittag werden wir uns in Kartenkunde und dem Umgang mit dem Kompass üben, was wir in den Abendstunden mit einem Orientierungsmarsch abschließen. Die Wachposteneinteilung entnehmt ihr ebenfalls dem Dienstplan. Fragen?« Schneider blickte die Männer an, als wäre er der Gepard und sie die Antilopen.

Blessing hob zögerlich die Hand. Was denn mit Weihnachten sei.

»An der Front gibt es kein Weihnachten«, lautete Schneiders Antwort.

Die Brandenburger starrten ihren Zugführer entsetzt an, so, als wollte der ihnen das Atmen untersagen. Schneiders Gesicht wirkte wie versteinert. Taylor musste unbedingt mit ihm unter vier Augen sprechen.

»Ich soll an Weihnachten nachts durch den Wald irren wie ein fuckin' Rekrut? Und überhaupt, ein Orientierungsmarsch an der Front? Bei der Suppe? Das ist doch saugefährlich!«, echaufflerte sich Calvert. »Was ist los mit dir, alter Freund?«

Schneider stierte Calvert an, wie ein Turnierpferd ein großes Hindernis anglotzt, ehe es zum Sprung ansetzt. Der Oberfeldwebel verschwand beinahe in der diesigen Nebelsuppe. Bedrohlich schimmerten die Konturen seiner eisenharten Gesichtszüge durch den Nebel.

»Zuerst einmal bin ich dein Zugführer und nicht dein alter Freund«, zischelte Schneider dann.

Taylor entglitten die Gesichtszüge. Schneider war drauf und dran, das seit Jahren aufgebaute und bis vor Kurzem vortreffliche Kameradschaftsgefühl innerhalb des Zuges vor die Wand zu fahren. Taylor musste schnell mit Schneider sprechen, sehr, sehr schnell!

»Und dann darfst du mir gerne vertrauen, dass ich schon weiß, was gut für den Zug ist und was nicht.«

Calvert setzte zu einer frechen Antwort an, Taylor aber, der neben ihm stand, stieß ihm den Ellenbogen in die Seite und schüttelte den Kopf, was bedeuten sollte: Lass gut sein. Calvert verstand, und sein Mund blieb verschlossen. Schumann fluchte leise. Schon am Vortag hatte Schneider, der bekennender Atheist und Verweigerer christlicher Feste war, die Männer bis 21 Uhr auf Trab gehalten und sie dabei so müde gemacht, dass kaum jemand mehr an den Heiligen Abend hatte denken wollen. Vereinzelt waren sie noch in ihren Höhlen zusammengekommen, hatten ein »Stille Nacht, heilige Nacht« angestimmt und dazu einen Schnaps oder Wein getrunken. Ein großes, gemeinsames Zugfest wäre allerdings genau das Richtige gewesen, um die Moral der Männer wieder zu heben. Schneider aber wollte nicht verstehen, welche Bedeutung das Weihnachtsfest für einen Großteil der Männer hatte … vor allem im Krieg, an der Front.

»Weitere Fragen?«, blaffte der kommissarische Zugführer angefressen. Es gab keine weiteren Fragen.

»Sehr schön.« Der Oberfeldwebel rieb sich die Hände. »Dann jetzt: Mäntel, Pullover und Blusen ausziehen. Leibesübungen stehen auf dem Programm!«

Der Befehl traf die Brandenburger wie ein Tritt in die Genitalien. Gequält schauten die frierenden Soldaten ihren Zugführer an, dessen Blick verriet, dass er es bierernst meinte. Jedem Protest vorauseilend, erklärte Schneider: »Sport ist der Quell der Kraft und guter Gesundheit. Ich will nicht, dass ihr so endet wie Grafs Grenadiere, die täglich neue Fälle von Fleckfieber hervorbringen!«

Taylor war fassungslos. Er musste GANZ, GANZ DRINGEND mit dem Oberfeldwebel sprechen und nahm sich vor, dies gleich nach der Sporteinlage zu tun. Er schaute zu Kaminski, Huber und Ryan hinüber, die dreinblickten wie die Ochsen vorm Berge. Sie alle mussten das Gespräch mit Schneider suchen, würden zu viert auf ihn einreden müssen. Frühsport bei der Kälte war schon eine Gesundheitsgefahr an sich. Und dann auch noch an Weihnachten?

»Waffenpyramiden bauen, Klamotten auf Zeltbahnen sammeln. Huber stellt zwei Mann ab, die vor Ort Wache schieben. Der Gefreite Szrosen bleibt am Feldsprecher. Zeit zur Vorbereitung: drei Minuten. BEWEGUNG!«

Murrend kamen die Männer dem Befehl nach. Die Gesichter machten deutlich, wie wenig sie davon hielten. Calvert schien kurz vor der Explosion zu stehen, sein Kopf war feuerrot angelaufen.

»Ruhig Blut, alter Freund«, wisperte Taylor dem Südafrikaner zu.

Dessen Augen funkelten zornig, doch er nickte. Mit zerknirschter Miene zog er sich die Wintersachen aus. Auch Taylor befreite sich von seinem Mantel und dem Winterfell. Sofort erfasste das kühle Klima seinen Leib, ließ ihn bitterlich erschauern.

Gott, ist das scheißkalt!

Taylor schnürte sich die Stiefel neu. Indes beobachtete er Richter, der mit seinem Wintermantel unterm Arm zu den Zeltbahnen humpelte, die Kaminskis Männer auf dem Boden ausbreiteten. Die Brandenburger legten ihre Sachen darauf ab, fein säuberlich sortiert zu kleinen Klamottenbündeln.

»Noch 30 Sekunden!«, trieb Schneider den Zug an. Der Oberfeldwebel grinste triumphierend, kostete seine Machtposition sichtlich aus.

»Dear Lord ...«, stöhnte Calvert kopfschüttelnd. Er fand bei den Umstehenden stummen Zuspruch. Taylor hingegen bahnte sich seinen Weg durch die Menge sich ausziehender Kerle, trat an die Zeltbahn heran und legte dort seine Sachen ab.

»Hannes!«, rief er Richter zu, der mit einem leidgeprüften Blick antwortete.

»Hinsetzen! Rechten Stiefel ausziehen!«, befahl Taylor mit scharfer Stimme.

Richter machte ein Gesicht wie sieben Tage Regenwetter. Wortlos setzte er sich in den Schnee, öffnete die Schleife. Er musste die Zähne zusammenbeißen, als er sich den Stiefel vom Fuß zog.

Der Rest des Zuges stand bereits angetreten.

»Ist nichts Wildes«, versuchte Richter zu beschwichtigen.

»Ich will sehen, was du hast«, sagte Taylor bestimmt. Richter wurde traurig. Mit hilfesuchendem Blick bat er Taylor, es gut sein zu lassen. Der aber blieb hart, schüttelte den Kopf.

»Was ist hier los?« Schneider stand mit einem Mal zwischen Richter und Taylor. Seine Stimme klang scharf, seine Augen lauerten.

»Richter ist verletzt«, meldete Taylor.

»Hätte sich beim Appell krankmelden sollen!«

»Mir geht es gut«, säuselte Richter mit schwacher Stimme dazwischen. Er hatte sich den Socken schon halb vom Fuß gezupft, hielt nun aber inne. Taylor und Schneider ignorierten den Obergrenadier.

»Er kann jedenfalls sicherlich keinen Sport machen«, stellte Taylor nüchtern fest.

»Er wird Sport machen.«

Taylor und Schneider maßen einander mit erbitterten Blicken.

»Er kann kaum laufen!«

»Ja, ist das hier ein Wunschkonzert, oder was? Wenn jeder, der ein kleines Zipperlein hat, krank macht, können wir alle gleich nach Hause fahren und warten, bis der Russe bei uns an die Haustür klopft!«

»Mensch, Pantelis!«

»UNTERFELDWEBEL TAYLOR!« Auf Schneiders Stirn kam eine dicke, pulsierende Ader zum Vorschein. Der Zugführer schnaubte.

Taylor stieß ein Geräusch aus, dass dessen Überdruss über Schneiders Gehabe treffend zum Ausdruck brachte. Er bückte sich, zog Richter mit einer

Bewegung den Strumpf vom Fuß ... und starrte ungläubig auf die Zehen des Mannes.

»Hannes ...«, flüsterte Taylor.

»Es heilt schon wieder ...«, flehte Richter. »Ich schmiere doch immerzu Frostsalbe drauf.« Selbst Schneider verstummte beim Anblick des Fußes. Der große Zeh Richters war dunkelblau angelaufen, die Übergänge zum gesunden Fuß quittegelb. Es stank fürchterlich nach Verwesung.

»Hannes, das ist eine schlimme Erfrierung«, wisperte Taylor entsetzt.

»Wann ist das passiert?«, wollte Schneider wissen.

»In der zweiten oder dritten Nacht hier«, antwortete Richter mit dünner Stimme

»Warum hast du nicht ... du musst sofort ins Lazarett!«, stellte Taylor fest.

»Das heilt schon wieder.«

»Sei kein Ochse!«, ermahnte Taylor.

Schneider nickte, ergänzte: »Du kannst daran verrecken, Junge! Sofort ab zu den Grenadieren, dass die dich zum Arzt fahren!«

Richter blickte bedröppelt drein. Kein Widerstandswille war mehr in seinem Blick erkennbar. Der Obergrenadier schämte sich stattdessen, schämte sich, dass er seine Kameraden nun im Stich lassen würde.

»Brauchst dir keine Gedanken machen«, tröstete Taylor, der Richters Gesichtsausdruck richtig gedeutet hatte. Er strich dem Obergrenadier über den Kopf. »Da kannst du nichts für. Passiert.«

»... ich hab' nicht aufgepasst ...« Richter versank in Selbstmitleid, hauchte seine Worte mehr, als dass er sie sprach.

»Nun aber genug der Gefühlsduselei!«, blaffte Schneider. »Ich ...« Er stockte abrupt, blickte zum blätterlosen Astgerippe des Birkenwalddaches auf.

Ein Geräusch ertönte, gleichmäßig brummend. Aus Südwesten kommend. Noch weit entfernt, doch es näherte sich rasch. Propeller! Nur einen Wimpernschlag später schlugen Granaten in die Ruinenstadt ein. Schneider und Taylor starrten einander an.

»ANZIEHEN!«, brüllte Schneider wie von der Tarantel gestochen. »LOS, LOS, LOS! BEWEGT EUCH!«

»1. GRUPPE ZU MIR!«, rief Taylor dazwischen. Die Brandenburger warfen sich in ihre Klamotten, nestelten hektisch an Knöpfen und Waffen herum. Plötzlich sausten mehrere sowjetische Zerstörer über ihre Köpfe hinweg und hielten genau auf die Ruinenstadt zu. In dem dicken Nebel waren nur ihre

Schatten sichtbar, wie sie über das Birkenwäldchen und die Talhütte hinwegbrausten.

Szrosen stürmte aus der Hütte nach draußen. Er wetzte Schneider entgegen, erstatte keuchend Meldung: russischer Angriff, auf breiter Front! Sie stürmten gegen Bolls Stellungen bei der Gasse und von drei Seiten gegen die Ruinenstadt. Ausgerechnet am ersten Weihnachtstag!

Das Tosen der explodierenden Artilleriegranaten schwoll zu einem wahren Orchester der Zerstörung an. Pauken schlugen, der Bass ließ die Erde erbeben. Dazwischen das Röhren der Propellermaschinen, das schrille Orgeln der sich in die Tiefe schraubenden Sowjetzerstörer, das Wummern der Maschinengewehre, das Zischen der Raketen, das Pfeifen der fallenden Bomben und Krachen ihrer Detonationen am Boden. Die Ruinenstadt, der Kastenwald und die Gasse waren zum Ziel tausender Waffen geworden.

Wahnsinn!, dachte Taylor. *Der Russe fliegt bei dem Wetter!* Taylor konnte kaum zehn Meter weit sehen.

»BEWEGT EUCH, IHR HUNDE!«, krakeelte Schneider, der den Spannhebel seines Maschinenkarabiners schnellen ließ.

Richter blickte den Oberfeldwebel flehend an.

»Komm, zieh dich an«, entschied Schneider. Richter strahlte bis über beide Ohren. Taylor gefiel das nicht.

Gruppenweise setzten sich die Brandenburger in Bewegung. Im Laufschritt eilten sie der Dorfstraße, eilten sie dem ausgemachten Sammelpunkt mit Engelmanns Tiger-Panzern entgegen. Der Nebel verschluckte die Elitekämpfer.

*

Engelmann brütete, allein in seinem Panzer hockend, über der Kompaniechronik. Am Weihnachtstag war das Lesen langweiliger Dokumente und Befehle genau das richtige Mittel gegen seine Gedanken, die ihn nicht eine Minute in Ruhe ließen. Besonders die letzten Tage waren schlimm gewesen. All die Landser waren allmählich in Feststimmung gekommen, hatten provisorische Christbäume aufgestellt, Lieder geträllert und in Erinnerungen geschwelgt. Die Männer waren verdächtig ruhig, dachten an daheim, an ihre Familien, Eltern, Frauen, Kinder. Sie wurden an Weihnachten mehr noch als sonst daran erinnert, dass viele tausend Kilometer zwischen ihnen und ihren Lieben lagen. Die Weihnachtszeit war eine schlimme Zeit für Soldaten. Da verdrückten selbst die härtesten Männer die eine oder andere Träne. Die

Führung versuchte, den Landsern mit zusätzlichen Marketenderwaren und üppiger Verpflegung etwas Gutes zu tun … Weihnachten an der Front aber hatte wenig Gutes an sich.

Auch Engelmann war in den Strudel der andächtigen Erinnerungen geraten. Er musste an Weihnachten 1943 denken. Damals war er zuhause gewesen, hatte das Heilige Fest mit seiner Familie feiern dürfen. Die Erinnerung an den Geruch von Ellys Räucherstäbchen ließ ihn glauben, den weihnachtlichen Duft aus Würze, Zimt und Feuer wahrhaftig wieder um sich zu haben, und ja, Engelmanns Augen wurden ein wenig feucht. Ein Jahr lang hatte er Elly und Gudrun schon nicht gesehen. Die Zeit rannte.

Engelmann hatte von jenem Heimaturlaub ein aktuelles Foto seiner Tochter mitgenommen, doch das winzige Mädchen, das darauf abgebildet war, würde wohl kaum noch Gudruns realem Abbild entsprechen. Engelmann hatte Angst, sie nicht mehr wiederzuerkennen, wenn er eines Tages heimkehren würde. Und er hatte Angst, dann vor verschlossener Türe zu stehen …

Elly hatte sich auf seinen letzten Brief, den er Anfang Dezember endlich abgeschickt hatte, noch nicht gemeldet. Theoretisch war noch Zeit, trotzdem beschlichen Engelmann schlimme Ängste. Seine letzten Schreiben waren nicht gerade wohlwollend und einfühlsam gewesen, das wusste er selbst. Doch er konnte nicht mehr anders, als sinnlose Phrasen in zackigem Militärdeutsch zu schreiben. Es war, als würde in seinem Hirn eine Barriere existieren zwischen dem Gefühlszentrum und jenem Teil, der für die Sprache zuständig war.

Engelmann wollte heim, mehr denn je. Er wollte mit Elly reden, wollte mit ihr über so viele Dinge sprechen, ihr so vieles erklären. Doch er fürchtete auch, sie würde ihn nicht verstehen.

Der abrupt einsetzende Feuerzauber des Gegners riss ihn jäh aus seinen Gedanken. Reflexartig schleuderte Engelmann die Kompaniechronik ins Blechfach der Tiger-Kuppel und rief seine Männer über Funk. Nur Augenblicke später rannten die Panzermänner aus den Scheunen, manch einer zog sich im Laufen an.

Tiefflieger röhrten oben am Himmel, doch wegen der dicken Suppe dürften Engelmanns Panzer vor ihnen sicher sein. Wölk, Bock, Birne und Jahnke hetzten an Irma heran, öffneten die Luken, ließen sich in den Bauch der Bestie herab. Engelmann hatte sich schon die Hörer über die Ohren gezogen, das Mikrofon in Position gebracht.

»War ja klar, dass die Bolschewisten an Weihnachten angreifen«, knurrte Bock.

»MELDUNG!«, forderte Engelmann.

»Anna 3 einsatzbereit!«, rauschte Perschers Stimme durch den Äther.

»Anna 2 bereit!«

»Anna 4 bereit!«

Die Motoren der Tiger-Panzer erwachten zum Leben, ratterten. Brüllten auf, als die Fahrer das Gaspedal traten. Das stählerne Gerüst Irmas vibrierte.

Wölk stellte auf die gemeinsame Frequenz um. Engelmann vernahm ein Knacken in seinen Lautsprechern und forderte umgehend einen Lagebericht. Boll berichtete. Danach Graf. Dann wieder Boll. Seine Pioniere wehrten in der Ruinenstadt Rotarmisten mit Fäusten und Seitengewehren ab. Russische Infanterie sprang aus dem Nebel. Boll sprach auch von Panzern, die vor den Stellungen herumkurven würden, wegen der Sichtverhältnisse aber keine Ziele erfassen könnten. Und er berichtete von den feindlichen »Schturmowik«, die blindlings Bomben warfen und Raketen spien, ohne etwas von Bedeutung zu treffen.

Engelmann hörte aufmerksam zu, stellte präzise Detailfragen, lauschte den Antworten der Kameraden. Dann fasste er einen Plan. »Zur Dorfstraße!«, befahl er seiner Einheit. »Sammelpunkt Brandenburg!«

Durch den Nebel drangen die Töne der Schlacht, eine Kakophonie in wahnwitziger Lautstärke. Ein Knallen, ein Donnern, ein Tosen und ein Rumoren. Engelmann meinte, die elenden Rufe der Verwundeten trotz des Lärms heraushören zu können. Dazwischen gebrüllte Befehle, irgendwo weit weg das »Uräääää!« des Gegners. Maschinengewehre belferten, Gewehre klopften, Granaten pfiffen und rumsten. Dieses Weihnachten würde blutrot werden.

*

Das Lärmen der Kriegswaffen bestimmte die Geräuschkulisse. Gebrüll und Gezeter überall. Maschinengewehre schnatterten. Glühende Leuchtspurprojektile surrten wie hinter Schleiern verborgene Irrlichter durch den Nebel. Die russischen Tiefflieger zogen ab, die Piloten mussten erkannt haben, dass sie bei dem Wetter nicht wirken konnten.

Schneider sah nichts. Gar nichts. Die milchige Suppe lag wie eine undurchsichtige Wand vor ihm. Engelmanns Tiger, die auf der Dorfstraße zur Kolonne aufgefahren waren, schälten sich nur allmählich aus dem Nebel, je näher Schneider ihnen kam.

Der Oberfeldwebel keuchte fürchterlich, seine Atmung rasselte, sein Kopf war heiß wie ein Kessel. Mit jedem Schritt versank er bis zu den Knien im Schnee. Schneider erreichte Engelmanns Tiger, den vordersten der Kolonne. Er kraxelte die abgeschrägte Unterwanne hoch, rutschte ab, landete im Schnee, sprang auf, fluchte, kletterte erneut. Der Zug ging in seinem Rücken gruppenweise in Stellung.

»Ich brauche Ihre Männer bei der Gasse!«, brüllte Engelmann gegen den Lärm an. Schneider hielt sich hechelnd an den Turmschürzen fest.

»Jawohl!« Sein Kopf war hochrot angelaufen vor Anstrengung.

Engelmann klärte ihn mit knappen Worten über die Lage auf. Der feindliche Angriff war heftig, aber die Russen standen sich selbst im Wege. Die einzelnen Stoßtrupps fanden ihre Ziele nicht, verliefen sich im Nebel, landeten immer wieder unverhofft vor den deutschen Stellungen. Boll hatte darüber hinaus bewiesen, dass er auf dem Führerlehrgang doch etwas gelernt hatte. In einer kühnen Aktion war er mit einem kleinen MG-Trupp einem ganzen sowjetischen Bataillon in die linke Flanke gefallen, hatte die Rotarmisten durch clever gelegtes Feuer verschreckt und sie so geradewegs vor den Kastenwald gescheucht, wo sich der Nebel als durchlässiger erwies und Grafs Männer in Bereitschaft lagen. Wie auf dem Schießplatz schossen sie die feindlichen Soldaten ab, die panikartig auf der Prärie hin und her liefen. Was nun noch gegen die deutschen Stellungen schwemmte, waren Nachzügler, die keine Verbindung zur Führung hatten, sowie die Trupps besonders engagierter Kommissare und Offiziere, die nichts anderes als einen Sieg akzeptieren wollten. Die russischen Panzer waren wieder im Nebel verschwunden. Bolls und Grafs Männer würden ihre Stellungen wohl halten können, sollte nichts Unerwartetes mehr geschehen. Engelmann aber war ein Abschlagen des Angriffs nicht genug. Er wollte Boden gutmachen, wollte den Iwan endlich von diesem verdammten Kuhdamm putzen.

»Sie gehen mit ihrem gesamten Zug rüber zur Gasse, unterstützen Boll, wo möglich, bei der Abwehr der feindlichen Infanterie«, befahl Engelmann. »Ich gebe Ihnen Stendal zur Deckung mit. Sammeln Sie sich in jedem Fall rasch an der linken Flanke von Bolls Stellungen. Ich brauche Sie am Funkgerät; lassen Sie sich von Boll eines geben! Der Feind denkt, der Nebel wäre sein Freund, aber er ist ebenso der unsere!«

»Jawohl, Hauptmann.«

»Ich fahre mit dem Rest meiner Panzer über Ruinenstadt in den Westsack hinein, um den sowjetischen Panzern den Weg zum Kuhdamm zu verlegen. Sowie ich den Angriffsbefehl erteile, wird Boll alles Feuer, das ihm zur Verfügung steht, auf den Kuhdamm legen. Sie gehen dann von der linken Flanke heran, während meine Tiger von hinten kommen. Aus dieser tödlichen Umklammerung wird sich der Feind nicht lösen können!«

Schneider wiederholte den Befehl, dann sprang er vom Panzer, wies brüllend seine Männer ein.

Taylors Gruppe erklomm Stendals Panzer, drängte sich hinter dem Turm zusammen. Stendal ließ anfahren, rollte an Engelmann vorbei und zur Gabelung vor.

*

»Lass doch dein dummes Gewehr hier!«, brüllte Katczinsky, der sich zum Schutz vor dem eiskalten Fahrtwind hinter dem Turm des Panzers zusammengekrümelt hatte. Der Platz war mehr als begrenzt, die Brandenburger hockten zusammengedrängt auf dem Unterwagen. Der Rest des Zuges kämpfte sich links des Panzers durch den Schnee.

Blessing war noch dabei, sich zu sortieren. Der Gefreite wusste nicht so recht, wohin mit seinen Waffen. Er hielt mit beiden Händen die sauschwere Panzerschreck fest, hatte sich zudem sein Gewehr 44 zwischen die Beine geklemmt. Er rutschte auf den Lüftungslamellen des Tiger-Tanks hin und her und schlug sich den Schädel an der Turmschürze an, so heftig ruckelte der Panzer während der Fahrt. Heiße Dämpfe strömten aus der Lüftungsanlage.

Blessing war es schließlich leid. Er verstaute den Maschinenkarabiner unter dem Gepäckkasten, der ans Heck des Panzerturms montiert war. Der Gefreite würde mit seiner Panzerschreck ohnehin alle Hände voll zu tun haben. »Ich sehe schon, heute Abend ist mein Schießprügel weg«, rief er gegen den Lärm.

»Scheißegal.« Katczinsky zeigte seine fauligen Zähne.

»Ist in Ordnung so«, gab Taylor zu verstehen. Ihm war nur wichtig, dass Blessing uneingeschränkt als Panzerabwehrschütze einsatzbereit war. Da störte das Gewehr nur.

Katczinsky gab ein ulkiges Bild ab, wie er hinter dem Turmkasten kauerte und seelenruhig die Raketen sortierte, die er sich in den Rucksack gestopft hatte.

151

Der Motor des Tigers brauste auf, als der Panzer die Gabelung passierte und sich die Gasse hinaufwühlte. Der Schnee hatte den aufgeweichten Weg in einen matschigen Sumpf verwandelt, in den sich die Ketten tiefer und tiefer eingruben. So quälte sich das Ungeheuer aus Stahl voran.

Stendal fuhr über Luke, blickte sich nach seinen Gästen um. »Möge Gott mit uns sein!«, schrie er gegen das Getöse an.

Die Schlacht produzierte einen Höllenlärm. Geschosse aller Kaliber und Arten surrten durch die Luft, fauchten, detonierten. Taylor reckte sich am Gepäckkasten des Turms hoch, blickte am Leutnant vorbei ins Vorfeld. Die Brombeerböschung rechts verwehrte ihm den Blick auf das Schlachtfeld. Der Nebel war hier etwas lichter.

Stendals Panzer erreichte schließlich jene Stelle, wo die Gasse aus der Deckung der Brombeersträucher brach. Granateinschläge zerrissen sogleich das Gestrüpp rechts, warfen Zweige, Schnee und Erde meterhoch in die Luft.

Links des Panzers gerieten die restlichen Brandenburger unter Schneiders Führung in immer tieferen braun-weißen Schlamm.

Granaten krepierten auf und neben der Gasse. Splitter fetzten in alle Richtungen, gruben sich in den Boden, sprangen als Querschläger umher.

Taylor klammerte sich an seiner Waffe fest. Richter verdrehte mit einem Mal die Augen, sackte in sich zusammen. Dann schrie Berger. Seine linke Schulter war über ihre gesamte Länge aufgerissen, blutig rote Stofffetzen wehten im Wind. Ein Granatfragment, groß wie ein Handteller, war ihm glatt durch den Oberkörper geschlagen.

»Runter vom Kasten!«, brüllte Taylor, ohne sich mit Stendal abzusprechen. Der Befehl ging im Getöse feindlicher Geschosse unter. Sprenggranaten gruben das Brombeerfeld um, Bewuchs und Dreck wurden himmelweit aufgeworfen. Das Pfeifen des Steilbeschusses schlich sich in den Lärm ein, dann krachten südlich der Gasse dicke Koffer in den Hang der Wetterspitze.

Die Brandenburger sprangen vom fahrenden Panzer nach allen Seiten weg. Blessings Ofenrohr klapperte gegen den Stahl. Calvert zog Berger hinter sich her, Katczinsky hievte den bewusstlosen Richter vom Unterwagen. Beinahe wären dessen Füße dabei in die malmende Kette geraten. Taylors Männer pressten sogleich ihre Leiber in den weißen Schlamm. Schumann fluchte.

Der Tiger ließ das Brombeerfeld hinter sich, fuhr aufs offene Gelände. Nur einen Wimpernschlag später trafen ihn heulend Geschosse vom Kuhdamm. Jeder Treffer blitzte fürchterlich. Singend zersplitterten die Granaten am harten Panzerstahl, schossen die Splitter nach allen Seiten weg, jagten Schneider und seinen Männern entgegen, die durch hüfttiefen, weiß-braunen Schlamm wateten. Einige der Brandenburger klappten im Splitterhagel zusammen, fielen ihren Kameraden in die Arme, wurden mitgeschleift.

In einiger Entfernung, im Nordosten, erklangen plötzlich mehrere Abschüsse von Acht-Achter-Kanonen. Engelmanns Tiger mussten bereits in den Westsack eingedrungen sein, hatten den Kampf mit den Russenpanzern aufgenommen.

»Vorwärts!«, brüllte Schneider seine Männer an. »VORWÄRTS! VORWÄRTS! VORWÄRTS!«

Doch es ging nicht weiter vorwärts. Aus gefühlt tausend Rohren wurden die Brandenburger auf der Gasse sowie links davon unter Beschuss genommen. Es knallte und schepperte und blitzte und sauste, als stünden die Männer im Zentrum eines amerikanischen Bombenangriffs. Einige wurden tödlich getroffen, andere wanden sich verwundet im Schlamm, schrien verzweifelt um Hilfe. Der Schnee färbte sich blutrot. Fleischbrocken, abgetrennte Glieder und zersägte Leiber wirbelten umher, fanden im kühlen Nass ihr Bett. Der Feind ballerte mit allem, was er hatte, auf die Brandenburger, nagelte sie gnadenlos fest.

Taylor kroch einen Meter vor, drückte sich hoch. Spähte. Der Nebel war licht, der Kuhdamm schimmerte als schwacher Hügel hindurch. Aberwitziges Feuer schlug ihm von dort entgegen.

Stendal schob sich mit der vollen Breite seines Tigers schützend vor die Brandenburger. Er bekam sogleich die Quittung dafür. Das gesamte russische Feuer des Abschnitts konzentrierte sich augenblicklich auf ihn. Projektile aller Größen klatschten gegen den Panzerstahl, zerbarsten daran, versengten das Metall, bohrten Löcher ins Chassis, ließen die Schürzen zerbröseln, zerschmetterten Räder und Haltebolzen. Mit metallischem Scheppern riffelte die rechte Kette auf. Die vorderen Laufräder gruben sich im Handumdrehen in den aufgeweichten Boden ein, bis sie steckenblieben.

Stendal stand schlagartig bewegungsunfähig auf weiter Flur, ohne Deckung, ohne Schutz. Es erschien Taylor, als würde die gesamte Feuerkraft der Roten Armee in diesem Augenblick auf den Panzer des Leutnants herniedergehen. Der Tiger verschwand in einem einzigen Reigen aus Blitzen, aus rostroten und orangefarbenen Flammenzungen, aus Erde, aus Schnee, Dreck, Funken und Rauch. Die automatische Feuerlöschanlage ging los, weißer Rauch stieg aus dem Heck auf. Feindliche MG nahmen Stendals Tank unter prasselndes

Schnellfeuer. Irgendwo schossen auch Bolls Männer, doch deren Feuer war kaum zu hören im Kugelhagel, der vom Kuhdamm ausging.

»JA, SCHIESS DOCH ZURÜCK!«, brüllte Taylor in seiner Ohnmacht und meinte Stendal damit. Unterdessen zerrte er zusammen mit Calvert Richter in eine von Brombeergewächsen umgebene Mulde rechts der Gasse, in der bereits Katczinsky und Berger hockten. Berger war ganz bleich geworden, war aber wach und ansprechbar.

»Ich glaube, die müssen für mich bald eine neue Stufe des Verwundetenabzeichens einführen«, sagte er ganz ruhig, als sie Richter neben ihm ablegten, dessen Augen geschlossen waren und der den Eindruck erweckte, als würde er schlafen.

Taylor schlug Berger gegen den Stahlhelm, drehte sich dann um, raste in langen Sätzen quer über die Gasse. Er sah, dass Stendal noch immer nicht schoss, ja nicht einmal den Turm auf die Feindstellungen ausrichtete. Der russische Beschuss war drauf und dran, den Tiger zu zerlegen. Jeder dicke Brummer, der gegen den Panzer donnerte, schob ihn ein Stück weiter in den Schlamm der Gasse hinein.

»Warum schießt der Ochse nicht?«, stöhnte Taylor mit knirschenden Zähnen, dann: »SCHNEIDER!« Ein Mann reckte den Kopf aus dem Schneematsch. *Schneider!* Taylor sprang in einen nassen Graben, kroch, so schnell er konnte, watete durch Blut, Leichenteile, Schnee und Matsch zu Schneider, der ebenso in Blut badete, umgeben von Toten und tödlich Getroffenen. Querschläger flogen ihnen um die Ohren. Das Gros des Feuers aber zog Stendal auf sich. Taylor und Schneider schlugen ihre Helme gegeneinander, dann polterte der kommissarische Zugführer los: »Wir müssen zu Boll! Brauchen Männer von ihm für den Flankenangriff!«

Flankenangriff? Der Zug kämpfte ums Überleben und Schneider dachte noch an Angriff!

An der rechten Flanke des Tigers stäubte mit einem Mal eine Explosion auf, deren wütende Flammen über den Turm griffen und den ganzen Panzer für eine Sekunde verschlangen. Taylor stockte der Atem.

»Warum schießt der nicht?«, brüllte er Schneider an. Der zuckte mit den Achseln, wandte sich ab, plärrte Befehle, versuchte irgendwie, ein paar einsatzfähige Männer zusammenzuklauben. Er watete zwischen den Toten und Schreienden umher, hievte verstörte Gestalten auf die Beine, drückte ihnen Waffe und Helm in die Hände.

Auf der anderen Seite der Gasse lag noch immer Taylors Gruppe in der Mulde im Gestrüpp, zusammengekauert wie die Kellerasseln.

Taylor vermochte in diesem Augenblick nichts anderes, als Stendals Tiger anzustarren. Der Leutnant war längst unter Luke verschwunden. Der Panzer versank in einem bunten, flammenden Blumenstrauß. Funken von MG-Garben tanzten über den Stahl.

Auf einen Schlag fiel es Taylor wie Schuppen von den Augen, auf einmal sah er, was mit Stendals Tank los war: Der Turm nämlich ratterte wie ein alter Dieselmotor, bebte förmlich. Ein seltsames Geräusch tackerte wie wild. Feiner Dampf stieg hinter dem Turm hoch. Der Motor des Schwenkwerks arbeitete auf Hochtouren, doch er vermochte den Kopf der Bestie nicht zu bewegen. Ein verbogenes Metallobjekt hatte sich unter dem Gepäckkasten im Drehkranz verkeilt, verhinderte jede Bewegung des Turms. Es war ein Maschinenkarabiner – Blessings Maschinenkarabiner.

Taylor kroch eine unsägliche Hitze durch den Körper. Er wollte aufspringen, wollte etwas unternehmen. Doch er kam nicht mehr dazu, denn just in diesem Augenblick geschah es: Das Turmluk des Kommandanten sprang auf und der lange Stendal kam zum Vorschein.

Taylor hielt den Atem an, starrte gebannt auf die Aktion des Panzerleutnants. *Unglaublich!* Im Zentrum des russischen Feuerzaubers, im Auge des tödlichen, stählernen Sturms, kraxelte dieser Offizier auf seinem Panzer herum. *Was für ein Kerl!* Taylor revidierte augenblicklich seine Meinung über Stendal. Der Reserveleutnant sprang in diesem Augenblick auf die Lüftungslamellen des hinteren Unterwagens, war mit einem Satz bei dem verkeilten Gewehr. Feuer umgab ihn, Kugeln flogen ihm um die Ohren. Eine Detonation ereignete sich an der Stirn des Panzers, die Wucht hätte den Leutnant beinahe vom Wagen geschleudert.

Stendal zerrte an dem Maschinenkarabiner, der sich kein Stück rührte. Er trat mit dem Stiefel dagegen. Einmal, zweimal. Dreimal. Der Karabiner löste sich, schepperte auf den Unterwagen, rutschte an den schrägen Panzerplatten herunter. Und Stendal sprang schon wieder zurück auf den Turm. Einen Wimpernschlag später war er im Panzer verschwunden. Der Turm drehte sich, richtete sich auf den Kuhdamm aus. Und feuerte. Die Wucht des Abschusses drückte Taylors Männer, die neben dem Panzer hockten, in den Schnee.

Stendals Tiger aber feuerte weiter. Feuerte. Feuerte. Feuerte ohne Pardon. Das Koaxial-MG belferte. Es war, als vernahm Taylor schlagartig hunderte deutsche Waffen, die von allen Seiten den Kampf aufnahmen. Der Kuhdamm sprang förmlich auseinander. Schneider brüllte die Reste des Zuges auf die Beine, ließ die Männer geradewegs vorpreschen. Bolls Leute schossen, was die Rohre hergaben. Noch immer hagelte das Feindfeuer auf Stendals Panzer ein, doch es war schon viel weniger geworden. Der Tiger stellte sein Feuer ein.

»Was ist jetzt wieder los?«, keuchte Taylor. Er richtete sich halb auf. Nahm den Kuhdamm in Augenschein. Von Norden her rollte in diesem Augenblick ein gigantischer Koloss auf die Bodenwelle, kam am höchsten Punkt zum Stehen. Dann noch einer. Und noch einer. *Engelmann!* Die Deckel der Panzer sprangen auf, Handgranaten flogen im hohen Bogen aus den Panzern, landeten an und in den sowjetischen Stellungen. Rotarmisten sprangen panisch aus ihren Löchern. Blitzte zuckten, der Schall der Detonationen donnerte über Taylor hinweg. Nur Sekunden später wimmelte es auf dem Damm von deutschen Soldaten, wimmelte es von Bolls Sturmpionieren und Grafs Grenadieren. Engelmann, der Teufelskerl, musste im Schwung des Angriffes alle entbehrlichen Kräfte mobilisiert haben.

Minuten nur dauerte der grausige Nahkampf auf dem Hügelkamm an. Deutsche und Russen fielen übereinander her, ein wildes Handgemenge entstand, begleitet von entsetzlichen Flüchen, wildem Stöhnen und animalisch anmutendem Grunzen. Laute von Männern, die miteinander kämpften, die aufeinander eindroschen, erfüllten die Luft. Widerliche, erschütternde Laute waren das.

Und dann befand sich der Kuhdamm in deutscher Hand. Bolls Verteidiger in den Gasse-Stellungen sowie Schneiders Zug schossen auf diejenigen Russen, die zu flüchten versuchten. Kein einziger Rotarmist überlebte den deutschen Gegenstoß. Der Kampflärm flaute ab, verminderte sich zu einem entfernten Grollen von Artilleriegeschützen.

Taylor sank erschöpft in den Schnee. Freuen konnte er sich nicht. Er saß im Blut seiner Kameraden, wagte noch gar nicht darüber nachzudenken, wer noch leben mochte und wer nicht. Es dauerte eine kleine Weile, bis er sich erhob. Taylor blinzelte über die Gasse hinüber zu seinen Männern, die sich um Berger versammelt hatten und ihn versorgten. Niemand versorgte Richter. Richter war tot.

Nordöstlich von Witebsk, Sowjetunion, 29.12.1944

Engelmann stand auf der Dorfstraße, auf Höhe der Talhütte. Er hatte die Hände in seinen Manteltaschen vergraben, starrte immerzu gen Norden, wo zahlreiche frische Gräber abseits des Weges allmählich unter einer Schneedecke verschwanden. Immerhin war das Opfer dieser Männer nicht umsonst gewesen. Die Sowjets schienen begriffen zu haben, dass es bei der Wetterspitze nichts als Traurigkeit zu holen gab. Bolls Männer hielten den Kuhdamm besetzt, und die Russen hatten seit jenem Weihnachtstag keinen weiteren Angriffsversuch mehr unternommen. Vielleicht waren auch ihnen endlich einmal die Kräfte ausgegangen.

Ein tröstlicher Gedanke, überlegte Engelmann. So recht glauben wollte er nicht daran.

Langsam schritt der Hauptmann zu Schneiders Männern hinüber, die zusammensaßen und ihre Waffen reinigten. Sie hockten auf aus Holz gezimmerten Sitzbänken am Rande des lichten Birkenwäldchens, das ihre kleine Stadt beherbergte. Die weißen, dürren Stämme der Birken erhoben sich aus dem ebenso weißen Schnee. Ein Eichhörnchen flitzte einen dicken Ast entlang. Bodennebel hatte das Land in Beschlag genommen, doch je weiter der Tag voranschritt, desto mehr löste er sich auf. Aus der dicken, weißen Suppe war bereits ein durchsichtiger Schleier geworden.

Die Bauteile von Gewehren, Pistolen, Maschinenpistolen und Maschinengewehren lagen, geschützt vor dem Schnee, auf einer Zeltbahn verteilt. Die Männer hatten sich mit Schals, Beuteklamotten und Tüchern vermummt, sahen kunterbunt aus wie eine Banditenbande. Die Temperaturen reichten dieser Tage bis unter minus 30 Grad Celsius. Irgendwann halfen da auch keine weitere Kleidungsschicht und keine Frostsalbe mehr. Die Soldaten schlotterten mit den Knochen, so sehr froren sie. Eiszapfen hingen in ihren Bärten. Alkohol und Arbeit waren die einzigen Rezepte, die ihnen gegen die Eiseskälte noch blieben. Schnapsflaschen machten entsprechend die Runde, indes beschäftigten sich die Männer mit den Bauteilen der Waffen. Einige kauten Traubenzucker oder lutschten an Zitronenscheiben, um Vitaminmangel vorzubeugen. Ein Kofferradio spielte das melancholische »Als unser Führer ging«.

Die Brandenburger waren, so meinte Engelmann, ein wenig stiller geworden, seit ihnen der erste Weihnachtstag derart hohe Verluste beschert hatte.

Zwölf Mann waren gefallen, drei weitere derart schwer verwundet worden, dass sie den Soldatenberuf wohl niemals wieder würden ausüben können. Der Tod vieler guter Kameraden erinnerte sie an die Vergänglichkeit des eigenen Lebens. Der gemeine Soldat ging in der Regel davon aus, er selbst würde alle Kämpfe, alle Gefahren heil überstehen. In Zeiten, in denen der Tod üppige Ernte einfuhr, geriet diese Denkweise ins Wanken.

Taylor lief zwischen den Brandenburgern umher, beaufsichtigte sie bei ihrem Tun. Der Mann mit dem britischen Namen schien selbst ganz jämmerlich zu frieren. Er nickte Engelmann zu, als dieser sich näherte.

Engelmann hatte gar nichts Besonderes vor, er versuchte nur Zeit totzuschlagen. Er wanderte dann öfters umher, schaute sich um. Solange er in Bewegung blieb, war die Kälte auch etwas weniger unerträglich.

Allmählich verklang die Melodie aus dem Radio. Eine Fanfare ertönte. Eine blecherne Stimme dröhnte aus den Lautsprechern, verlas das berühmte »Das Oberkommando der Wehrmacht gibt bekannt«, dann folgten aktuelle Meldungen. Engelmann blieb stehen und lauschte.

In Italien war ein Anschlag auf Mussolinis Leben gescheitert. Der Duce dankte aus dem Krankenhaus heraus bereits seinen deutschen Verbündeten. Schon jetzt stand quasi die gesamte italienische Armee unter deutschem Kommando, und die deutsche Vorherrschaft war auch der einzige Strohhalm, der Mussolini geblieben war.

Weiter berichtete der Sprecher von den Erfolgen deutscher Düsenjäger im Kampf gegen die alliierten Bomberströme. In immer größerer Zahl werfe die Luftwaffe den Messerschmitt 262-Jäger in die Luftschlacht über Deutschland, der mehr und mehr Luftsiege gegen feindliche Bomber erringen würde. Allein in dieser Woche hätten die feindlichen Luftflotten über 180 Maschinen im bayrischen Luftraum verloren, so der Sprecher weiter.

Zum Abschluss verlor der Sprecher einige Worte über die deutschen Höllenhunde, die in diversen englischen Städten angeblich gewaltigste Schäden angerichtet hatten. Wieder Fanfaren, dann setzte eine melancholische Schnulze ein. Als ob das Leben an der Front nicht schon traurig genug wäre ...

Engelmann schien, als täten Schneiders Männer seit Tagen schon nichts anderes, als ihre Waffen zu reinigen. Der Hauptmann verstand nicht ganz, was der Oberfeldwebel mit dieser sinnlosen Schinderei bezwecken wollte. Schneider jedenfalls hielt seine Brandenburger auf Trab, Tag und Nacht.

Engelmann zuckte mit den Schultern, wandte sich ab. Gedanklich drängten sich die Radiomeldungen wieder in den Vordergrund. Sie waren größtenteils positiv – nicht verwunderlich für Wehrmachtsberichte –, und auch wenn Engelmann um ihren Propagandagehalt wusste, ließ er es doch zu, sich von ihnen einlullen zu lassen. Zudem gab es weitere gute Nachrichten. Nachrichten, die hoffen ließen: Die Moltke-Linie hatte allen Angriffen standgehalten, der Iwan hatte sich vielerorts eine blutige Nase geholt. Örtliche Einbrüche, die vereinzelt durch den Gegner erzielt worden waren, konnten durch rasche Gegenstöße mit schnellen Kräften bereinigt werden. Und mittlerweile stand die gesamte Ostfront still. Der rote Ansturm war an der Moltke-Linie zum Erliegen gekommen. Die sowjetische Großoffensive hatte keinen Durchbruch erzielt.

Washington D.C., USA, 20.01.1945

Teddy Hopps war nervös wie nie zuvor in seinem Leben. Dies würde sein erster Auftritt als leitender Hauptstadtkorrespondent der *Tulsa World* sein, nachdem seinem Vorgänger, Todd Jenkins, die Drogen- und Frauenprobleme endgültig über den Kopf gewachsen waren.

Teddys Füße tippelten auf dem Marmorboden, seine Finger massierten immerzu das Stuhlpolster. Sein erster Einsatz an der vordersten Journalistenfront, und dann gleich so ein dickes Ding! Teddy arbeitete seit drei Jahren in der Hauptstadt für seine Zeitung, doch in all der Zeit hatte ihn das kleinwüchsige Arschloch Jenkins nie aus seinem Schatten heraustreten lassen. Der ruhmsüchtige Drecksack hatte die großen, die wichtigen Storles stets selbst geschrieben, und hatte Teddy immer dann losgeschickt, wenn es um eine langweilige Bürgerinitiative oder einen unbedeutenden Verkehrsunfall ging. Gut also, dass Jenkins nun weg war. Teddy lechzte danach, sich endlich der Geschichten und Personen von Bedeutung zu widmen. Er hätte jedoch nicht gedacht, dass ihn sein erster großer Job derart nervös machen würde ...

Teddy Hopps befand sich im Pressesaal des Weißen Hauses. Zusammen mit circa 100 Kollegen von anderen Blättern saß er vor einer kleinen Bühne. Sie alle warteten geduldig auf den frischgebackenen 33. Präsidenten der Vereinigten Staaten von Amerika. Am Morgen dieses Tages hatte die Vereidigungszeremonie auf den Stufen des Kapitols stattgefunden. Präsident Thomas E. Dewey, bisheriger Gouverneur des Bundesstaates New York, hatte

sich unmittelbar danach in einer Rede an die Nation gewandt, hatte von großen Herausforderungen für das amerikanische Volk gesprochen. Der Krieg
war selbstredend das vorherrschende Thema gewesen, doch erfreulicher-
weise hatte Dewey auch innenpolitischen Angelegenheiten einigen Raum zu-
gestanden, beispielsweise der Rassentrennung. An dieser hatten Roosevelt
und sein Demokratengesindel immer wieder zu rütteln versucht. Mit Dewey
aber waren Änderungen der entsprechenden Gesetze nicht zu machen, das
hatte er in seiner Antrittsrede deutlich gemacht.

Teddy vermochte seine Freude über den Wechsel an der Spitze seines Landes nicht zu verbergen. Ein breites Grinsen zeichnete sich in seinem Gesicht
ab. Die USA mochten sich derzeit mit diversen Möchtegern-Großmächten im
Krieg befinden, das aber hatte die Amerikaner letztlich nicht davon abgehal-
ten, endlich wieder republikanisch zu wählen.

Präsident Dewey würde in wenigen Augenblicken vor die versammelte
Presse treten. Er war freilich der Wunschkandidat der Tulsa World-Redaktion
und natürlich ebenso Teddys Wunschkandidat. Seine Zeitung hatte Deweys
Wahlkampf aktiv unterstützt.

Dewey hatte das Rennen im November schließlich knapp für sich entscheiden können. Roosevelt war sicherlich der redegewandtere Politiker, der genau wusste, wie man die Massen beeindrucken und für sich vereinnahmen
konnte. Das aber hatte ihm letztlich nichts mehr genützt. Der schwerkranke
Demokrat, der derzeit angeblich im Krankenhaus lag, hatte sich mit seiner
vierten Kandidatur schlussendlich übernommen.

Teddy empfand es bereits als dreist genug, dass Roosevelt sich überhaupt
ein drittes und ein viertes Mal zur Wahl hatte aufstellen lassen, wo es doch
die inoffizielle Konvention gab, nach zwei Amtsperioden abzutreten. Roosevelt aber konnte den Hals einfach nicht voll genug bekommen. Nur hatte dieses Mal der Rest der Welt nicht mitgespielt. Tōjōs Truppen mochten sich auf
dem Rückzug befinden, und es war wohl nur noch eine Frage der Zeit, bis
Japan fallen würde. In Europa aber sah die Kriegslage düster aus. Das größte
Vorhaben der US-Streitkräfte, die Landung in der Normandie, war ein Fehlschlag geworden, die amerikanischen Verlustzahlen erreichten schwindeler-
regende Höhen. Laut der Gallup-Umfragen der letzten Monate war das amerikanische Volk gespalten, was die militärischen Engagements der USA anging.
Mit dem Kampf gegen das Japanische Kaiserreich ging die Masse konform,
lag dieser Feind doch quasi vor der Haustür und stellte somit zumindest theoretisch eine direkte Bedrohung dar. Nicht umsonst übten amerikanische

Schulkinder, wie sie sich im Falle eines Bombenangriffs zu verhalten hatten. Jene, die das Reich der aufgehenden Sonne bereits als abgeschrieben erklärt hatten, waren spätestens durch die Roboterangriffe gegen San Francisco eines Besseren belehrt worden, zu denen die Japaner trotz ihrer schlechten Lage imstande gewesen waren. Auch deren Ballonoffensive, die bis dato sechs Todesopfer in den USA und in Kanada gefordert hatte, legte Zeugnis davon ab, dass Japan noch immer gewillt war, den Kampf fortzusetzen.

Was den Krieg in Europa anbelangte, schwand die Akzeptanz im Volk zunehmend. Die Mehrheit der Bürger verstand nicht, was die USA mit den »Euros« zu schaffen hatten, und warum US-amerikanisches Blut fließen musste, nur weil die Franzosen und Engländer nicht mit ihren Nachbarn zurechtkamen.

Was Roosevelt allerdings letztlich das Genick gebrochen hatte, war die Pearl Harbor-Affäre gewesen, die in der Hochphase des Wahlkampfes wie aus dem Nichts aufgetaucht war. Ein Angehöriger der Navy hatte der *New York Times* im Oktober 1944 hochbrisante Dokumente zugespielt: dekodierte Depeschen, Manöverpläne und Angriffsaufstellungen gegen im Pazifik stationierte Flotten der Vereinigten Staaten. Die Dokumente waren japanischen Ursprungs, die meisten aber waren versehen mit englischen, handschriftlichen Notizen. Zusätzlich war der Zeitung eine Tonbandaufnahme in schlechter Qualität übermittelt worden. Darauf enthalten war der Mitschnitt einer Besprechung zwischen Roosevelt und namhaften Militärs. Gegenstand der Unterredung war die Angriffsabsicht Japans gegen Pearl Harbor. Roosevelt fasste die Ergebnisse der Besprechung am Ende der Aufnahme wie folgt zusammen: Die Attacke solle aus innenpolitischen Gründen zugelassen werden, und nur solche schadensbegrenzenden Maßnahmen seien im Vorfeld einzuleiten, die unauffällig durchgeführt werden konnten.

Roosevelt bestritt die Vorwürfe vehement. Es gab Experten aus der Funktechnik, die die Echtheit der Aufnahme anzweifelten. Hatte der Präsident der Vereinigten Staaten von Amerika sehenden Auges den Tod tausender US-Soldaten in Kauf genommen? Oder waren die Dokumente und das Tonband tatsächlich Fälschungen, wie Roosevelt nicht müde wurde zu behaupten?

Teddy wusste, dass die Demokraten mitunter hinterlistige Ratten waren, doch ob sie wirklich so weit gehen würden, vermochte er nicht zu beurteilen. Ob die Dokumente und die Aufnahme nun Fälschungen waren oder nicht, war am Ende allerdings nicht mehr von Bedeutung. Sie waren einmal ins Licht der Öffentlichkeit gerückt, und aus diesem verschwanden sie naturgemäß nicht wieder. Allerorten waren in der Folge weitere angebliche Beweise gefunden worden. Die Zeitungen überschlugen sich, die Tulsa World war mittendrin. Die großen Magazine des Landes druckten Sonderausgaben und Interviews mit selbsternannten Zeugen. Die bloße Existenz der Anschuldigungen hatte schließlich ausgereicht, die Beliebtheitswerte Roosevelts zu vernichten.

Die anwesenden Journalisten warteten ungeduldig. Zwei Flaggen der USA umrahmten das Rednerpult auf der Bühne; sie hingen schlaff an den Masten. Ein weiteres Banner, bestickt mit den rot-blau-weißen Stars and Stripes, war über die Rückwand der Bühne gespannt, sodass der US-Präsident stets mit den Farben der Nation im Rücken abgelichtet werden würde. Zahlreiche Mikrofone belagerten das kleine Rednerpult. NBC, CBS, MBS und andere Kürzel prangten in übergroßen Lettern auf den Mikros.

Als sich der Minutenzeiger auf der großen Uhr über der Eingangstür der 12 näherte, wurde es allmählich still im großen Presseraum. Die Fotografen brachten sich in Position. Die Kameras klackten, als die Männer die letzten Einstellungen vornahmen. Leute von den Filmstudios warfen ihre Videoaufnahmegeräte an. Das Quietschen der Handkurbeln erfüllte die Luft.

Ein kahlköpfiger, breiter Kerl stapfte breitbeinig vor das Rednerpult, wandte sich an die versammelten Presseleute: »Gentlemen, bitte erheben Sie sich zur Begrüßung des Chief Executive.«

Und dann kam er. Dewey drückte sich vorsichtig durch die Eingangstür in den Raum, schritt mit einer spürbaren Unsicherheit in jeder Bewegung auf die Bühne. Die Anwesenden klatschten begeisterten Beifall.

Präsident Deweys, 42 Jahre jung, schmückte ein dicker Oberlippenbart. Sein kurzes, dunkles Haar war ordentlich gekämmt. In seinem dunkelblauen Anzug sah er aus wie ein schüchterner Buchhalter. Der Präsident trat hinter das Podium, wirkte seltsam nervös. Er lächelte verlegen. Die Journalisten bescherten dem Präsidenten Standing Ovations.

Mit einem Mal wurde es mucksmäuschenstill im Raum, die Reporter setzten sich wieder. Der Präsident räusperte sich, blickte ein wenig verloren in die erwartungsvollen Gesichter. Teddy hielt seinen Bleistift fest umklammert, der Notizblock ruhte auf seinem Schoß.

»Meine sehr verehrten Gäste«, begann Dewey, »ich danke Ihnen, dass Sie meiner Einladung gefolgt sind. Ich habe eine Verkündung zu machen, die einen solchen Rahmen verdient. Im Anschluss daran stehe ich Ihnen 30 Minuten lang für Fragen zur Verfügung.«

Der Präsident blickte verheißungsvoll in die Runde, ehe er fortfuhr:

»Ich habe General Eisenhower vor einer Stunde persönlich darüber in Kenntnis gesetzt, dass ich ihn von seinem Amt als Oberbefehlshaber der alliierten Expeditionsstreitmacht in Europa abberufen und in den vorzeitigen Ruhestand versetzen werde. Ich ziehe mit diesem Schritt meine Konsequenzen aus dem in Europa im vergangenen Jahr mäßig verlaufenen Krieg gegen die Achsenmächte und hoffe darauf, mit einem neuen Kopf an der Spitze der alliierten Kräfte den militärischen Erfolg unserer tapferen Truppen festigen und ausbauen zu können. Dieser Schritt ist selbstverständlich mit allen Verbündeten abgesprochen. Bis der Nachfolger von General Eisenhowers feststeht, wird der britische Field Marshal Montgomery kommissarisch dessen Arbeit fortführen. Ich möchte mich an dieser Stelle ausdrücklich für die treuen Dienste bedanken, die General Eisenhower den Vereinigten Staaten von Amerika erwiesen hat. General Dwight D. Eisenhower ist ein herausragender Offizier und ein vornehmer Ehrenmann. Ich darf mich zu den Glücklichen zählen, die ihn persönlich kennen. Ihn seines Postens zu entheben war eine Maßnahme, die mir außerordentlich schwergefallen ist und mein Herz betrübt, doch ich bin davon überzeugt, dass frische Akzente in Europa notwendig sind. Nichtsdestotrotz wird General Eisenhower als Held in die Heimat zurückkehren, denn unsere Streitkräfte, ja, unsere ganze Nation, haben ihm viel zu verdanken. Ich möchte Sie darum bitten, Fragen bezüglich der Personalie Eisenhower zu unterlassen. Ich werde weitere Details nicht in Abwesenheit des Generals besprechen.«

Dewey studierte einen Augenblick lang die Gesichter der Reporter, ehe er um Fragen aus dem Plenum bat. Umgehend schossen sämtliche Hände in die Höhe. Teddy streckte seinen Arm, so hoch er konnte.

Der Glatzkopf, der den Präsidenten angekündigt und sich seither im Hintergrund gehalten hatte, trat einen Schritt vor. Er ließ seinen Blick einmal über die Versammelten schweifen. Viele Reporter versuchten, durch ruckartige Handbewegungen die Aufmerksamkeit auf sich zu lenken. Teddy schnipste.

Wortlos zeigte der Glatzkopf schließlich auf einen Mann aus der ersten Reihe. Der Auserwählte, ein älterer Herr im blauen Sakko, erhob sich von seinem Platz.

»Vielen Dank«, begann der Reporter. »Mister Präsident, Glover Roberts von der New York Times, Sir. Meine Frage bezieht sich auf den Krieg in Europa und Asien.« Roberts holte Luft. »Sie haben im Wahlkampf weitreichende Änderungen in der Kriegsführung angekündigt, ohne je konkret zu werden. War das nun die große Änderung, von der Sie sprachen? Der Personalwechsel an der Spitze?«

»Danke für die Frage, Mister Roberts.« Dewey wirkte gefasst. Professionell. Er hatte seine Nervosität abgelegt wie ein Kleidungsstück. »Nein, die genannte Personalie ist nur ein kleiner Schritt hin zum Sieg über das faschistische Japan und Nazi Germany. Ich habe mich in der Zeit seit November umfassend über die aktuelle Lage und alle militärischen Planungen unterrichten lassen. Sie müssen verstehen, dass es Dinge gibt, von denen ich im Wahlkampf noch nichts wissen konnte, die mir erst nach meinem Wahlsieg offenbart werden durften. Nichtsdestotrotz werde ich tiefgreifende Änderungen vornehmen. Aus Geheimhaltungsgründen kann ich Ihnen im Augenblick nicht mehr sagen.« Dewey blinzelte, schien einen Moment nachdenklich.

Schließlich beugte er sich vor und sagte in die Mikrofone: »Vielleicht ein Hinweis noch: In einem Jahr schon werden wir nicht mehr über den Krieg sprechen. In einem Jahr werden wir darüber sprechen, wie mit unseren besiegten Feinden zu verfahren sein wird.«

Ein Raunen ging durch den Saal. Teddy nickte zufrieden, derweil streckte er seinen Arm so weit in die Höhe, wie er nur konnte.

Wurde auch Zeit!, dachte er zufrieden. *Und dann können wir uns endlich wieder der Innenpolitik zuwenden.*

Außerhalb von Stalinsk, Sowjetunion, 25.01.1945

Natschalnik Berning und Natschalnik Didrich »Didi« Meister warteten geduldig hinter der geschlossenen Tür auf ein »Herein« Sidorenkos. Der russische Generaloberst ließ sich Zeit.

Berning und Didi verfügten seit Kurzem jeweils über einen Propusk, jener Ausweis, mit dem sich Gefangene außerhalb der Lager frei bewegen konnten. Seitdem legte Berning die Strecken zu Sidorenko zu Fuß zurück. War der Marsch auch beschwerlich, genoss Berning diese neuerliche Freiheit dennoch ungeheuer. Wenn er allein oder mit Didi im Schlepptau durch die Wälder von Stalinsk stapfte, Pausen einlegen konnte, wie es ihm beliebte, und das Tempo selbst bestimmte, fühlte er sich frei wie ein Vogel. Das machte die Druckstellen an seinen Füßen mehr als wett, die er sich dabei zuzog.

»Herein!«, bellte Sidorenko nach geschlagenen sieben Minuten durch die geschlossene Tür hindurch.

Berning trat leise ein, Didi folgte ihm wie ein Schatten.

»Ah, Franz!«, begrüßte Sidorenko seinen Liebling mit freundschaftlicher Wärme in der Stimme. Der Russe saß auf der Tischplatte seines Schreibtisches, ließ die Beine baumeln. Er hielt ein Repetiergewehr in seinen Händen, das er just in diesem Augenblick mit lautem Klacken durchlud. Der Duft von verbranntem Tabak lag in der Luft.

»Franz. Komm her«, befahl Sidorenko. Er untermalte seine Worte mit einer Handbewegung.

»Wir sind so schnell gekommen, wie wir konnten, Genosse General«, erwiderte Berning. Er senkte demütig sein Haupt.

Didi hielt sich im Hintergrund und sagte kein Wort. Das Gesicht des frischgebackenen Natschalniks spiegelte eine Mischung aus Ehrfurcht und nackter Angst wider.

»Ich weiß, mein Freund. Ich weiß!«, lachte Sidorenko herzlich, sprang auf die Füße, baute sich vor Berning auf und klopfte ihm herausfordernd gegen die Schulter. »Und das ist gut so, denn etwas Großartiges ist geschehen!«

Berning neigte den Kopf auf die Seite, blickte seinen Herrn und Meister aus großen Augen an. Sidorenko hatte ungewöhnlich gute Laune. Berning hingegen lechzte zuallererst nach Flüssigkeit. Der lange Marsch hatte wie immer einiges an Kraft gekostet. Bernings Lippen waren rissig, sein Mundraum verschleimt, die Zunge dick angeschwollen. Jede Faser seines Körpers sehnte sich nach einem Tropfen Wasser. Oder Wein.

Sidorenko aber bot Berning ungewöhnlicherweise nichts an, und Berning würde sich niemals erdreisten, von sich aus darum zu bitten. Also hatte er den Durst zu ertragen, der sich in seinem Körper ausbreitete wie ein stechendes Geschwür.

Sidorenko wandte sich von Berning ab, fuchtelte mit dem Gewehr herum. Er stolzierte mit großen Schritten durch das Büro, so wie er es immer tat, wenn er zu einem seiner Monologe ansetzte.

»Franz!«, rief Sidorenko freudig aus, die Augen auf sein Gewehr gerichtet. »Das, wovon wir beide so lange geträumt haben, ist Wirklichkeit geworden! Genosse Stalin hat es heute befohlen!«

Sidorenko drehte sich um, stellte das Gewehr beiseite und sprang dann auf Berning zu, erfasste ihn an den Schultern, schüttelte ihn. »Der Krieg, mein Freund!«, posaunte er beschwingt. »Der Krieg!«

Sidorenko lachte, dann kramte er eine Taschenuhr aus der Innentasche seiner Uniformjacke.

»Ah, ja! Es ist Zeit!«, jubelte er. »Mir nach! Mir nach, mein Freund! Mütterchen Russland fragt nach frischen Kompanien! Der Sozialismus fragt nach Männern, die für ihn streiten! Ah, Franz, ist es nicht herrlich? Der Krieg, lieber Franz, der Krieg!«

Sidorenko ergriff wieder sein Gewehr, preschte wie eine Lokomotive aus dem Büro, sauste das Treppenhaus hinunter. Berning und Didi hatten Mühe, Schritt zu halten.

Als Berning durchs Treppenhaus eilte, vernahm er bereits den ganzen Trubel, der sich auf dem großen Exerzierplatz vor dem Gebäude abspielen musste. Er eilte Sidorenko nach ins Freie – und stockte.

Für einen Augenblick blieb Berning die Spucke weg, als er die Menschenmassen erblickte, die in Formationen von allen Seiten auf den großen Exerzierplatz einmarschierten. Von dem hölzernen Gerüst aus, das vor dem Eingangsbereich der Kommandantur angebracht war, konnte er den ganzen Platz überschauen.

Sowjetische Offiziere brüllten Befehle, Wachmänner stellten drohend ihre Maschinenpistolen zur Schau. Formationen aus deutschen Gefangenen marschierten auf, angeführt von den eigenen Offizieren. Tausende Stiefel zertrampelten die Schneedecke, die den Platz vereinnahmte. Tausende ausgemergelte Leiber machten, was die Rotarmisten von ihnen verlangten. Die müden Augen der Landser ließen durchblicken, dass sie jede Hoffnung längst begraben hatten.

Der Aufmarsch war ein erhabenes Spektakel, das sich sogleich in Bernings Erinnerungszentrum einbrannte. Nie hätte er geglaubt, dass so viele Gefangene in den ganzen Nebenlagern untergebracht waren. Feldgraue und bunte Uniformen bevölkerten im Nu den gesamten Platz. Und noch immer marschierten von allen Seiten zahlreiche weitere Trecks von Gefangenen heran. Haltebefehle ertönten, auf Deutsch und auf Russisch. Soldaten der Roten Armee brüllten die Gefangenen an. Es mussten tatsächlich mehrere tausend Männer sein, so schätzte Berning, zusammengetrieben aus sämtlichen Unterlagern von 525. Sie drängten sich auf dem Exerzierplatz zu einem gigantischen Rechteck zusammen.

Den fahlen Totenkopfschädeln der Gefangenen stand eine geradezu nervöse Anspannung ins Gesicht geschrieben. Mehr und mehr rote Soldaten, die Gewehre leger im Vorhalt führend, strömten von allen Seiten herbei. Sie umzingelten die Gefangenen, bildeten einen engen Ring um die ausgemergelten, ausgehungerten Männer.

Didi war ganz blass geworden, seine unsicheren Augen suchten Bernings Blick. Der aber interessierte sich im Augenblick nicht für seinen Freund. Vorsichtig trat er einen Schritt vor; das Holz des Gerüstes knarzte unter seinen Stiefeln. Er stellte sich auf die Zehenspitzen, konnte somit auch die vordersten Reihen der Angetretenen sehen. Berning erkannte die Männer des Unterlagers Nummer 3, sie hatten sich ganz vorne links versammelt. Er sah Rudolf, sah von Hagen und andere. Der lange Salbig verharrte wie eine Eins am Kopf der Formation des Unterlagers.

Einer der sowjetischen Soldaten lud plötzlich sein Gewehr durch. Das Klacken des Verschlusses hallte unüberhörbar über den Platz. Augenblicklich verstummten die Gefangenen, verstummte alles. Eine gespenstische Ruhe legte sich über die Szenerie.

Neben Sidorenko befanden sich eine Handvoll weitere rote Offiziere auf dem Gerüst. Der Lagerkommandant tauschte mit einem von ihnen das Gewehr gegen ein Sprachrohr. Stolz schritt er auf die vorderste Kante der hölzernen Konstruktion zu, blieb dort stehen. Wie ein Kaiser, der sein Heer überblickte, ließ Sidorenko einmal den Blick über die angetretenen Gefangenen wandern. Die wurden unruhig, wackelten hin und her, tuschelten. In ihren Augen standen Verzweiflung und Angst. Berning bemerkte, dass russische Soldaten mit groben Armbewegungen durch die Reihen der Gefangenen pflügten. Sie zogen gezielt die Natschalniks der verschiedenen Unterlager heraus, was die Unruhe nur noch weiter verstärkte. Rotarmisten stellten an den Rändern des Platzes große Holzkisten auf. Mit Brechstangen machten sie sich an den Deckeln zu schaffen. Das Knacken von Holz mischte sich unter das unruhige Gemurmel der Gefangenen, derweil wurden die Natschalniks gruppenweise von sowjetischen Offizieren unterrichtet — und dann bewaffnet. Rotarmisten griffen in die geöffneten Kisten, zogen olivfarbene Kleidungsstücke heraus und warfen sie in den Schnee. Es waren Uniformen der Roten Armee. Sehr viele Uniformen.

Waffenschlösser schnappten allerorts lautstark. Die Angst in den schmalen Gesichtern der Gefangenen verwandelte sich in offene Panik.

»Gefangene von 525 Stalinsk!«

Das Sprachrohr verwandelte Sidorenkos Stimme in einen donnernden Tonfall, der über die Gefangenen hinwegfegte wie ein Wirbelsturm. Der russische Generaloberst sprach auf Deutsch zu den Männern.

»Hier und heute ist der Moment gekommen, an dem ihr die einmalige Gelegenheit erhaltet, für die Schrecken und das Leid, das ihr über die Union der Sozialistischen Sowjetrepubliken und ihre friedliebenden Bürger gebracht habt, Wiedergutmachung zu leisten! Die Rote Armee ruft euch auf, in ihre Reihen einzutreten, um den Feinden der europäischen Freiheit entschlossen entgegenzutreten. Dies ist eure Gelegenheit, auch für die Freiheit eurer Heimatländer einzutreten! Der Faschismus hat die Welt erst ins Chaos gestürzt und euch in das elende Dasein als Gefangene geführt. Heute, meine Getreuen, ist der Tag gekommen, dem verbrecherischen Faschismus die Stirn zu bieten! Heute ist der Tag gekommen, für eure Freiheit und die eurer Heimat einzutreten! Freiwillige treten vor und empfangen eine Uniform!«

Totenstille herrschte unter den Gefangenen. Sidorenko wartete geduldig. Irgendwo lösten sich ein paar Mann aus der Formation. Wortlos zwängten sie sich an die Ränder des gigantischen Rechtecks aus Menschen, traten an die Kisten heran und begannen, in den Haufen aus Uniformteilen nach ihrer Größe zu suchen. Sie versuchten, die kyrillischen Etiketten zu entziffern, hielten sich Bluse, Jacke und Hose zum Größenabgleich an den Körper und zogen sich um, ohne ein Wort zu verlieren.

Die soeben der Roten Armee beigetretenen Männer, es mochten 15 sein, wagten es nicht, zum Rest der Gefangenen zurückzuschauen. Sie ahnten wohl, was die ehemaligen Kameraden von ihrer Entscheidung hielten.

Bernings Augen waren einzig auf die Mannen des Unterlagers Nummer 3 fokussiert. Kein einziger von ihnen hatte sich gemeldet, dabei wusste Berning ganz genau, dass es dort Männer gab, die dies gerne tun würden. Wahrscheinlich aber trauten sie sich nicht, ihren Herzenswunsch in die Tat umzusetzen; oder das faschistische Arschloch Salbig hatte etwas geahnt und sie rechtzeitig »eingenordet«. Der Major jedenfalls lächelte selbstgerecht, was Berning unsagbar wütend machte. Er warf Sidorenko einen hilfesuchenden Blick zu, doch der schenkte ihm keine Aufmerksamkeit, sondern überwachte mit unbewegter Miene das Geschehen auf dem Platz. Die Rotarmisten an den Rändern stierten die Gefangenen verbissen an. Ihre Waffen zuckten.

Sidorenko ließ eine ganze Minute verstreichen. Die Gefangenen wurden immer unruhiger. Sie schienen zu spüren, dass mehr von ihnen verlangt wurde. Auch Salbigs Lächeln verschwand allmählich wieder, wich einer sorgenvollen Miene. Berning gefiel außerordentlich, was er sah.

Wer ist nun der Herr?, höhnte er in Gedanken über die Piefkes. *Wer ist nun der Herrenmensch?*

Nach einer gefühlten Ewigkeit setzte Sidorenko das Sprachrohr wieder an seine Lippen. Mit scharfer, schneidender Stimme sagte er nur zwei Worte: »Nicht genug!«

Das Sprachrohr fiel mit einem blechernen Scheppern auf die Holzplanken. Sidorenko ließ sich sein Gewehr zurückgeben, legte auf die Menge an und schoss. Der Knall des Gewehrschusses peitschte über die Dächer der umstehenden Gebäude.

Inmitten der angetretenen Gefangenen brach ein Mann zusammen, schräg dahinter brüllte ein Landser im bunten Leibertarnanzug fürchterlich auf. Er hielt sich den rechten Unterarm, sank unter spitzen Schreien auf die Knie.

Russische Befehle erklangen, vorgebracht in messerscharfem Ton. Gewehr- und MP-Verschlüsse klackten. Von allen Seiten nahmen die Rotarmisten an den Rändern die Gefangenen ins Visier. In Berning riefen diese Bilder eine spöttische Freude hervor. Er meinte, die Piefkes würden nun endlich bekommen, was sie verdienten.

»Die Sozialistische Union der Sowjetrepubliken hat lange genug eure Mäuler gestopft!«, donnerte Sidorenkos wutentbrannte Stimme über die Köpfe der Gefangenen hinweg. Der russische Generaloberst hatte sich wieder das Sprachrohr geschnappt, indes hielt seine Linke das Gewehr. »Es ist an der Zeit, dass ihr dem russischen Volk Wiedergutmachung leistet für die Schrecken und Opfer, die ihr mit eurem verbrecherischen Krieg über dieses gebracht habt!« Sidorenko wechselte abrupt ins Russische, seine nächsten Worte waren an die eigenen Leute adressiert: »Streljaet na kazdogo, kto ne nosit russkoj formy!«

Bernings Sprachkenntnisse waren ausgeprägt genug, um zu verstehen, dass Sidorenko seinen Männern soeben den Feuerbefehl erteilt hatte. Augenblicklich gingen überall die Waffen los. Die Bewacher schossen wahllos in die Menge, hielten mit Gewehren und Maschinenpistolen stumpf drauf. Dem Kugelhagel fielen bereits in den ersten Sekunden Dutzende zum Opfer.

Die vielen tausend Gefangenen verschmolzen in diesem Augenblick zu einer großen, grauen Masse, die überall dort zurückzuckte, wo russische Kugeln sie traktierte. Die Männer im Zentrum waren einen Moment lang noch perplex, geradezu apathisch. Sie streckten ihre Hälse, versuchten einen Blick auf das Geschehen zu erhaschen. Die Landser an den Rändern hingegen überfiel die nackte Todesangst. Kopflos drängten sie gegen die Mitte der Formation. Sie stürzten übereinander, stapften über Getroffene hinweg, drückten mit aller Gewalt gegen die Leiber ihrer Kameraden, als es nicht mehr weiter ging, als sich die verzweifelten Gefangenen nicht mehr näher zusammendrängen konnten, weil der Platz einfach nicht mehr hergab.

Einige wenige versuchten die Flucht nach vorne. Sie stürmten den schießenden Rotarmisten entgegen, und wurden von ihnen gnadenlos niedergemetzelt. Ein fürchterliches Gebrüll erfüllte die Luft. Projektile durchschlugen Gefangene. Männer strauchelten, fielen, blieben reglos liegen. Manch eine Kugel fetzte gleich durch mehrere Körper hindurch. Die Gewehrgeschosse vom Kaliber 7,62 Millimeter sprengten erdbeerrote Fleischbrocken aus den Körpern der Gefangenen.

Gegenwärtig lagen vier Dutzend Menschen im Schnee, manch einer krümmte sich vor Schmerzen. Das Feuer ebbte ebenso schnell ab, wie es losgebrochen war. Die Rufe der Verwundeten und das verzweifelte Gebrüll der Verschonten bestimmten die Geräuschkulisse.

Panikartig drängten sie noch immer gegen die Mitte. Im Zentrum schrien die Männer ebenso, weil sie Gefahr liefen, erdrückt zu werden. Plötzlich aber erkannten die Gefangenen, warum die Russen das Feuer eingestellt hatten. Sie erkannten, welche letztmalige Chance ihnen soeben eingeräumt worden war – die letzte Chance ihres Lebens, wenn sie nicht sofort handeln würden.

Die Gefangenen lösten sich aus ihrer Befangenheit, rasten alle gleichzeitig drauflos, als hätte ihnen eine Startpistole das Signal dazu erteilt. Sie stürzten den hölzernen Kisten, den Uniformteilen entgegen. Vereinzelte Schüsse hallten. Kugeln fällten Gefangene. Ein Geschoss holte einen Sprinter von den Beinen, ließ in hart mit dem Gesicht auf den gefrorenen Boden aufschlagen. Die Wucht des Aufpralls zertrümmerte den Unterkiefer des Mannes. Die Masse der panischen Landser aber erreichte die Uniformen. Gierige Hände umklammerten, was sie zu fassen bekamen. Kleidergrößen spielten keine Rolle mehr. Die Gefangenen warfen sich riesengroße Jacken über, zwängten sich in zu enge Hosen. Ein unvergleichliches Gedränge nahm seinen Lauf. Nach und nach sammelten sich frischgebackene Angehörige der Roten Armee bei den Kisten. Hagere, blasse Skelettkrieger waren das.

Berning gefiel, was er von seiner erhöhten Position aus beobachtete. Das Bild der sich um Jacken, Blusen und Hosen zankenden und lauthals tobenden Deutschen verdeutlichte ihm noch einmal, was für Wendehälse die Faschisten doch waren. Sie spuckten große Töne, solange sie am Drücker waren. Glaubten sie sich allerdings im Nachteil, ergriffen sie sofort jeden Strohhalm, selbst wenn dieser zum Klassenfeind führte.

Selbstgefällig nickte Berning zu seinen eigenen Gedanken. Es war nur fair, dass die Piefkes und ihre Helfershelfer nun in den sowjetischen Armeedienst gepresst wurden. Der Sozialismus war eine große und großartige Idee, doch die Blüte der Arbeiterräte war noch jung und fragil. Nur wenige Nationen hatten den Obrigkeitsstaat der alten Zeit überwinden können, allen voran die Union der Sozialistischen Sowjetrepubliken. Vielerorts wurde dieser Tage erbittert um die politische Zukunft gerungen. In China versuchten ewig Gestrige mit allen Mitteln, die Revolution aufzuhalten. Sidorenko hatte Berning davon erzählt. Weltweit stemmten sich die verkrusteten Eliten und unrechtmäßigen Herrschaftsgeschlechter gegen den unausweichlichen Wandel der Zeit. Ihre Mühen mochten den Sieg der Arbeiter verzögern, verhindern konnten sie ihn nicht. Es war an der Zeit, dass die Europäer damit aufhörten, sich hinter Trugbildern wie dem Nationalismus oder dem Faschismus zu verstecken. Sidorenko hatte Berning wahrlich detailliert aufgeklärt.

Es war nach Bernings Dafürhalten daher nur gut und richtig, all die faschistischen Verbrecher in den Militärdienst der Roten Armee zu pressen. Immerhin ging es um eine Sache, die bedeutungsvoller war als alles je Dagewesene, und die größer war als jeder Mensch, ja, sogar größer als der Genosse Stalin.

Bernings Augen flackerten. Das Bild der sich um die Uniformhaufen drängenden Gefangenen gefiel ihm. Immer wieder fielen Schüsse. Deutsche Landser kippten um. Ein Sowjetoffizier bahnte sich mit gezückter Tokarev-Pistole seinen Weg durch die Gefangenen und hielt sie manchem Verweigerer an die Schläfe.

Berning ergötzte sich geradezu an solchen Szenen, an den Bildern von um ihr jämmerliches Leben winselnden Piefkes ... und von gerechten Sowjets, die wussten, wie mit Verweigerern zu verfahren war. Verweigerer waren Revolutionsschädlinge, und wer der großartigen Revolution im Weg stand, der hatte sein Leben verwirkt.

Berning spürte, dass er Zeuge eines geschichtsträchtigen Ereignisses wurde. Ihm blieb auch nicht verborgen, dass einige der Natschalniks ihren russischen Genossen bei der Selektion der Gefangenen in nicht viel nachstanden.

Didi, der zu Bernings Linken stand, zitterte am ganzen Körper. Heftige Emotionen kämpften in dem jungen Mann. Didi war ein feiner Kerl, jedoch war Berning bereits zuvor aufgefallen, dass Didi nicht verstand, was tatsächlich nötig war, um die nächste Stufe der Menschheit zu erreichen.

»Das ist der Anfang, Franz«, ertönte Sidorenkos raue Stimme neben Berning, untermalt von dem lärmenden Treiben unten auf dem Platz. Das

Sturmfeuerzeug des russischen Generaloberst öffnete sich mit einem Klacken. Die Flamme wanderte an das vordere Ende einer Zigarette, die zwischen seinen Lippen steckte. Er sog an dem Glimmstängel, um die Glut zu entfachen. Sidorenko blies feine Rauchschwaden in die Luft.

»Die Revolution hat begonnen. Sie ist nicht mehr aufzuhalten.«

In Sidorenkos Augen brannte ein leidenschaftliches Feuer. Er drückte Berning unvermittelt das Gewehr in die Hände. Der starrte erschrocken auf die kalte Konstruktion aus Holz und Stahl. Die Waffe hatte Ähnlichkeit mit einem K98k, verfügte ebenfalls über einen Knopf mit Stängel und einen hölzernen Schaft. Sie war auch von ähnlicher Länge. Berning war, als hielte er einen alten Vertrauten in seinen Händen. Beinahe ein Jahr lang dauerte seine Gefangenschaft schon an. Ein Jahr lang hatte er keine Waffe mehr benutzt. Er wog das Gewehr, seine Linke umfasste wie automatisch den hölzernen Vorderschaft. Manche Dinge verlernt man nie. Berning war bereit, die Waffe einzusetzen. War gewillt, den Genossen Sidorenko stolz zu machen. Brannte darauf, endlich seinen Beitrag zu leisten.

»Der STAWKA verlangt 300 Soldaten aus meinem Lager«, säuselte Sidorenko, der sich den schrecklichen Szenen unten auf dem Exerzierplatz zugewendet hatte. Dann drehte sich der Russe wieder zu Berning um, legte ihm die Hand auf die Schulter, fixierte ihn. Berning verlor sich in den unendlichen Falten, die Sidorenkos Gesicht erst die unverkennbare Struktur gaben. Ein scharfer Rasierwassergeruch stieg Berning in die Nase.

»Ich will 350 Soldaten haben!«, verlangte Sidorenko mit fester Stimme. »350, Franz! Geh hinunter, hilf bei der Rekrutierung! Bring mir 350 harte Männer! 350, Franz! Erst danach hören wir auf. Die Sowjetunion benötigt Soldaten, keine Waldarbeiter!«

»Jawohl, Genosse Generaloberst!«, trompetete Berning, und eilte ohne Umschweife die Holzstufen hinunter. Didi folgte zögerlich.

Berning kannte nur ein Ziel. Im Schnee angekommen, drückte er sich an den Rotarmisten vorbei und bog hart nach links ab.

»Pereodewajtes. Dawaj! Bystrej!«, brüllten die Rotarmisten überall auf dem Platz. »Los! Zieht euch um, ihr Hunde!«, riefen diejenigen, die ein wenig Deutsch sprachen. Sie bedrohten die Gefangenen mit ihren Waffen, der Zeigefinger am Abzug. Sie ruckten zur Einschüchterung immer wieder mit den Gewehren vor.

Die Gefangenen überschlugen sich beinahe beim Umziehen, so hektisch und panisch grapschten sie nach den Kleidungsstücken und warfen sie sich über. Manch einer streifte zuvor die Lumpen seiner alten Uniform ab. Ein von Läusen und anderen Biestern zerfressenes Skelett kam dann zum Vorschein, bevor es unter der olivfarbenen Uniform mit dem roten Stern und den purpurnen, leeren Schulterklappen verschwand.

Hin und wieder fielen Schüsse. Das Gebrüll von Getroffenen tönte entsetzlich. Berning bahnte sich seinen Weg durch die Menge, stieß dabei einen Gefangenen grob zur Seite. Er stieg über Tote hinweg und über Todgeweihte, die blutend im Schnee lagen und wimmerten.

Ein russischer Offizier mit entzündetem, rötlich schimmerndem Adernetz auf den Wangen schlenderte zwischen den Getroffenen umher wie ein Spaziergänger am Sonntagmorgen. Hie und da verpasste er einem am Boden Zappelnden den Gnadenschuss.

Berning wühlte sich durch die Menge. Didi kam kaum hinterher, war bald ganz abgedrängt. Berning aber nahm keine Rücksicht auf seinen Kumpel. Zielstrebig hielt er auf die Männer des Unterlagers Nummer 3 zu. Dort war nun sein Platz! Dort wurde er gebraucht, um Salbig und sein faules Pack »zu überzeugen«.

Berning erreichte die hölzerne Kiste, die direkt vor der Front des Unterlagers Nummer 3 abgestellt worden war. Feldgraue, zerschundene Gestalten umringten auch hier die Uniformhaufen. Abgemagerte Knochenfinger langten nach dem dicken Stoff der Jacken und Hosen. Von Hagen war unter ihnen, rettete mit zittrigen Händen eine olivfarbene Hose aus dem Chaos. Berning musste innerlich auflachen.

Pharisäer! Hast DU nicht immer am lautesten gegen den Kommunismus geschimpft? Sieh dich an! Du würdest wahrscheinlich noch deine Verlobte verkaufen, wenn du dir davon einen Vorteil versprächest!, schimpfte er in Gedanken schadenfroh und weidete sich geradezu am kollektiven Schicksal der Gefangenen.

Dann bemerkte er den hochgewachsenen Salbig inmitten des Kuddelmuddels stehen. Beinahe flehend redete der Major auf einen sowjetischen Offizier ein. Der Russe, ein schnurrbärtiger, breiter Bursche, brüllte Salbig immerzu an. Die beiden waren umringt von Rotarmisten, die dem deutschen Major ihre Waffenläufe gegen den Leib drückten. Salbig sagte etwas. Blitzartig watschte der Russe dem Deutschen mit der flachen Hand durchs Gesicht. Die Ohrfeige fügte sich als helles Klatschen in den dicken Geräuschteppich ein. Einer der Rotarmisten schleuderte Salbig zu Boden, presste ihm die

Rohrmündung seiner Waffe gegen den Schädel. Dem deutschen Major wich die Farbe aus dem Gesicht.

Berning gefiel auch diese Szene. Doch es wurde Zeit, selbst aktiv zu werden. Sidorenko hatte ihn nicht fürs Zuschauen engagiert. Berning fasste sein Gewehr fester, schaute sich zwischen den Faschisten um, die sich fieberhaft umzogen. »Los!«, brüllte er schließlich, ohne jemand Bestimmten anzusprechen. »Bewegung! Zieht euch um!« Sein sinnloses Geplärr ging im Getümmel völlig unter.

Mit einem Mal stürzte der alte Rudolf aus der Menge der Gefangenen und landete unweit von Berning im Schnee. Jemand musste ihn gestoßen haben. Rudolf riss sogleich schützend die Hände vor das Gesicht. Nur einen Wimpernschlag später schälten sich zwei Rotarmisten aus dem Gedränge. Ihre Tokarevs waren auf Rudolf gerichtet.

Einer von ihnen packte den alten Unterfeldwebel am Haarschopf, zog ihn daran zurück auf die Beine, dass Rudolf vor Schmerz aufheulte. Der andere donnerte ihm sogleich die Faust samt Waffe ins Gesicht. Rudolfs Knie gaben nach, der alte Gefangene musste von den Sowjets auf den Beinen gehalten werden. Rudolf verdrehte die Augen, blinzelte mehrfach, um die Nachwirkungen des Schlages zu verarbeiten.

Einer der Russen drückte ihm in diesem Augenblick die Pistole gegen die Wange. Fauchte ihn auf Russisch an. Berning verstand wegen der allgemeinen Lautstärke kein Wort, dabei ereignete sich die Szene nur Meter von ihm entfernt. Rudolf schüttelte ängstlich den Kopf, eine rote Stelle bildete sich allmählich auf seiner Stirn. Der Rotarmist brüllte ihn wie irre an.

Rudolfs Augen spiegelten die ganze Verzweiflung des alten Unterfeldwebels wider. Sie hefteten sich auf die beiden Rotarmisten, dann wanderte sein Blick hilfesuchend umher. Zuckte von rechts nach links und zurück. Mit einem Mal erfassten Rudolfs Augen Natschalnik Berning. Fokussierten ihn. Ließen ihn nicht mehr los. Berning wurde ekelhaft heiß unter seiner dicken Uniform.

Rudolfs Augen waren weit aufgerissen. In ihnen stand die Todesangst. Allein mit dem Blick flehte er Berning an, ihm zu Hilfe zu kommen.

Natschalnik Berning zuckte merklich zusammen. Er fühlte sich plötzlich unbehaglich und wollte sich abwenden. Der Genosse jedoch, der Rudolf festhielt, hatte den Blick des Gefangenen bemerkt, folgte ihm und fand Berning. Mit eindeutiger Handbewegung zitierte er ihn zu sich her. Berning folgte zaghaft der Aufforderung. Feuerwaffen donnerten wieder vermehrt. Die Sowjets exekutierten nun massenhaft Verweigerer.

Rudolfs Peiniger tobte auf Russisch. Feiner Schaum bildete sich um seine Mundwinkel, und mit jedem Wort spuckte er dem alten Gefangenen Speichelfäden ins Gesicht. Berning vermochte kaum ein anständiges Wort aus dem aufgeregten Gemaule des Genossen herauszufiltern. Er wusste dennoch, worum es ging: um nicht weniger als Rudolfs Kopf. Die Mündung der Pistole verursachte bereits eine rote Druckstelle auf Rudolfs Wange.

»Franz, bitte. Du musst mir helfen! Bitte, Franz. Wir sind doch Freunde!«, brabbelte Rudolf mit brüchiger, bittender, flehender, vor Todesangst gehetzter Stimme.

Der Russe brüllte weiter, zog die Tokarev weg, ohrfeigte Rudolf mehrfach, drückte ihm die Knarre wutschnaubend gegen die Stirn. Rudolf schloss die Augen, winselte, flehte Berning an, ihm zu helfen. Ohne Punkt und Komma redete er auf den Österreicher ein. Berning wäre am liebsten im Boden versunken. Oder einfach fortgegangen. Er sollte lieber dort aushelfen, wo er die Gefangenen nicht persönlich kannte!

»Zieh bitte eine Uniform an«, stotterte Berning, der nicht wusste, was er tun sollte. Seine Genossen blickten ihn fordernd an; und Rudolf hörte nicht auf, Bernings Unterstützung zu beschwören. *Sei doch bitte ruhig, du dummer Tor,* flehte Berning innerlich zurück.

»Mensch Franz, ich kann das nicht«, plapperte Rudolf in seiner ganzen Verzweiflung. »Du musst mich freisprechen! Rede mit deinen Freunden, bitte! Ich kann nicht für die Roten kämpfen, das weißt du doch! Du kennst mich, ich bin nicht so einer! Ich flehe dich an. Franz. Bitte. So sprich doch mit ihnen!« Seine Worte jagten einander, schienen zu einem langgezogenen Laut zu verschmelzen.

Bernings Magen drehte sich um. Er wollte wegschauen, doch sein Blick blieb wie durch Zauberhand auf Rudolfs schmutzigem, angstverzerrtem Gesicht haften.

»Franz, du kennst mich, bitte! Du verstehst, dass ich das nicht kann«, beteuerte Rudolf inständig. Den Rotarmisten aber schien der Geduldsfaden gerissen zu sein. Der, der Rudolf festhielt, schleuderte ihn mit einer Leichtigkeit zu Boden, als würde er ein Blatt Papier werfen. Der zweite Sowjet rannte davon, kehrte nur Augenblicke später mit einer vollständigen Uniform der Roten Armee wieder, mit der er den im Schnee liegenden Rudolf überhäufte.

»UMZIEHEN!«, brüllten beide Rotarmisten auf den Gefangenen ein, die Waffen drohend auf ihn gerichtet.

»Zieh dich doch um, du dummer Narr«, wisperte Berning ohnmächtig. Um ihn herum ordnete sich schrittweise das Chaos. Viele der Landser trugen bereits die Uniform der Roten Armee. Allmählich gingen die Kleidungsstücke aus. Die Schüsse hatten aufgehört, das Geschrei nicht.

Rudolf kämpfte sich unter den schweren Uniformteilen hervor. Langsam und entschlossen schüttelte er den Kopf. Er blickte auf, starrte Berning direkt an. Rudolfs Stirn war dick angeschwollen, die Augen aufgequollen und blutunterlaufen, der Mund trocken. Das Gesicht war grau wie Asche.

»Franz«, flüsterte der alte Gefangene. Eine Spur von Enttäuschung ruhte in seinen Worten. »Ich werde keine Uniform der Bolschewisten tragen.«

Als der Schuss krachte, zuckte Berning zusammen. Das Projektil durchschlug Rudolfs Stirn oberhalb des rechten Auges, wütete in seinem Kopf und platzte ihm aus dem Hinterkopf heraus, ehe es mit einem dumpfen Ton im Erdboden verschwand. Der Leib des alten Unterfeldwebels verlor jede Spannung, sank in den blutgetränkten Schnee.

Der Genosse, der geschossen hatte, grunzte zufrieden. Berning drehte sich weg, nahm die Hand vor den Mund. Hoffte, dass keiner seiner Genossen die Zweifel erkannte, die ihn in diesem Augenblick quälten.

Es war richtig so, dass wusste er. Rudolf wollte dem Ruf des Sozialismus nicht folgen. Er hatte die freie Entscheidung gehabt, und hatte sich dennoch falsch entschieden. Es war richtig so. Es fühlte sich aber nicht richtig an.

Didi stand in einiger Entfernung zwischen einigen umgezogenen Landsern. Der junge Natschalnik war zur Salzsäule erstarrt, konnte den Blick nicht von dem toten Rudolf abwenden. Blankes Entsetzen bestimmte seine Mimik.

Nordöstlich von Witebsk, Sowjetunion, 26.01.1945

»Heh, Afrikaner!«, sagte Katczinsky rülpsend, der mit dem kleinen Finger in der Nase bohrte. Er blickte Calvert erwartungsvoll an, steckte sich dann das Mundstück seiner Pfeife zwischen die Zähne.

Taylor und die anderen Gruppenführer befanden sich zur Besprechung in der Talhütte. Für den Zeitraum ihrer Abwesenheit hatte Katczinsky das Kommando, und der nahm es mit der Arbeit nicht so genau. Das wiederholte Waffenreinigen war sowieso nur eine Schikane Schneiders, denn die Waffen waren mittlerweile so blitzblank, als wären sie gerade erst aus der Fabrik gekommen.

Seit einem Monat nun stand die Front still. Die Männer hatten sich in dem kleinen Birkenwäldchen hervorragend eingelebt, hatten besinnlich Silvester feiern können und waren auch im neuen Jahr vom Krieg weitestgehend verschont geblieben. Spärliches Artilleriefeuer und Attacken von Tieffliegern blieben die Ausnahme.

Allerdings herrschte innerhalb des Zuges dicke Luft. Schneider verfiel mehr und mehr in Muster, die die Soldaten sonst nur aus der Rekrutenausbildung kannten. Neben dem Frühsport ließ er Waffendrills durchführen, verdonnerte seine Männer zu Unterrichtsstunden, Singstunden, Exerzierdienst und ewigem Waffenreinigen. So auch an diesem Tag. Die Landser machten untereinander mehr und mehr Stimmung gegen Schneider, dem das natürlich nicht verborgen blieb und der als Antwort darauf immer schärfere Maßnahmen ansetzte. Sogar Engelmann war die Sache schon aufgefallen. Und Taylor vermochte auch nicht mehr die Umstände zu ignorieren. Er hegte ja selbst einen immer größeren Groll gegen die sinnlosen Aktionen Schneiders.

Katczinsky erfasste Calvert an der Schulter und zog ihn zu sich heran.

»Mir ist nicht nach Kuscheln, Cat«, meckerte der Südafrikaner. Katczinskys fettige Wurstfinger grapschten dem Kameraden im Gesicht herum.

»Ach komm!«, unkte Katczinsky. »Mit dem dicken polnischen Bären willst du doch gerne mal kuscheln.« Der Unteroffizier zeigte seine gelb-braunen Zähne und goldfarbenen Plomben.

»In deinen Träumen, Alterchen!«, lachte Calvert, der die Griffel des Polen abwehrte.

»Ja, Mann!«, rief Schütz aus dem Hintergrund. »Calverts Zuneigung gehört nämlich dem ollen Mannerheim!«

Katczinsky lachte schweinisch. Er grunzte, verschluckte sich, hustete, lief hochrot an vor Lachen, grunzte erneut und produzierte dann Geräusche, die von verstopften Nebenhöhlen zeugten. Es sah aus, als würde sein Schädel jeden Augenblick explodieren.

»Was ich eigentlich wollte ...« Katczinsky versuchte, sich zu beruhigen, wurde aber wieder von einem neuerlichen Lachanfall übermannt.

»Was ich sagen wollte ...«

»Sprich dich aus, Dicker.«

»Was ich ... was ich sagen wollte ...«

»Jaaaaa?« Calvert grinste überbordend.

»Na, da!« Katczinsky zeigte auf die Dorfstraße. Calvert folgte dem Fingerzeig des Kameraden, kniff die Augen zusammen. Tatsache, da stand doch ein Kerl mitten auf der Straße.

»Guck dir den an!«, kommentierte Katczinsky. »Steht da wie bestellt und nicht abgeholt! Kurva!«

»Donnerlittchen!«, entfuhr es Calvert beim Anblick des Mannes, der augenscheinlich ein Offizier der Wehrmacht war. Der Kerl trug eine geschniegelte Uniform, als käme er direkt von einer Parade, dazu eine tief ins Gesicht gezogene Schirmmütze und eine Sonnenbrille. Er blickte sich gemütlich nach allen Seiten um, hielt in beiden Händen allerhand Gepäck.

»Wofür zum Teufel braucht der heute eine Sonnenbrille?«, sinnierte Calvert und schaute zum betongrauen Himmel auf.

»Der wartet sicher auf den Zug!«, warf Katczinsky ein. »Dem muss mal einer sagen, dass da kein Bahnhof ist!«

»Dem muss mal einer so einiges sagen! Mit Fronteinsätzen hat der Kerl jedenfalls nichts am Hut, das sehe ich gleich. Steht da wie ein Panzerziel, und er sieht aus, als hätte ihm Mami heute früh die Sachen rausgelegt. Der soll Offz sein?«

»Klar, du Plattschädel. Neue deutsche Schule.« Katczinsky grinste. »Guck dir die Deppen an, die den alten Hasen nachfolgen. Die können kaum bis zur eigenen Nasenspitze denken, geschweige denn sich allein die Stiefel binden.«

»Gott, der gehört sicher zu den Pionieren.«

Der Offizier schien die Brandenburger entdeckt zu haben. Er zuckte mit Achseln und Mund, als wäre ihm ein Geistesblitz gekommen, dann marschierte er schnurstracks auf Katczinsky und Calvert zu. Als sich der Fremde auf wenige Meter genähert hatte, erkannte Calvert den Dienstgrad: Leutnant.

Katczinsky brüllte: »Achtung!«

Die Brandenburger sprangen auf die Beine, machten Männchen. Katczinsky meldete. Mit einem Mal wurden Calverts Augen groß und größer. Dieser Leutnant trug doch tatsächlich das Ärmelband der Brandenburger! Calvert starrte die gestickten weißen Lettern zwischen weißen Strichen unverhohlen an.

»Salut, Soldaten!«, grüßte der Fremde freundlich. »Ich suche Herrn Oberfeld Schneider. Jemand eine Ahnung, wo der Knabe steckt?«

Stumm wies Katczinsky auf die Talhütte. Niemand sagte ein Wort.

Außerhalb von Stalinsk, Sowjetunion, 01.02.1945

Als Berning das »Herein« vernahm, betrat er Sidorenkos Büro. Berning hatte sich den Trageriemen seiner PPSch-41 über die rechte Schulter geworfen, hielt die Waffe mit der linken Hand. Der sowjetische Stahlhelm saß, einer kreisrunden Schüssel gleich, fest auf seinem Kopf. Berning war erst seit wenigen Tagen wieder Soldat, doch sein Körper begann sich bereits an die für diesen Beruf typischen Belastungen zu erinnern: Seine Nackenmuskulatur erstarkte, ebenso die seiner Schultern und Oberschenkel. Das Marschieren mit Gepäck fiel ihm zunehmend leichter.

Berning knallte die Hacken zusammen, dass es durch den Raum schallte. Er hob die Hand zum militärischen Gruß, brachte seinen Körper dazu unter höchste Spannung.

»Serschant Berning meldet Waffenausbildung der 2. Kompanie abgeschlossen!«

Berning vermochte sämtliche Meldungen auf Russisch abzugeben, und so fanden auch seine Gespräche mit Sidorenko immer öfter in der Muttersprache des Generals statt. Bernings Sprachkenntnisse wurden von Tag zu Tag besser.

»Gut so, Towaritsch Franz Gustav!«, gab Sidorenko zurück, versteckt hinter einem Berg aus Dokumenten. Er erhob sich, erwiderte Bernings Gruß knapp, dann schritt er auf den frischgebackenen Serschant der Roten Armee zu und schüttelte ihm die Hand.

»Ausgezeichnet, mein Freund. Und fein siehst du aus in der Uniform.« Sidorenko betrachtete Berning, kniff die Lippen zusammen, nickte. Er schien stolz.

»Danke sehr, Towaritsch General.«

Berning strahlte vor Glück. Er hatte endlich seinen Platz in dieser Welt gefunden. Er war endlich dort angelangt, wo er hingehörte.

»Du hast gute Arbeit geleistet«, murmelte Sidorenko. Er wandte sich von Berning ab, drehte Kreise im Raum, die Hände hinter dem Rücken verschränkt, die Stirn in Denkerfalten geworfen. »Und was ich heute Mittag beim Appell gesehen habe, sucht seinesgleichen. Die Männer sind in guter Verfassung.«

»Ja, Towaritsch General. Das Soldatenhandwerk verlernt man eben nicht. Es bedurfte nur einer Auffrischung und der Ausbildung am russischen Gerät.«

»Und das hast du in der Kürze exzellent bewerkstelligt.« Sidorenko blieb stehen, zeigte mit dem Finger auf Berning. »Du, mein Freund, bist der Beweis, dass Nationalitäten nicht zählen. Einzig auf das, was ein Mann im Herzen trägt, kommt es an.«

Aufgrund der angespannten Kriegslage und der Tatsache, dass Millionen von Rotarmisten tot auf den Schlachtfeldern Europas und Asiens lagen – der Blutzoll der Sowjetunion war um einiges höher als der ihrer Feinde, insbesondere als der der Deutschen –, sowie aufgrund der Tatsache, dass ein Ende des Krieges noch immer nicht in Sicht war, hatte Genosse Stalin angeordnet, sämtliche menschlichen Reserven für den Militärdienst heranzuziehen. Der Krieg lief nicht gut, auch wenn diese Erkenntnis nur hinter vorgehaltener Hand ausgesprochen wurde. Die Japaner waren im Rückzug begriffen, aber im Westen schien gegen die Deutschen kein Kraut gewachsen. Die gewaltige Winteroffensive der Sowjetunion hatte sich an den Linien der Faschisten abgenutzt. Nun mochte die Rote Armee über die vielfache Menge an Soldaten verfügen gegenüber der Wehrmacht, doch diese Übermacht schmolz angesichts der überlegenen deutschen Truppenführung rasch dahin. Und längst waren sämtliche Jahrgänge eingezogen, standen die russischen Männer jeden Alters an der Front. Nun konnte auch die Sowjetunion nur noch auf den jeweils heranreifenden Jahrgang zurückgreifen, das waren im Schnitt 1,6 Millionen Mann pro Jahr. Auf lange Sicht reichte diese Zahl nicht aus, um gegen die Achsenmächte zu bestehen.

Jedes Kriegsgefangenenlager, jeder Gulag, jedes Gefängnis hatte daher nun nach fest vorgegebenen Sollstärken seinen Beitrag zu leisten. Wie diese Sollstärken mit Personal unterfüttert wurden, war Sache der Zuständigen vor Ort. Niemand würde Fragen stellen, solange eine Anzahl X an Soldaten in Richtung Front verlegt wurde. Die meisten konnten sich gleichwohl ausmalen, wofür die Verbände der Kriegsgefangenen und Schwerverbrecher wohl eingesetzt werden würden – als Kanonenfutter zum Schutz der Kerntruppen der Roten Armee oder gleich für Selbstmordunternehmen. Neben den Eliteverbänden der Roten Armee, den Garde-Einheiten, waren auch diese nun aus der Taufe gehobenen Verbände mit einem Zusatz versehen: Sie wurden als Wiedergutmachungs-Einheiten bezeichnet. Stab und höhere Führungspositionen waren mit Stammpersonal der Roten Armee besetzt. Es wurden unzählige Wiedergutmachungs-Bataillone gebildet, ein jedes verfügte über sechs Kampfkompanien. Berning diente im 12. Bataillon, das sich aus einem Konglomerat von Gefangenen des Lagers 525 sowie aus Strafgefangenen aus dem gesamten Oblast zusammensetzte. Berning war als Serschant Zugführer im 1. Zug der 4. Kompanie, eine Einheit, die ausschließlich aus ehemaligen Wehrmachtsangehörigen bestand.

»Danke, Towaritsch General«, erklang Bernings mit Stolz durchdrungene Stimme. »Lang lebe die Sowjetunion!«

»Die kurze Zeit der Ausbildung ist nun vorüber. Es geht los, Towaritsch Franz Gustav«, sagte Sidorenko hintergründig.

Bernings Augen leuchteten. Unwillkürlich reckte er seine Brust vor, spannte seine Glieder. Er musste an die Zukunft denken, musste daran denken, dass seine Heimat eines Tages frei sein würde.

»Wann rollt der Zug nach Berlin?«, fragte Berning keck.

Sidorenko lachte ihn offen aus. »Oh, nein, mein Freund. Nicht Berlin!« Der Russe hatte plötzlich ein fieses Grinsen auf den Lippen. Er steckte sich eine Zigarette zwischen die Lippen, bot Berning aber keine an.

»Nicht Berlin«, wiederholte Sidorenko langsam und mit Häme in der Stimme. »Es geht nach Osten. Gegen die Japaner!«

Bernings Herz vollführte einen Satz. *Oh nein!*

Östlich von Witebesk, Sowjetunion, 02.02.1945

Engelmann saß auf dem Unterwagen seines Tiger-Panzers, vertieft in einen Roman. Er ließ die Beine baumeln. Eine frische Brise umwehte den in einen dicken Mantel eingepackten Hauptmann. Freilich, der Stahl des Panzers war eiskalt und brachte seinen Hintern zum Kribbeln, doch das war noch immer besser, als im Schnee zu hocken.

Die Umgebung wirkte friedlich und still. Die Wipfel der Bäume wiegten sich in den Böen, die über das weiße Land fegten und den Pulverschnee aufwirbelten. Das Schnarchen von Bock drang dumpf aus dem geöffneten Turmluk des Panzers. In einiger Entfernung lachten Landser.

Weitere Angriffe der Sowjets auf die Wetterspitze waren ausgeblieben, und auch sonst blieb es dieser Tage verdächtig ruhig. Für den Moment war die gesamte Ostfront zum Stillstand gekommen, schien wie eingefroren. Die Truppen der Roten Armee gruben sich ein und leckten ihre Wunden, und so schnell würde es zu keinen neuerlichen Offensivtätigkeiten kommen. Die Schlammperiode stand ins Haus.

Der ärgste Feind der deutschen Verteidiger bei der Wetterspitze waren in den letzten Wochen die Schneestürme gewesen. Regelmäßig hatten sich die Soldaten aus blitzartig entstandenen Eisgefängnissen befreien müssen.

Vor einigen Tagen war dann ein Klimaumschwung erfolgt. Die Temperaturen kletterten seither zur Mittagszeit bis auf null Grad Celsius, der Himmel war dunstlos blau, die Sonne strahlte, ließ die Schneemassen allmählich dahinschmelzen. Es war richtiges Hochglanzfliegerwetter, weshalb hin und wieder Zerstörer oder Jäger der Sowjets auftauchten. Die deutschen Stellungen und Panzer aber waren gut getarnt, es kam zu keinen Angriffen aus der Luft. Vor zwei Tagen waren sogar deutsche Flieger über der Wetterspitze erschienen. An die 20 Stukas plus Begleitschutz hatten auf ihrem Weg nach Norden beobachtet werden können. Wer wusste schon, welchen Auftrag die Piloten hatten? Eigene Flieger zu sehen war jedenfalls Balsam für Engelmanns Seele. Überhaupt beschlich ihn seit der Jahreswende ein Gefühl der Zuversicht. Er konnte gar nicht sagen, woher das rührte.

Engelmann seufzte, schlug die nächste Seite des Romans auf, dessen brauner Umschlag die triste Zeichnung eines schneeverwehten, abgebrochenen Baumes zur Schau stellte. Engelmann aber konnte sich aufs Lesen gar nicht konzentrieren, sondern schweifte gedanklich immer wieder ab.

Seine Urlaubssperre trieb ihn um. Bis zum 30. April galt sie noch. Eine Ewigkeit! Er hoffte, dann wenigstens im Sommer nach Hause zu kommen. Bis dahin würde er Elly und Gudrun schon eineinhalb Jahre nicht gesehen haben. Bauchschmerzen traktierten den Hauptmann. Das alles entwickelte sich nicht so, wie Engelmann sich das Dasein als Familienvater einst vorgestellt hatte. Vielleicht hätte er sie auch gar nicht heiraten dürfen, doch was hätte er tun sollen? Das Kind war auf dem Weg gewesen!

Er spürte jedenfalls, dass vieles zwischen ihm und seiner Frau im Argen lag. Ihn beschlich die Überlegung, den Urlaub auch nach der Sperre weiter nach hinten zu schieben, um möglichen Unannehmlichkeiten daheim aus dem Wege zu gehen. Engelmann schob diese Idee beiseite. Hasste sich dafür, überhaupt so zu denken. Ganz ausmerzen konnte er diesen Gedanken aber nicht ...

Der Hauptmann versuchte mit aller Macht, sich auf den Roman in seinen Händen zu konzentrieren. Natürlich wäre ihm ein tiefsinniges Buch lieber gewesen, ein Werk vom Kaliber eines »Buddenbrooks: Verfall einer Familie«, eines »Der abenteuerliche Simplicissimus« oder eines »Graf Petöfy«. Ja, selbst ein Phantastik-Werk aus der Feder von H. G. Wells wäre ihm lieber gewesen. Leider aber waren Engelmanns Auswahlmöglichkeiten an der Front eingeschränkt, und darum beschäftigte er sich nun mit einem kriegsromantischen Schönwetterwerk, herausgegeben vom Franz-Eher-Verlag, dem Zentralverlag der NSDAP. Titel: »Die verlorene Kompanie«. Autor: Heinrich Eisen. Der Verlag und das eher plakative Pseudonym des Autors deuteten jedenfalls auf ideologische Unterweisung mit dem Holzhammer statt auf durchdachte Handlungsstränge und Figuren hin. Und was Engelmann bisher von diesem Machwerk gelesen hatte, bestätigte seine Befürchtungen.

Während sich Engelmanns Herz schwermütig an den Stabsgefreiten Born und dessen kleine Wanderbibliothek erinnerte, nahm er den roten Faden des Romans wieder auf, der sich um einen deutschen Offizier namens Rott drehte. Der hatte soeben die 7. Kompanie an der Front übernommen, da machten sich die umliegenden Einheiten aus dem Staub, natürlich aus taktischen Gründen und nicht, weil der Russe zu stark war. Rott und seine Männer waren fortan auf sich gestellt. Umzingelt von Bolschewisten, abgeschnitten vom Nachschub, dauerten die Kämpfe an. Rott und dessen Männer zogen ihre Energie vor allem aus der überwältigenden Kameradschaft untereinander sowie dem tiefen soldatischen Pflichtbewusstsein. Die Lage der 7. Kompanie war schier aussichtslos, die Landser hockten dennoch am Lagerfeuer beisammen, sangen Lieder, lachten und hörten nicht auf, sich darüber zu freuen, Soldat zu sein.

Dieser Herr »Eisen« jedenfalls war sicherlich noch nie in einem echten Frontsektor gewesen, so Engelmanns bisheriger Eindruck. Diese Wohlfühltöne, die jede Seite und jede Zeile des Romans versprühten, trieben den Hauptmann an den Rand der Weißglut. In der Realität hatte er bei eingekesselten und auf verlorenem Posten kämpfenden Einheiten eine solche Lebensfreude, wie sie im Buch beschrieben wurde, jedenfalls noch nie festgestellt. Was der Hauptmann nun allerdings las, schlug dem Fass den Boden aus:

»Wie seltsam dieser Marsch durch den nächtlichen Nebel ist! Fesselnde Romantik, abenteuerliche Stimmung und kämpferische Spannung – wahrlich, der Krieg ist nicht nur Schrecken und Grauen, Leiden und Sterben, er ist auch unermesslich reich an kraft- und freudevollem Leben, an seltenem innerem

Erleben, geistigem Wachstum und seelischem Blühen. Ist er furchtbar, so ist er doch auch herrlich.«[2]

Blanke Wut packte Engelmann. Er schlug das Buch zu.

Was für ein Arschloch, dieser Eisen!, schnaubte er gedanklich. »Die verlorene Kompanie« landete im hohen Bogen im Schnee. Engelmann packte ein seltener Drang, sich zu bewegen. Er musste weg, weg von diesem Panzer, weg von der Wetterspitze – einfach weg. Er sprang vom Unterwagen des Panzers, wäre bei der Landung beinahe weggerutscht.

»Hauptmann Engelmann!«, hörte er plötzlich eine Stimme in seinem Rücken. Er fuhr herum und blickte in das Gesicht Schneiders.

Der Oberfeldwebel der Brandenburger hatte den Zugführerposten vor einigen Tagen an einen jungen Leutnant abgeben müssen, der auf Engelmann einen gescheiten ersten Eindruck machte.

Schneider jedoch schien von den Entwicklungen weniger begeistert.

»Bitte nicht weglaufen.«

»Was kann ich für Sie tun, Oberfeld?«, brummte Engelmann.

»Nun.« Schneider griente. »Ich verdinge mich nebenher als Postbote. Man kann nur vom Krieg allein schließlich nicht leben.« Schneider hielt Engelmann einen Brief unter die Nase. »Darum bin ich hier. Ist für sie!«

Das Schreiben war von Else. Natürlich.

»Wer ist Else?«, fragte Schneider frech.

»Seien Sie nicht so neugierig!«

»Herr Hauptmann mögen meine Neugier entschuldigen.« Schneider deutete einen Knicks an. »Und, wer ist Else nun? Ihre Mama?«

»Else ist meine Frau.«

»Na dann«, Schneider hob die Brauen, »will ich sie mal allein lassen.«

Während der Brandenburger mit im Schnee knirschenden Sohlen das Feld räumte, starrte Engelmann auf die schwungvollen Lettern auf dem Kuvert.

Ellys Handschrift …

Engelmanns Herz klopfte wie wild. Eine seltsame Mischung aus Freude und Furcht beherrschte seine Emotionen.

Er öffnete vorsichtig den Umschlag, zupfte ein sorgsam gefaltetes Blatt heraus. Er schlug es auf. Las.

Seine Knie wurden weich.

---

[2] Aus: Die verlorene Kompanie, Heinrich Eisen, Franz-Eher-Verlag

Er musste sich am Panzerstahl abstützen, um nicht umzufallen.

Oberleutnant, 17.1.1945

Josef Engelmann
F.P. 31975

Mein liebster Josef,
Deine letzten Briefe haben mich sehr traurig gemacht. Ich verliere Dich, das spüre ich. Wenn Du aus dem Krieg wiederkehren wirst, wirst Du nicht mehr der sein, den ich einmal als den fürsorglichen und liebevollen Mann kennen gelernt habe, und über diese Erkenntnis könnte ich stundenlang weinen. Du kannst aber nichts dazu, es ist diese grausame Zeit, die Dich so verändert! Wichtig ist einzig, daß Du überlebst und irgendwann heimkommst. Ach, wenn Du doch wenigstens mal wieder für ein paar Wochen herkommen könntest! Ich vermisse Dich … ich brauche Dich, Sepp! Gudrun wird immer anstrengender und ist ein sehr freches Mädchen geworden! Ach, Du weißt, daß ich zu weich zu ihr bin. Ihr fehlt ein strenger Vater, der auch einmal die Hand gegen sie erhebt! Bitte paß auf Dich auf! Versprich mir das! Das Weihnachtsfest ohne unser Familienoberhaupt war eine bedrückende Erfahrung. Ich möchte nicht, daß es zur Gewohnheit wird!
In ewiger Liebe
Elly

Berlin, Deutsches Reich, 06.02.1945

Schloss Bellevue. Generaloberst Zeitzler marschierte schnellen Schrittes über den langen, hellen Flur, der zum Büro des Kanzlers führte. Der »Kugelblitz« wusste, dass die Gesamtlage dieser Tage gefährlicher war denn je. Doch sie bot auch gewaltige Chancen – nun kam es darauf an, den Kanzler zu überzeugen, diese zu nutzen.

Es brodelte gewaltig in der deutschen Bevölkerung. Die anhaltenden Bombenangriffe gegen Deutschland und seine Verbündeten zeigten Wirkung.

Nicht nur in Italien traten Widerstandsgruppen offen in Erscheinung, sondern auch in der Ostmark! Und die West-Alliierten dachten nicht daran, sich an den Verhandlungstisch zu setzen. Nein, der Feind war so versessen darauf, das Deutsche Reich untergehen zu sehen, dass es nur eine Frage der Zeit war, bis die Briten und Amerikaner den nächsten Versuch unternehmen würden, einen großen militärischen Schlag gegen Deutschland zu führen. Die Wehrmacht musste auf der Hut sein, und niemand konnte sagen, ob die Achse auch den nächsten Landungsversuch auf dem europäischen Festland abwehren würde. Ein Fehler am entscheidenden Tag, eine falsche Entscheidung in der wichtigsten Stunde mochten bei einer solchen Operation über Sieg oder Niederlage entscheiden.

Und eine Niederlage konnte sich Deutschland nicht leisten. An einer weiteren, landgestützten Front würde die Wehrmacht letztlich zerbrechen, das wusste Zeitzler, und das wussten auch die Militärs in London und Washington. Neben Italien, dem Atlantik und dem Balkan, neben der gigantischen Ostfront und der Luftverteidigung des nahezu gesamten europäischen Luftraums vermochte die Wehrmacht einfach keine weitere Front zu stemmen. Nicht für lange jedenfalls.

Und dann war da noch Franco, der galizische Narr mit Minderwertigkeitskomplexen: Franco hatte die Welt vor vier Tagen vor vollendete Tatsachen gestellt, als er überraschend sämtlichen Kriegsgegnern der Achse den Krieg erklärt hatte. Niemand hatte ihn darum gebeten, Berlin war ebenso überrascht worden wie Tokio und Rom. Der alte Galizier schien die Achsenmächte auf der Siegerstraße zu wähnen und hielt es für besonders clever, nun in den Krieg einzutreten, um sich sein Stück vom Kuchen zu sichern. Noch am Tag der Kriegserklärung hatten Francos Truppen die englische Festung auf Gibraltar angegriffen. Die Antwort der Westmächte war prompt erfolgt: Bomberformationen hatten Santander, Valencia und Madrid angeflogen, und nun schwang der spanische Generalissimus wilde Hassreden im Radio. Damit hatte er wohl nicht gerechnet.

Zeitzler rieb sich die Stirn, während er den langen Flur hinunterlief und viele Gemälde passierte, großartige, bunte Stücke aus der Epoche des Expressionismus. Mit Spaniens Kriegseintritt hatten sich den Alliierten schlagartig viele hundert Kilometer neue Küstenabschnitte für eine Anlandung großer Truppenkontingente eröffnet. Küstenabschnitte, die so gut wie nicht befestigt waren, wohlgemerkt. Das auf der Iberischen Halbinsel liegende 25-Millionen-Einwohner-Land mochte der militärischen Stärke der Achse zuträglich sein, auch wenn Spanien noch kein offizielles Mitglied des Bündnisses war. Aus geostrategischen Gesichtspunkten heraus war die spanische Kriegserklärung jedoch ein Desaster. Wahrscheinlich rieben sich Churchill und Dewey schon die Hände und wählten derzeit den besten spanischen Strandabschnitt aus, um dort ihre Millionenheere an Land zu bringen.

Am Ende des Tages würde die Wehrmacht langfristig mehr Kräfte zur Verteidigung Spaniens aufbieten müssen, als die spanische Armee an Kampfkraft zum Bündnis hinzuzufügen in der Lage war. Vielleicht konnte Reichskanzler Halder Franco wenigstens dazu bewegen, die von dem galizischen Generalissimus in weiser Voraussicht bereits angestoßene militärische Aufrüstung weiter voranzutreiben und zu forcieren. Im Idealfall würden die Iberer dem Deutschen Reich ebenso aus der Hand fressen, wie Mussolini es aus seiner geschwächten Position heraus tat. Zeitzler traute Halder zu, mit Franco umgehen zu können. Halder mochte langsam dem Wahnsinn verfallen … oder den Pillen dieses verdammten Quacksalbers … doch gegenüber den Verbündeten trat er stets tadellos auf. Der Kanzler verstand es zudem ganz exzellent, mit schwierigen Charakteren zurechtzukommen, ganz anders als Hitler, der immer plump mit dem Holzhammer durch die Wand gewollt und Francos Unterstützungsangebote für den Feldzug gegen Russland ausgeschlagen hatte. Halder würde einen Weg finden, Franco zu lenken, ohne dass der spanische Diktator sich in seiner Führungsrolle beeinträchtigt sah.

Verrückt, dachte Zeitzler und schüttelte den Kopf. *Einfach verrückt. Franco erklärt mir nichts, dir nichts 26 Ländern auf einmal den Krieg!*

Die spanischen Truppen jedenfalls marschierten bereits gen Ostfront, während Franco mit einer Offiziersdelegation am Flughafen Tempelhof erwartet wurde. Aus diesem Grund musste Zeitzler JETZT den Kanzler sprechen. Dem »Kugelblitz« hatte sich nämlich ein Gelegenheitsfenster offenbart, und er hatte einen Plan … Er sah eine Möglichkeit, die Sowjetunion binnen kürzester Zeit tatsächlich zu bezwingen. Dafür brauchte er die Unterstützung Halders, und er wollte alles möglichst noch vor dem Besuch Francos in die Wege leiten.

In gewisser Weise hatte der Generalissimus mit dem spanischen Kriegseintritt dem Deutschen Reich doch einen großen Dienst erwiesen, denn erst die Meldung aus Spanien hatte in Zeitzlers Kopf jene Eingebung geweckt, die den kleinen, dicken General seither so beflügelte.

Als ihn die Neuigkeit aus Madrid erreicht hatte, hatte er zuallererst an das spanische Heer denken müssen, das die Fronten bald verstärken würde. Dann kam dem Generaloberst in den Sinn, dass Spaniens Streitkräfte vielleicht das entscheidende Pfund in der Waagschale sein mochten, um das militärische Gewicht endlich zugunsten der Achse zu verschieben. Francos Kriegseintritt war daher kurzfristig eine Chance, langfristig natürlich eine Katastrophe. Und genauso musste mit der Situation umgegangen werden. Deutschland musste rasch handeln ...

1,2 Millionen Mann, rezitierte Zeitzler die Zahl spanischer Soldaten im Kopf. Franco beschäftigte sich seit einem Jahr schon mit nahezu nichts anderem, als seine Armee zu vergrößern. Hinzu kamen einige hunderttausend Reservisten. Die spanische Armee war vielleicht nicht das Allheilmittel in diesem festgefahrenen Krieg, doch würde Deutschland seinen neuen Verbündeten wirkungsvoll an der Ostfront einsetzen, konnte etwas bewegt werden. Zumal Zeitzler noch ein zweites Ass im Ärmel hatte ...

Die Zeit würde der entscheidende Faktor sein. Die Zeit würde über den Sieg oder die Niederlage Deutschlands in diesem gewaltigen Konflikt entscheiden. Das Reich musste JETZT handeln, musste die Gunst der Stunde nutzen. Zeitzler wusste, dass sie es sich nicht leisten konnten, auf waffenfähige Ergebnisse aus Tokio zu warten. Die deutsche Wehrmacht und ihre Verbündeten aber waren auch jetzt schon stark genug, um mit einem entscheidenden Schlag zumindest den östlichen Kriegsgegner endlich aus dem Spiel zu nehmen. Allein die aktuellen Rüstungszahlen, die Speer am Vortag vorgelegt hatte, legten Zeugnis von Deutschlands Potenzial ab. Die Westmächte versuchten mit ihrer Taktik der Auslöschung einzelner Städte langfristig eine Zerschlagung der Achse zu bewirken. Der deutschen Industrie aber hatten sie mit ihrem Strategiewechsel einen großen Dienst erwiesen.

Speer hatte noch im April 1944 in einem geheimen Bericht die These aufgestellt, dass das andauernde und flächendeckende Bombardement des deutschen Reichsgebietes, wie es bis zur gescheiterten Landung in der Normandie von den Alliierten praktiziert worden war, das Potenzial der deutschen Rüstung um 45 Prozent vermindern würde. Im ersten Quartal des Jahres 1944 vermochte Henschel beispielsweise 256 Tiger-Panzer zu produzieren. Verglich man den damaligen Ausstoß mit den aktuellen Zahlen, so wurde deutlich, dass es Speer seit dem Strategiewechsel der Westmächte tatsächlich geschafft hatte, die Produktion um sogar mehr noch als 45 Prozent zu steigern. Und das in weniger als einem Jahr! Die deutsche Industrie arbeitete wieder nahezu ungestört durch feindliche Attacken, und der Rüstungsminister trieb die Unternehmen zu Höchstleistungen an.

Produktionszahlen von Panzern, Flugzeugen, Schiffen, Handwaffen, Munition, Ausrüstungs- und Munitionsteilen, Geschützen, Granaten und Bomben nahmen seit Herbst 1944 deutlich zu, waren in den vergangenen Monaten geradezu durch die Decke geschossen. Die Wehrmacht besaß mit einem Mal mehr Panzer als Panzermänner, mehr Maschinengewehre als Gewehrführer. Der Austausch des K98k durch das Gewehr 44 wurde mit Hochdruck vorangetrieben. Bereits 5.200.000 Soldaten waren auf die hochmoderne Waffe umgerüstet. Canaris' Leute wollten zudem herausgefunden haben, dass diese Entwicklungen vollkommen am Feind vorbeigingen. Die drohende Abspaltung Italiens aus dem Bündnis machte den Gegner offenkundig blind für die die Unzulänglichkeiten seiner eigenen Strategie.

»Nun denn«, murmelte sich Zeitzler, »ich opfere gerne die Italiener, wenn die deutsche Armee dafür nur ausreichend deutsche Rüstungsmittel erhält.«

Und die deutsche Armee erhielt dieser Tage endlich das, was sie benötigte. Das Reich war sogar plötzlich wieder in der Lage, einzelne Waffensysteme zu exportieren. Die Wehrmacht musste darum zuschlagen, solange dieser Zustand anhielt. Würde aber der Feind wieder an irgendeiner Stelle in Europa landen, dann wäre es mit dem Agieren vorbei. Dann wäre Deutschland wieder zum Reagieren verdammt. Und mochten die Rüstungszahlen auch noch so gut sein, eine weitere große Front konnte die Wehrmacht allein schon aus personellen Gründen nicht verkraften. Und die Ausstoßzahlen der US-Rüstungsindustrie waren für das Deutsche Reich nie und nimmer zu erreichen.

Zeitzler bog ab, durchschritt einen weiteren hellen Flur. Er passierte Gemälde deutscher Größen. Friedrich Wilhelm von Brandenburg, Carl von Clausewitz, Otto von Bismarck und andere blickten aus großartigen Portrait-Stichen auf den kleinen, dicken Zeitzler herab. Die mit Stahl besetzten Stiefel des Generaloberst klackten auf den Marmorfliesen.

Bande von Ganoven, schoss es Zeitzler in diesem Augenblick durch den Kopf. Jemand hatte diese drei Worte in der Nacht an die Fassade des Heeresamtes geschmiert. Die Offiziellen in Berlin waren natürlich kollektiv empört, lamentierten lautstark über erneute Dolchstoßversuche und forderten drakonische Strafen für die Täter. Zeitzler war weniger erzürnt, sondern eher besorgt über derartige Entwicklungen, die ihn ebenso darin bestärkten, seinen Plan zur raschen Umsetzung zu bringen. Wie lange würde das deutsche Volk ein Fortdauern des Krieges noch erdulden?

Die Deutschen galten gemeinhin als folgsam, auch in schwierigen Zeiten, doch die Zeichen der Zeit waren eindeutig: Immer öfter und immer offensiver traten selbsternannte Widerstandskämpfer in Erscheinung. Sie ließen sich auch von der Gestapo und härtesten Abschreckungsstrafen nicht einschüchtern. Und im gemeinen Volk schien es zu brodeln. Mehr und mehr Deutsche sympathisierten mit derartigen »Volksschädlingen«, wenn sie es auch noch nicht offen zeigten. Ein Indiz für diese These war, dass immer weniger solcher Taten zur Anzeige gebracht wurden und dass es die Täter oftmals schafften, spurlos zu verschwinden. Sie mussten über Gönner verfügen, über Unterstützer, unterhielten wahrscheinlich ein ganzes Netzwerk aus Helfern im Hintergrund.

Manch einer munkelte schon aufgrund der äußeren und inneren Lage, das Deutsche Reich würde dieses Jahr nicht mehr überleben. Zeitzler nahm solche Spekulationen durchaus ernst. Dieser Weltkrieg hatte schon einige Male die Dinge in eine Richtung getrieben, die niemand im Voraus für möglich gehalten hätte. Lag da nicht auch der Zusammenbruch eines riesigen Reiches im Bereich des Möglichen, obwohl selbiges Reich militärisch ungeschlagen und stärker denn je war? Zeitzler wollte sich jedenfalls nicht auf Zahlenspiele verlassen. Auch aus diesem Grund musste jetzt ein Sieg her, ein gewaltiger, ein überwältigender Sieg. Und alles deutete darauf hin, dass genau JETZT die Möglichkeit dazu bestand – vielleicht war es die letzte Gelegenheit überhaupt. Zeitzler sah diese Möglichkeit deutlich vor sich, ein Zeitfenster, das sich noch nicht geschlossen hatte. Doch für seinen Plan benötigte er das Einverständnis des Kanzlers – und er benötigte die Japaner. Sein Plan setzte alles auf eine Karte: die Zukunft der Achse, die Existenz Deutschlands. Im Kreise der höchsten Offiziere hatte er schon Mitstreiter für seine Sache gewinnen können. Nun galt es, Franz Halder zu überzeugen.

Zeitzler hatte sich seine Argumente zurechtgelegt. Er würde den Kanzler überzeugen, musste ihn überzeugen. Und er hatte ja noch sein Ass im Ärmel, von dem Halder ebenfalls noch nichts wusste. Ein unglaublicher Coup, den Canaris eingefädelt hatte. Der Zufall hatte Pate gestanden bei der ganzen Aktion, und nun, nach mehreren Verbindungsaufnahmen und Absprachen versicherte die Abwehr, dass die Geschichte wasserdicht war. Der Mann der Stunde hieß Beria.

Nachspiel

Gerald Tomphson betrachtete den gigantischen Bomber, den das Bodenpersonal soeben auf die Startbahn manövrierte. Größer noch als die Flying Fortress war Tomphsons Maschine, beinahe so gewaltig wie die deutsche Me 323.

Die Waffe war bereits verladen, die halbe Maschine hatte dafür umgebaut werden müssen. Alle Bordwaffen mit Ausnahme des Heckgeschützes waren entfernt worden, um das Gewicht zu reduzieren. Wegen feindlicher Jäger brauchten sich Tomphson und seine Crew aber keine Sorgen zu machen, der eigene Jagdschutz fiel mehr als üppig aus. Der Präsident persönlich hatte der Mission allerhöchste Priorität eingeräumt. Seit zwei Tagen wusste nun auch Tomphson, worum es ging; er war unter strengsten Geheimhaltungsverpflichtungen in alle Details eingewiesen worden.

Zuvor hatten er und seine Besatzung Bombenabwürfe nach einem vorgegebenen Muster geübt, hatten jedes Mal umgehend nach dem Abwurf in den Steigflug gehen müssen, ohne eigentlich zu wissen, wieso. Nun wussten sie es. Die Army hatte eine neue Waffe entwickelt, eine Waffe, gewaltiger und brachialer in ihren Auswirkungen als alles bisher Dagewesene. Eine einzige Bombe sollte in der Lage sein, eine ganze Stadt zu planieren – so die Theorie. Und nun war die Zeit gekommen, dem Feind diese Waffe mit voller Wucht in seine hässliche Visage zu schleudern.

Zu lange dauerte dieser Krieg schon an, zu viele Opfer hatte er gefordert. Es war Zeit, den Sack zuzumachen. Der Präsident versprach sich vom Einsatz der Waffe nichts weniger als die sofortige Kapitulation des Gegners.

Tomphson und seine Männer bestiegen ihre Maschine, prüften die Systeme. Die vier Propeller stotterten los, nahmen Fahrt auf. Die Maschine rollte langsam über die Startbahn. Beschleunigte dann, als sie in Position war, beschleunigte weiter, immer weiter.

Es erschien unglaublich, dass sich dieser stählerne Gigant, der eine Flügelspannweite von über 140 Fuß auswies, tatsächlich in die Lüfte zu erheben vermochte. Erst ganz am Ende der Startbahn verlor das Fahrwerk der Maschine den Kontakt zum Asphalt, dann stieg der mächtige Langstreckenbomber in den Himmel auf.

Hinter der B-29 Superfortress verschwand Lakenheath, England.

Achtung, aufgepasst: Die rundum überarbeitete Neuausgabe von **Stahlzeit Band 8** erscheint bereits im März 2025.

Personenverzeichnis

Dienstgrad, Einheit und Dienststellung entsprechen der Situation **während der ersten Erwähnung** der Figur im Roman.

Balduin, Horst, Oberleutnant, Bernings letzter Kompaniechef vor dessen Desertion

Beck, Ludwig*, Generaloberst a.D., ehemaliger Reichspräsident Deutschlands, im Dezember 1944 zurückgetreten

Berger, Richard, Obergefreiter, Soldat der Grp Schneider

Beria, Lawrenti*, Volkskommissar des Inneren der UdSSR

Berning, Franz, Unteroffizier, Kriegsgefangener im russischen Unterlager Nummer 3/Lager 525

Birne, Holger, Unterfeldwebel, Fahrer im Panzer Engelmann

Blessing, Konrad, Gefreiter, Soldat der Grp Schneider

Bock, Fido, Stabsgefreiter, Richtschütze im Panzer Engelmann

Boll, Gunnar, Oberleutnant, Kompaniechef der 6. Kp (Sturmpioniere)/MG-Btl 72/Grenadier-Rgt 572/302. Infanterie-Div/XXIII. AK/9. A/Heeresgruppe Mitte/OB Ost

Bongartz, Rudi †, Gefreiter, ehemaliger MG-2-Schütze der Grp Berning, bei Olchowatka gefallen

Born, Eduard †, Stabsgefreiter, in Kursk gefallenes Besatzungsmitglied des Panzers Engelmann

Boss, Egon, Major, Kommandeur Schwere I. Abt/PzRgt 412/PzDiv »Erwin Halder«/XXXIX PzK/10. Armee/Heeresgruppe Mitte/OB Ost

Calvert, Jack, Obergefreiter, Soldat der Grp Schneider

Canaris, Wilhelm*, Generaladmiral, Chef der Abwehr

Centkiewicz, Baruch, Feldwebel, Panzerkommandant in Engelmanns Kp

Claaßen, Mauritius †, Oberfeldwebel, ehemaliger Zugführer von Uffz Berning, erlag einer schweren Verwundung, die er sich im Zuge der Operation »Zitadelle« zugezogen hatte

Churchill, Winston*, Premierminister Großbritanniens

Dewey, Thomas*, Präsident der USA (ab Januar 1944)

Dschibril, Yusuf †, Obergrenadier, ehemaliger Soldat der Grp Schneider, ist wegen Befehlsverweigerung von Schneider in der Schweiz erschossen worden

Eisen, Heinrich*, deutscher Schriftsteller

Eisenhower, Dwight D.*, General, OB der alliierten Expeditionsstreitmacht in Europa

Engelmann, Else, Frau von Josef Engelmann

Engelmann, Gudrun, Tochter von Josef und Else Engelmann

Engelmann, Josef, Oberleutnant, Kp-Chef 2. Kp/Schwere I. Abt/PzRgt 412/PzDiv »Erwin Halder«/XXXIX. PzK/10. A/Heeresgruppe Mitte/OB Ost

Engels, Friedrich* †, deutscher Gesellschaftstheoretiker

Fontane, Theodor* †, deutscher Schriftsteller und Apotheker

Franco, Francisco*, Generalissimus, Führer Spaniens

Fritze, Adam, Oberleutnant, Zugführer 1. Zg/2. Kp/temporär unterstellt der 7. Gebirgs-Div/XXIII. AK/9. A/Heeresgruppe Mitte/OB Ost

Gerber, Eike, Major, Kompaniechef 2. Kp/temporär unterstellt der 7. Gebirgs-Div/XXIII. AK/9. A/Heeresgruppe Mitte/OB Ost

Graf, Jürgen, Hauptmann, Kompaniechef 2. MG-Kp/MG-Btl 72/Grenadier-Rgt 572/302. Infanterie-Div/XXIII. AK/9. A/Heeresgruppe Mitte/OB Ost

Havelmann, Rudolf, Unterfeldwebel, Kriegsgefangener im russischen Unterlager Nummer 3/Lager 525

Heinrich IV.* †, römisch-deutscher König und Kaiser im 11./12. Jahrhundert

Hesse, Hermann*, deutscher Schriftsteller und Maler

Himmler, Heinrich* †, beging in Haft Selbstmord

Hitler, Adolf* †, ehemaliger Führer des Deutschen Reichs, verstorben im November 1942

Hoepner, Erich*, Generalfeldmarschall, OB Ost

Hopps, Teddy, leitender Washington-Korrespondent der Tulsa World

Huber, Wolfgang, Unteroffizier, Gruppenführer der 4. Grp/1. Zg/2. Kp/temporär unterstellt der 7. Gebirgs-Div/XXIII. AK/9. A/Heeresgruppe Mitte/OB Ost

Jahnke, Siegfried, Gefreiter, Ladeschütze im Panzer Engelmann

Jenkins, Todd, ehemaliger leitender Washington-Korrespondent der Tulsa World

Kaminski, Winfried, Unterfeldwebel, Gruppenführer der 2. Grp/1. Zg/2. Kp/temporär unterstellt der 7. Gebirgs-Div/XXIII. AK/9. A/Heeresgruppe Mitte/OB Ost

Katczinsky, Stanislaw, Unteroffizier, Soldat der Grp Schneider

Lenin, Wladimir* †, von 1917 bis 1924 Führer der Sowjetunion

Marx, Karl* †, deutscher Gesellschaftstheoretiker

Meister, Didrich »Didi«, Obergefreiter, Kriegsgefangener im russischen Unterlager Nummer 3/Lager 525

Melzer, Walter*, Generalleutnant, Kommandierender General des XXIII. AK/9. A/Heeresgruppe Mitte

Merlo, Vincent, Natschalnik (Aufpasser) und Kriegsgefangener im russischen Unterlager 3/Lager 525

Montgomery, Bernard*, Field Marshal, kommissarischer OB der alliierten Expeditionsstreitmacht in Europa

Morell, Theodor*, Doktor, beratender Mediziner des Reichskanzlers

Mueller, Dimitri †, Grenadier, Kriegsgefangener im Lager 525, der aufgrund seiner Nationalität hingerichtet worden ist

Mussolini, Benito*, Ministerpräsident Italiens

Pappendorf, Adolf, Feldwebel der Wehrmacht, Bernings letzter Zugführer vor dessen Desertion

Planken, Leo, Obergefreiter, Fahrer im Panzer Stendal

Perscher, Jan, Oberfeldwebel, Zugführer 2. Zg/2. Kp/Schwere I. Abt/PzRgt 412/PzDiv »Erwin Halder«/XXXIX PzK/10. Armee/Heeresgruppe Mitte/OB Ost

Roberts, Glover, Reporter der New York Times

Richter, Hannes, Obergrenadier, Soldat der Grp Schneider

Rohe, Gloria, Model aus Hamburg

Roosevelt, Franklin D.*, Präsident der USA (Januar 1933 bis Januar 1945)

Ryan, Gunter, Unteroffizier, Gruppenführer der 3. Grp/1. Zg/2. Kp/temporär unterstellt der 7. Gebirgs-Div/XXIII. AK/9. A/Heeresgruppe Mitte/OB Ost

Salbig, Jürgen, Major, Gefangener und deutscher Lagerkommandant des Unterlagers 3/Lager 525

Sander, Eric, Unteroffizier, Richtschütze im Panzer Stendal

Schmundt, Rudolf*, General der Infanterie, Chefadjutant der Wehrmacht beim Kanzler

Schneider, Pantelis, Oberfeldwebel, Gruppenführer der 1. Grp/1. Zg/2. Kp/temporär unterstellt der 7. Gebirgs-Div/XXIII. AK/9. A/Heeresgruppe Mitte/OB Ost

Schumann, Anton, Gefreiter, Soldat der Grp Schneider

Schütz, Kaspar, Gefreiter, Soldat der Grp Schneider

Sidorenko, Konstantin †, Leitenant (Leutnant), Nikolay Sidorenkos Sohn, gefallen 1941

Sidorenko, Nikolay, General-Polkownik (Generaloberst), Lagerkommandant des Lagers 525

Speer, Albert*, Reichsminister für Produktion und Rüstung

Szrosen, Mandelin, Gefreiter, Soldat der Grp Kaminski

Stalin, Josef*, Führer der Sowjetunion

Stendal, Gottlieb, Leutnant der Reserve, Zugführer 1. Zg/2. Kp/Schwere I. Abt/PzRgt 412/PzDiv »Erwin Halder«/XXXIX PzK/10. Armee/Heeresgruppe Mitte/OB Ost

Taylor, Thomas, Unterfeldwebel, Soldat der Grp Schneider

Tōjō, Hideki*, Premierminister Japans

Tomphson, Gerald, Colonel, Flugzeugführer, außerordentlich dem 449th Bombardment Group (Heavy) unterstellt/Eight Air Force/United States Strategic Air Forces in Europe/United States Army Air Forces

von Brandenburg, Friedrich* †, Markgraf von Brandenburg, Herzog in Preußen, Kurfürst des Heiligen Römischen Reichs

von Brauchitsch, Walther*, ehemaliger Chef des OKW, im KL Theresienstadt interniert

von Bismarck, Otto* †, erster Kanzler des Deutschen Reichs

von Blankenau, Alexander, Fähnrich, Zugführer 1. Zug/6. Kp (Sturmpioniere)/MG-Btl 72/Grenadier-Rgt 572/302. Infanterie-Div/XXIII. AK/9. A/Heeresgruppe Mitte/OB Ost

von Clausewitz, Carl* †, preußischer General

von Goethe, Johann Wolfgang* †, deutscher Schriftsteller

von Hagen, Ferdinand-Theodor, Unteroffizier, Kriegsgefangener im russischen Unterlager 3/Lager 525

von Manstein, Erich*, ehemaliger OB Ost, im KL Theresienstadt interniert

von Rundstedt, Gerd*, Generalfeldmarschall, OB des OKH

von Schiller, Friedrich* †, deutscher Historiker und Schriftsteller

Halder, Erwin*, Generalfeldmarschall, Reichskanzler des Deutschen Reichs, OB der Wehrmacht

Wells, Herbert*, britischer Schriftsteller

Wölk, Hannes, Panzeroberschütze, Sprechfunker im Panzer Engelmann

Zeitzler, Kurt*, Generaloberst, Chef des Generalstabs des Heeres

*historische Persönlichkeit

Eine Veröffentlichung der EK-2 Publishing GmbH

Friedensstraße 12
47228 Duisburg
Registergericht: Duisburg
Handelsregisternummer: HRB 30321
Geschäftsführerin: Monika Münstermann

E-Mail: info@ek2-publishing.com
Website: www.ek2-publishing.com

Alle Rechte vorbehalten

Cover/Umschlag: Kayla Pelgrim
Autor: Tom Zola
Lektorat: Lanz Martell
Lektorat & Buchsatz der Neuausgabe: Jill Marc Münstermann

1. Neuausgabe, Januar 2025

Druckhinweis:
Libri Plureos GmbH
Friedensallee 273
22763 Hamburg

Verpassen Sie auf keinen Fall den nächsten Band!

Tragen Sie sich jetzt in den Newsletter ein und versüßen Sie sich die Wartezeit auf den nächsten Band mit mehr Lesestoff von Tom Zola!

Als besonderes Dankeschön erhalten Sie **kostenlos** das E-Book »Die Weltenkrieg Saga« von Tom Zola.

Deutsche Panzertechnik trifft außerirdischen Zorn in diesem fesselnden Action-Spektakel!

Ihre Zufriedenheit ist unser Ziel!

Liebe Leser, liebe Leserinnen,

hat Ihnen unser Buch gefallen? Haben Sie Anmerkungen für uns? Kritik? Bitte zögern Sie nicht, uns zu schreiben. Wir werden jede Nachricht persönlich lesen und beantworten.

Schreiben Sie uns: info@ek2-publishing.com

Wussten Sie schon, dass Sie uns dabei unterstützen können, deutsche Militärliteratur sichtbarer zu machen? Bitte nehmen Sie sich einen Moment Zeit und bewerten Sie dieses Buch auf Amazon. Viele positive Rezensionen führen dazu, dass das Buch mehr Menschen angezeigt wird.

Sie können somit mit wenigen Minuten Zeitaufwand unserem kleinen Familienunternehmen einen großen Gefallen tun. Vielen Dank für Ihre Unterstützung!

PS: In seltenen Fällen kommt ein Buch beschädigt beim Kunden an. Bitte zögern Sie in diesem Fall nicht, uns zu kontaktieren. Selbstverständlich ersetzen wir Ihnen das Buch kostenlos.

Entdecken Sie packende U-Boot-Action!

Tauchen Sie mit »Auf Feindfahrt mit U 139« in eine packende Geschichte über eine deutsche U-Bootbesatzung auf gefährlicher Mission ab! Geschrieben vom Militärexperten Stefan Köhler.

Brandneu!

Nervenzerfetzend spannender Spionage-Thriller über ein deutsches U-Boot auf geheimer Mission im Zweiten Weltkrieg.

200

MIX
Papier aus verantwortungsvollen Quellen
Paper from responsible sources
FSC® C105338

FSC
www.fsc.org